피에스 프롬 파리

ELLE & LUI
by Marc levy

ⓒ 2015 Marc Levy/Versillio
Korean translation copyrights ⓒ Sodam&Tail
This Korean edition was published by arrangement with Marc Levy
in conjunction with Susanna Lea Associates through Sibylle Books Literary Agency, Seoul.

P. S. From Paris

펴 낸 날 | 2018년 5월 10일 초판 1쇄

지 은 이 | 마르크 레비
옮 긴 이 | 이원희
펴 낸 이 | 이태권

책임편집 | 박송이, 양정희
책임미술 | 양보은

펴 낸 곳 | (주)태일소담
　　　　　서울특별시 성북구 성북로8길 29 (우)02834
　　　　　전화 | 02-745-8566~7 팩스 | 02-747-3238
　　　　　등록번호 | 1979년 11월 14일 제2-42호
　　　　　이메일 | sodam@naver.com
　　　　　홈페이지 | www.dreamsodam.co.kr

ISBN　　　979-11-6027-031-0 03860

이 도서의 국립중앙도서관 출판시도서목록(CIP)은 서지정보유통지원시스템 홈페이지
(http://seoji.nl.go.kr)와 국가자료공동목록시스템(http://www.nl.go.kr/kolisnet)에서
이용하실 수 있습니다(CIP제어번호: CIP 2018010736).

• 책값은 뒤표지에 있습니다.
• 잘못된 책은 구입하신 곳에서 교환해드립니다.

피에스 프롬 파리

P.S. From Paris

마르크 레비 지음
이원희 옮김

소담출판사

내 아버지,
아이들,
아내에게 바칩니다.

언젠가는 이론적으로 살리라,
이론적으로는 모든 게 가능하니까…….

1

건물의 지붕이며 벽면, 자동차와 버스, 거리와 횡단보도가 비에 흠뻑 젖어 있었다. 런던은 초봄부터 비가 추적추적 내렸다. 미아는 에이전트를 만나러 나갔다.

미아의 에이전트인 크레스턴은 보수적인 남자라서, 늘 사실 그대로를 말하지만 표현에 품위가 있었다.

저녁 식사 자리에서 자주 사람들 입에 오를지언정, 특유의 품격 있는 화술 덕분에 크레스턴의 지적은 신랄하지만 절대 모욕적이지 않다는 평판을 듣고 있다. 이런 에이전트의 보호를 받고 있다는 것만으로도 미아는 험한 말과 비정함이 난무하는 영화계에서 온갖 특권을 누리는 것이나 다름없었다.

이날, 크레스턴은 미아의 새 영화 비공개 시사회에 가 있었다. 상황이 상황이니만큼 크레스턴이 동행을 금했기 때문에 미아는 그의 사무실에서 기다리고 있었다.

크레스턴은 레인코트를 벗어놓은 다음 안락의자에 앉아 뜸들이지 않고 딱 잘라 말했다.

"액션, 약간의 로맨스, 개연성 없는 줄거리를 그럴듯하게 포장한 시나리오, 하긴 요즘 누가 그런 거에 신경 쓰나……? 흥행은 하겠지."

미아는 그를 너무 잘 알기에 이 정도로 그치지 않을 줄 알고 있었다.

크레스턴은 이렇게 덧붙였다. 그녀의 연기는 훌륭했다, 노출이 너무 잦은 건 좀 그랬다, 세 장면 다 엉덩이를 드러낼 필요는 없었을 텐데, 다음에는 신경 써야 할 거다, 배우 인생에 좋은 이력을 남기기 위해라도. 사람들은 대번에 배우의 급을 나눠버린다면서.

"영화가 어땠는지 그냥 솔직하게 말해요, 크레스턴."

"당신 연기는 훌륭했는데…… 배역이 문제였어요. 아무리 그래도 두 번의 배신, 세 번의 간통, 차 한 잔 마시는 사이에 가을이 지나가는 전개, 그런 영화를 계속할 수는 없어요. 액션 영화는 카메라 이동이 많고, 배우들도 마찬가지고……. 무슨 말을 더 듣고 싶어요?"

"진심, 크레스턴!"

"형편없어요, 남편과 같이 출연하는 것 아니면 관객이 몰릴 일 없는 아주 형편없는 영화! 그 자체만으로 이벤트는 되니까. 매스컴은 스크린에 보이는 당신 부부의 공모를 아주 재미있어하겠죠. 당신이 남편에게서 스타 자리를 빼앗으면 훨씬 더 좋아할 테고. 그건 찬사가 아니리라는 것만 알아둬요. 보나마나 뻔하니까."

"스타는 남편이죠, 내가 아니라." 미아는 희미한 미소를 지으며 대답했다.

크레스턴이 수염을 비볐다. 많은 뜻을 담은 동작이었다.

"요즘은 사이 어때요?"

"이젠 정말, 더는 아니에요."

"잠깐, 미아, 바보 같은 짓은 안 돼요."

"무슨 바보 같은 짓?"

"무슨 말인지 잘 알면서. 그렇게 나빠요?"

"같이 영화 찍었다고 가까워질 것 같으면 뭐 굳이……."

"그거야말로 내가 듣고 싶지 않은 말인데, 적어도 개봉 때까지는. 배역과 배우의 사생활이 웬만큼은 비슷해야 되는데……. 그에 따라 걸작의 미래가 좌우되니까."

"나를 위한 시나리오는 있어요?"

"몇 작품 갖고 있어요."

"크레스턴, 외국으로 나가고 싶어요. 런던에서, 이 무미건조한 일상에서 멀리 떠나 지적이고 감성적인 인물을 연기하고 싶어요. 나를 감동시키고, 웃게 해주고, 애정 표현을 나누는 스토리가 있는 영화, 아주 작은 영화라도."

"내 재규어는 낡았지만 절대 고장 나지 않죠. 왜냐, 얼마나 자주 차를 맡기면 정비사가 나를 스스럼없이 이름으로 부를까. 그 정도로 내가 차에 신경을 쓴다는 얘기예요. 나는 당신의 활동 무대를 위해 온 힘을 쏟았고, 당신은 이 영국에서 엄청난 관객 몰이를 하는 배우가 되어가고 있어요. 당신 목소리 한번 들어보겠다고 어떻게든 전화번호를 알아내는 팬들이 생길 정도로 이제는 영국 어디서나 사랑받기 시작했다고요. 요즘은 좀 정숙하지 못한 이미지가 됐지만, 내 예상대로 이번 영화가 흥행하면 머지않아 당신 세대에서 가장 인정받는 여배우가 될 겁니다. 그러니까 부탁인데 조금만 참아요. 알았죠? 몇 주 후에는 미국에서 빗발치듯 영화 제의가 들어올 거니까. 큰 무대에 뛰어들게 될 테니 두고 봐요."

"슬플 때 미소 짓는 멍청한 여자 역할이겠죠?"

크레스턴은 안락의자에서 자세를 바로 하고 헛기침을 했다.

"그런 배역도 있고 행복한 배역도 있어요. 그러니까 미아, 제발 그런 슬픈 얼굴 하지 마요, 더는 보고 싶지 않으니까." 그리고 목소리를 높여 덧붙였다. "당신과 당신 남편의 인터뷰도 잡혀 있는데. 특히 프로모션 기간에는 다정한 부부의 모습을 보여줘야 한다는 거 잊지 마요."

미아는 책장 쪽으로 돌아서서 선반에 놓인 담배 상자를 열고 한 개비를 꺼내 물었다.

"내가 싫어하는 거 알 텐데. 내 사무실에서 담배 피우는 거."

"근데 왜 준비해놔요, 담배를?"

"절박한 때를 위해."

미아는 불붙이지 않은 담배를 입가에 문 채로 크레스턴에게서 시선을 떼지 않고 도로 앉았다.

"내가 바보 같다는 생각이 들어요."

"요즘 안 그런 사람 있나?" 크레스턴은 우편물을 살펴보면서 대꾸했다.

"재미있는 일이 없어요, 전혀."

크레스턴은 우편물 읽는 걸 포기했다.

"어떻게 바보 같은데요? 그러니까 내 말은, 어쩌다 한 번씩인지, 아니면 늘 그런 건지."

"뭐가 다른데요?"

"그러는 당신은? 당신이 남편 배신한 적은 전혀 없고……?"

"네. 아니, 딱 한 번 키스는 했어요. 내 상대 배우가 키스를 아주 잘하기로 소문난 남자였는데 솔직히 나도 키스 받고 싶은 욕망이 있었죠. 어쨌든 그 신을 실감나게 하기 위한 거였으니까 진짜 배신은 아니잖아요?"

"중요한 건 의도니까. 어떤 영화에서?" 크레스턴이 눈살을 찌푸리며 물었다.

미아는 창밖을 내다봤고 에이전트는 한숨을 쉬었다.

"좋아요, 그가 당신을 배신했다고 칩시다. 더 이상 서로 사랑하지 않는다면 그게 뭐가 중요하죠?"

"더 이상 나를 사랑하지 않는 건 남편이지, 나는 사랑해요."

크레스턴은 서랍을 열어 재떨이를 꺼내놓고 성냥을 칙 그었다. 미아가 길게 한 모금 빨아들였다. 크레스턴은 눈이 따가운 건 담배 연기 때문이겠지, 생각하면서 미아에게는 아무 말도 하지 않았다.

"다비드는 스타였고, 당신은 신인이었죠. 다비드는 대작 「피그말리온」의 주인공이었는데 이제는 제자가 스승을 넘어섰으니……. 자존심 때문에 받아들이기 쉽지 않은 거예요. 담뱃재 조심, 아끼는 카펫이라서."

"그렇게 말하지 마요. 사실이 아니니까."

"물론 그렇죠. 다비드가 이제는 훌륭한 배우가 아니라고 말하는 게 아니라……."

"그럼 뭐예요?"

"이 얘기는 나중에 다시 합시다. 지금은 다른 약속이 있어서."

크레스턴은 책상을 한 바퀴 돌아와 미아의 손에서 담배를 빼앗아 재떨이에 대고 짓이겼다. 그러고는 미아의 어깨를 움켜잡고 문 쪽으로 데려갔다.

"머지않아 당신이 원하는 곳에서 연기할 날이 올 겁니다. 뉴욕, 로스앤젤레스, 로마. 그러니까 그사이 바보 같은 짓 하지 마요. 한 달만 참아 달라, 내 부탁은 그게 다예요. 당신의 미래가 달려 있으니까. 약속하죠?"

*

크레스턴의 사무실을 나온 미아는 택시를 타고 옥스퍼드 거리에서 내렸다. 울적할 때면 활기가 넘치는 상점가를 돌아다니는데, 최근 몇 주는 그 어느 때보다 우울했다.

미아는 대형 상점이 즐비한 가로수 길을 걸으면서 다비드에게 전화를 걸었지만 음성 사서함으로 연결되었다.

이 늦은 오후에 다비드는 뭘 하고 있을까? 이틀 동안 대체 어디 가 있는 걸까? 집 전화 응답기에 남긴 메시지 말고는 이틀 밤낮 동안 전화 한 통 없었다. 재충전하러 시골로 떠나니까 걱정하지 말라는 짧은 메시지 한 개만 달랑. 미아는 오히려 더 불안했다.

미아는 집으로 돌아와 마음을 다잡았다. 다비드가 돌아왔을 때 혼란스러워하는 모습을 보여서는 안 될 일이었다. 감정을 절제하고 의연하게, 그가 없는 동안 목이 빠져라 기다렸을 거란 생각은 아예 못 하게 하고, 무엇보다 어떤 질문도 하지 않을 것.

미아는 한 레스토랑 개업식에 같이 가자고 조르는 친구의 성화에 못 이겨, 한껏 멋을 부리고 참석하기로 했다. 그녀도 다비드를 질투 나게 할 수 있었다. 궁상맞게 집에 우두커니 있느니 모르는 사람들에게 둘러싸여 있는 게 훨씬 나을 터였다.

큰 레스토랑이었다. 음악 소리가 너무 크게 울리고 사람들이 북적거려서 누군가에게 말을 붙일 수도, 사람들과 부딪치지 않고서는 발을 한 발짝 떼기도 힘들었다. 이런 분위기에서 누가 즐길 수 있겠어? 미아는 인파를 뚫고 들어갈 생각이었다.

입구에서 플래시가 계속 터졌다. 친구가 그렇게 같이 가자고 조른 이유가 바로 이거였다. 잡지의 연예란에 실리고 싶은 허영심. 덧없는 유명 연예인 바라기. **빌어먹을, 다비드, 당신 왜 나를 이런 곳에서 혼자 배회하게 만드는 거야? 백만 배로 갚아주겠어, '나 재충전 필요해' 씨.**

휴대전화가 울렸다. 발신자 불명 전화. 이 시간에……. 다비드가 틀림없다. 이렇게 음악 소리가 꽝꽝 울리는데 어떻게 통화를 하지? **내가 명사수라면 그냥 디제이를 쏴버릴 텐데.**

주위를 둘러보니 지금 서 있는 곳은 입구와 주방 사이의 작은 복도였다. 인파에 떠밀려 들어가고 있지만 반대 방향으로 빠져나가기로 하고 미아는 휴대전화에 대고 소리쳤다.

"끊지 마!" **마음 들키지 않겠다고 다짐하더니, 너 아까 그 사람 맞아? 미아, 잘하는 짓이다.** 하이힐 신은 콧대 높은 여자와 그녀에게 치근거리는 얼간이를 떠밀면서 비쩍 말라선 뱀장어처럼 흐느적거리는 여자의 발을 밟고, 껄떡거리는 덜떨어진 인간 옆을 돌아서 미아는 길을 뚫어나갔다. **멍청한 놈, 좋아 죽겠단다, 딱 봐도 맹해 보이는 여자한테.** 문까지는 열 걸음 이상 남았다.

"끊지 마, 다비드!" **미아, 너 뭐라는 거야, 입 다물어. 멍청하기는.**

미아는 레스토랑 직원에게 여기서 빠져나가게 도와달라는 눈짓을 보냈다.

　마침내 바깥, 시원한 공기, 상대적으로 조용한 거리. 뭣도 모르고 지옥 같은 곳으로 들어가겠다고 줄 서 있는 사람들에게서 미아는 멀리 떨어졌다.

　"다비드?"

　"당신 어디야?"

　"파티……." **어떻게 이런 질문을 할 수 있지, 뻔뻔하게?**

　"재미있어, 여보?"

　위선자! "응, 아주 즐겁지……." **그러는 당신은 어디로, 뭘 찾으러 간 건데? 한심한 인간.** "당신은 어디 있는데." **이틀 동안이나?**

　"집으로 가는 중. 당신은 다시 들어가나?"

　"난 택시 안이야……." **택시를 잡아야 해, 빨리.**

　"파티에 있다면서?"

　"당신이 전화했을 때 나가는 중이었어."

　"그럼 나보다 먼저 도착하겠네. 피곤하면 기다리지 마. 이 시간에도 차가 엄청 밀리네. 런던은 정말 견디기 힘든 도시가 되었어!"

　견디기 힘들게 된 건 당신이야. 감히 어떻게 기다리지 말라는 말을 해, 나한테? 당신만 기다린 지 이틀인데.

　"침실에 전등 하나는 켜놓을게."

　"그래주면 고맙지, 이따 봐."

　비에 젖은 인도, 우산 속 커플들…….

······그리고 혼자 서 있는 나, 멍청하게. 내일, 영화고 뭐고 삶을 바꾸겠어. 아니, 내일은 무슨, 오늘 저녁부터 당장!

2

다음다음 날, 파리.

"왜 항상 현관 열쇠를 맨 마지막에 달아놔?" 미아가 물었다.

"혹시 모르잖아. 층계 통로가 어둠에 잠겨 있을지." 다이지는 휴대
전화 불빛으로 열쇠 꾸러미를 비춰주면서 대답했다.

"더 이상은 누군가의 생각을 존중해주고 싶지 않아, 절대로. 난 나
와 관련된 현실을 원해. 현재, 오직 현재."

"나는 덜 불확실한 미래." 다이지가 한숨을 쉬었다. "못 하겠으면
열쇠 이리 줘. 배터리 거의 다 됐어."

꾸러미의 마지막 열쇠가 돌아갔다. 다이지가 아파트로 들어가면서
스위치를 눌렀는데 전등이 들어오지 않았다.

"건물 전체에 불이 안 들어오는 것 같아."

"내 인생이 딱 이런데." 미아는 한술 더 떴다.

"그렇게까지 과장하진 말자."

"거짓말 속에서 살 순 없어." 미아가 동정에 호소하는 어조로 말했지만, 그녀를 너무 잘 아는 오랜 친구 다이지는 말려들지 않았다.

"막 던지지 말지, 잘나가는 배우 아니랄까 봐 거짓말도 아주 프로급이네. 양초를 어디 뒀더라, 빨리 찾아야 하는데. 배터리가……."

휴대전화 화면이 꺼졌다.

"다 집어치우겠다고 말할까?" 미아가 속삭였다.

"나를 좀 도와줄 생각은 안 들어?"

"그러고 싶지, 근데 진짜 아무것도 안 보여."

"안다니 다행이다!"

다이지는 어둠 속에서 손으로 더듬거리며 안으로 들어갔다. 손이 탁자에 스치자 옆으로 돌다 의자에 부딪친 다이지는 구시렁거리면서 바로 뒤에 있는 조리대에 이르렀다. 그리고 계속 더듬거리며 가스레인지에 다가갔다. 선반에 놓인 성냥을 집어 들고 가스레인지의 버튼을 돌려 불을 붙였다.

푸르스름한 불빛이 다이지가 서 있는 곳을 밝혀주었다.

미아가 식탁 앞에 앉았다.

다이지는 서랍을 하나씩 뒤졌다. 향초는 그녀의 집에 있어서는 안되는 물건이었다. 미식에 대한 철칙이 워낙 엄격해서 요리에 방해가 되는 냄새는 절대 금물이었다. 출입문에 '당 업소는 신용카드를 받지 않습니다'라고 쓴 안내문을 붙여놓은 레스토랑은 더러 있지만 다이지는 아마 기꺼이 이렇게 써 붙이고 싶을 것이다. '우리 레스토랑은 너무 심하게 향수를 뿌린 손님을 받지 않습니다.'

다이지가 양초를 찾아서 불을 붙였고, 그 불빛에 방이 어둠에서 벗어났다.

다이지의 아파트는 요리를 위한 집이라고 해도 과언이 아니다. 거실 하나만 가장 넓고, 욕실을 사이에 두고 작은 방이 두 개 있었다. 조리대 위엔 백리향, 월계수, 로즈마리, 회향풀, 마요라나, 광대나무과 식물, 에스플레트산 고추가 자라고 있는 테라코타 화분이 옹기종기 모여 있다. 주방은 다이지가 요리 개발에 열중하는 연구실이었다. 여기서 개발한 레시피로, 집에서 엎어지면 코 닿을 데 있는 몽마르트르 언덕에 위치한 자기 레스토랑 손님들에게 요리를 선보인다.

다이지는 이름난 요리학교 출신이 아니라 고향 프로방스의 집에서 어깨 너머로 배운 솜씨로 요리한다. 친구들이 소나무와 올리브 나무 그늘에서 뛰어놀 때, 어린 다이지는 엄마 옆에 붙어서 하나하나 흉내 내며 프로방스 요리를 배웠다.

다이지는 집을 둘러싼 정원에 키우는 향신용 식물을 분류해서 조리하는 법도 배웠다. 그녀에게 요리는 삶이었다.

"배고파?" 다이지가 미아에게 물었다.

"응, 아마도. 아니, 모르겠어."

다이지는 냉장고에서 버섯 한 접시와 파슬리 한 줄기를 꺼냈고, 냉장고 오른쪽에 걸어놓은 마늘 꾸러미에서 한 통을 떼어냈다.

"마늘이 꼭 필요해?" 미아가 물었다.

"오늘 밤에 누구랑 키스라도 할 거야?" 다이지는 칼로 파슬리를 잘게 다지며 받아쳤다. "요리하는 동안 무슨 일인지나 얘기해보지?"

미아는 숨을 깊이 들이쉬었다.

"아무 일 없었어."

"넌 여행 가방을 끌고 가게 문 닫는 시간에 불쑥 나타났어. 세상이 무너진 것 같은 얼굴로. 그러고는 계속 구시렁거렸고. 그것만으로도 내가 보고 싶어서 온 건 아니라고 생각하는데."

"내 세상은 무너졌어, 진짜로."

다이지가 칼질을 멈췄다.

"미아, 제발! 난 다 들어줄 준비가 되어 있으니까 한숨이나 한탄은 집어치워. 여긴 촬영장이 아냐."

"너 영화감독해도 되겠다, 훌륭해!"

"어쩌면. 이제 털어놔봐."

다이지가 바쁘게 요리하는 사이 미아는 고백했다.

*

갑자기 전기가 들어오자 두 친구는 소스라치게 놀랐다. 다이지는 스위치를 눌러 조명을 약하게 한 다음 전기로 작동하는 겉창을 열었다. 아파트 창문 밖으로 파리 전경이 드러났다.

미아는 창문 앞으로 갔다.

"담배 있어?"

"낮은 탁자에. 누가 두고 갔는지는 모르겠지만."

"네 집에 누가 담배를 두고 갔는지도 모를 정도로 많아, 남자가?"

"담배 피울 거면 테라스로 나가!"

"너는? 나올 거지?"

"뒷얘기 궁금하면 따라 나와라?"

*

"그래서 침실에 불 켜놨어?" 다이지가 와인을 따르면서 물었다.

"응, 드레스룸에는 켜놓지 않고. 거기다 의자를 끌어다 놨거든, 걸려 넘어지라고."

"드레스룸으로 들어갈 테니까? 그다음은?"

"나는 자는 척했지. 근데 욕실에서 옷을 벗고 샤워를 오래 하더라. 그러고는 나와서 침대에 눕더니 램프를 끄는 거야. 난 그가 뭐라고 속삭이며 안아주길 기다렸는데 그대로 잠들어버리더라고. 충분한 재충전을 못 했다, 그거겠지."

"내 생각 듣고 싶어? 그럼 말할게. 넌 더러운 놈과 결혼한 거야. 그의 장점이 단점을 덮어줄 수 있느냐, 그걸 생각해보면 문제가 아주 간단해지지. 아니, 어쩌면 진짜 생각해봐야 할 건 다비드 때문에 불행한데도 너는 왜 계속 그를 사랑하는지야. 너를 불행하게 만들기 때문에 사랑하는 거라면 몰라도."

"나를 아주 행복하게 해줬어, 처음에는."

"그랬겠지! 처음부터 비열하게 굴면 매력적인 왕자님들은 문학에서 싹 사라지고 로맨딕코미니는 호러로 장르가 바뀔 텐데. 그런 눈으로 쳐다보지 마, 미아. 다비드가 너를 배신한 건지 알고 싶으면 그에게 물어봐야지, 내가 아니라. 그리고 이제 담배 좀 꺼. 너무 많이 피운다. 그건 담배지 사랑이 아냐."

미아의 뺨을 타고 눈물이 주르륵 흘러내렸다.

다이지가 미아 옆으로 가서 안아주었다.

"실컷 울어, 그래서 풀린다면 울어. 실연은 처절한 아픔이지만 진짜 불행은 삶이 사막 같을 때야."

미아는 어떤 상황에서도 의연함을 잃지 않겠다고 다짐했지만 다이지 앞에서는 무너졌다. 우정이 아주 오래되다 보면 자매같이 친밀한 우애가 형성되는 법이다.

"왜 사막이야?" 미아가 뺨을 닦으면서 물었다.

"그럼 내가 뭐라고 하겠어? 네가 물어보는 방식이 그런데."

"너도 외롭잖아? 언젠가는 행복해질까?"

"내가 느끼기에 넌 불행하지 않았어, 최근 몇 년간은. 넌 모두가 인정하는 이름난 배우야. 나는 인생을 걸고 벌어야 하는 돈을 너는 영화 한 편으로 벌지. 그리고…… 넌 결혼도 했고. 신문을 보면…… 너이렇게 불평이나 하고 있으면 안 될 텐데."

"왜, 무슨 일 났어?"

"전혀. 좋은 뉴스가 있었으면 이렇게 조용하겠어, 사람들이 거리로 뛰쳐나왔겠지. 어땠어, 내 버섯 요리?"

"이 세상 최고의 치료제야, 네 요리는."

"그게 내가 셰프가 되고 싶었던 이유지! 이제 가서 자! 내일 전화해서 네가 다 알고 있다고 퍼부어줄게, 네 빌어먹을 남편한테! 당신의 멋진 아내는 당신이 배신해서 떠나는 거라고, 다른 사람 때문이 아니라 바로 당신 때문이라고. 내가 전화를 끊었을 때 불행해지는 건 다비드일 거다."

"안 그럴 거지?"

"응, 네가 그렇게 하라고."

"그러고 싶어도 못 해, 나는."

"왜? 시시껄렁한 멜로드라마로 만족하려고?"

"엄청난 예산이 들어간 영화야. 같이 포스터 촬영을 해야 해, 한 달후에 개봉이거든. 원하던 걸 이룬 멋진 여자 역이라서 완벽하게 행복한 모습을 보여주는 코미디를 해야 돼. 다비드와 나에 대한 진실이 알려지면 스크린에 비친 우리 커플을 누가 봐주겠어? 제작사가 날용서하지 않을 거야. 내 에이전트도 마찬가지고. 나는 남편에게 배신

당했지만 현명한 여자이고 싶어. 공공연히 창피당하고 싶진 않아."

"그래도 그런 역을 제대로 연기하려면 못된 여자일 필요도 있잖아."

"내가 왜 여기 왔겠어. 난 절대 다비드를 오래 붙잡아둘 수 없어. 그러니까 네 집에서 지내게 해줘."

"얼마나?"

"네가 널 참아줄 수 있는 때까지."

3

포르트 드 라 샤펠 도착, 폴은 오픈카 사브의 핸들을 잡고 세 줄로 늘어선 차들 사이를 비스듬히 비집고 들어갔다. 여기저기서 헤드라이트로 항의성 신호를 보내거나 말거나 외곽 순환도로를 벗어나 A1 고속도로, 루아시 샤를 드골 공항 방향으로 진입했다.

"대체 왜 맨날 공항으로 마중 나가는 건 나지? 삼십 년 우정인데 그럴 수 있지, 뭐. 그래도 그 자식이 마중 나온 적은 없었어. 단 한 번도. 아무튼 난 이게 문제야, 너무 친절한 거! 하긴 내가 도와주지 않았으면 둘이 함께 살기나 했겠어. 잇몸 드러내며 고맙다고 하기만 해봐, 아주, 둘 다 가만 안 둘 거야!" 폴은 백미러를 힐끔힐끔 보면서 계속 중얼거렸다. "그래, 뭐, 내가 조의 대부인데 어쩌겠어. 근데 왜 하필 나였지? 누구 다른 사람은 없었나? 필게즈? 그건 안 되지, 아내가 이미 대모를 서줬는데. 늘 서비스하고, 한평생을 서비스하면서 보내는 거, 그게 바로 내 지론이잖아. 서비스가 즐겁지 않은 건 아냐. 하지만 내 생각도 좀 해주면 좋겠다는 거지. 샌프란시스코에 살 때 로렌은 인턴 한 명쯤 나에게 소개해줄 수도 있었다, 그런 거지! 병원에 인턴이며 조수며 수두룩했는데, 한 번도 소개시켜준 적이 없었어! 물론 근무 시간 때문에 소개해주기 힘들었겠지. 저놈의 뒤차! 넌 아직도 헤드라이트 깜빡거리나? 사꾸 그러면 나 급브레이크 밟는 수가 있다! 그나저나 혼자 중얼거리지 좀 마. 아서는 그럴 만한 이유가 있었지만 나는 진짜 미친놈으로 보일 거라고.* 그럼 누구랑 말해? 아, 내 소설 속 인물들 있잖아. 아냐, 입 다물어야 해. 늙은이도 아닌데. 노인들이 혼자서 말하잖아. 혼자 있는데 그럼 누구랑 말해? 노인들끼리 말하면 되지, 자식들도 있을 테고. 나한테도 언젠가는 자식이 있을까? 나도 늙어가는데."

폴은 또다시 백미러를 봤다.

사브를 자동개폐기 앞에서 멈추고 주차권을 뽑았다. "고마워요." 폴은 차창을 닫으면서 중얼거렸다.

---

* 아서와 로렌은 마르크 레비의 이전 소설 『저스트 라이크 헤븐』의 두 주인공이다. 인턴 의사인 로렌은 교통사고로 코마 상태에 빠지고, 몸은 병원에 누워 있지만 영혼은 자유로이 움직이게 된다. 로렌이 살았던 아파트로 아서가 이사 오고, 아무도 보지 못했던 로렌의 영혼을 아서만이 볼 수 있게 되면서 둘은 사랑에 빠진다. 이후 아서는 친구 폴과 함께 온갖 고초 끝에 로렌의 목숨을 구해낸다.

도착 전광판에 AF83기는 제시간에 도착한다는 표시가 떠 있었다. 폴은 초조하게 발을 동동거렸다.

첫 번째 승객들이 나오기 시작했다. 작은 무리, 아마도 퍼스트클래스 승객들이리라.

*

첫 소설을 발표한 뒤, 폴은 잠정적으로 건축가 활동을 중단하기로 결정했다. 글 쓰는 일이 뜻밖의 자유를 가져다주었다. 그가 걸어온 길에서 미리 계획한 일이라곤 전혀 없었다. 삼십 페이지쯤 새까맣게 채우고 '끝'이라고 써넣을 때 기쁨을 느꼈다. 저녁마다 작업 중인 소설에 붙잡혀 거의 외출도 하지 않고 걸핏하면 컴퓨터 앞에서 저녁을 먹었다.

밤이면 상상의 세계로 들어가 이젠 친구가 된 소설 속 인물들과 어울리는 게 행복했다. 그가 써내려가는 글 속에서는 모든 게 가능했다.

원고가 완성되자 폴은 책상에 그대로 내버려뒀다.

그로부터 몇 주 후 아서와 로렌을 집으로 초대한 날, 폴의 인생이 바뀌었다. 그날 저녁 로렌은 병원의 이사직을 맡은 크라우스 교수의 전화를 받았다. 그녀는 폴에게 조용한 데서 통화해야겠다며 양해를 구하고 서재로 들어갔고, 아서와 폴은 거실에서 얘기하고 있었다.

크라우스 교수의 말을 듣다 지겨워진 로렌은 폴의 책상 위에서 원고를 발견했고, 정신없이 페이지를 넘기며 읽기 시작했다. 원고에 정신이 팔린 나머지 교수와 무슨 말을 하고 있었는지 놓칠 정도로.

마침내 교수가 전화를 끊었지만, 로렌은 원고를 계속 읽었다. 한 시간쯤 흘렀을 때 별일 없는지 보려고 폴이 서재에 얼굴을 디밀었다가 미소를 머금은 로렌을 발견했다.

"내가 방해했나?" 폴이 내뱉은 말에 로렌은 흠칫 놀랐다.

"와, 이거 굉장한데!"

"읽어도 되는지 나한테 먼저 허락받아야 한다고 생각하진 않았어?"

"마저 읽고 싶은데 가져가도 돼?"

"보통 질문에 질문으로 대답하진 않는데!"

"네가 방금 말했으니까. 그래도 돼?"

"진짜 그렇게 마음에 들어?" 폴은 회의적인 어조로 말을 받았다.

"웅, 진짜로." 로렌은 원고를 차곡차곡 간추리면서 대꾸했다.

그러고는 원고를 집어 들더니 한 마디도 덧붙이지 않고 폴을 지나쳐 거실로 나갔다.

"예스, 라는 대답 들었어, 나한테서?" 폴은 로렌을 쫓아가면서 말했다.

폴은 로렌의 귀에 대고 아서에게는 원고에 대해 말하지 말라고 속삭였다.

"뭘 예스, 하는데?" 아서가 일어나서 궁금한 얼굴로 물었다.

"글쎄, 뭘까? 난 모르겠는데." 로렌이 대답했다. "이제 갈까?"

폴이 무슨 말을 하기도 전에 아서와 로렌은 이미 층계참에 서서 저녁 초대 고마웠다고 말했다.

*

또 여행객 한 무리가 나왔다. 한 서른 명쯤. 하지만 폴이 기다리는 이들은 없었다.

"뭐 하느라고 안 나와! 비행기 안에서 진공청소기라도 돌리나? 파리에 살면서부터 내가 정말 그리웠던 게 뭘까? 카멜에 있는 아서 어머니의 집⋯⋯. 주말마다 함께 어울려 해변으로 내려가 석양 바라보던 것. 어느덧 칠 년. 언제 그렇게 세월이 흘렀지? 그래, 가장 그리운 건 그들이야. 영상통화, 안 하는 것보다는 낫지만 사랑하는 사람을 끌어안고 그 존재를 느끼는 것과는 비교가 안 되지. 자꾸 머리가 아픈 것에 대해 로렌에게 물어봐야 하는데, 이건 그녀가 전문이니까. 아니, 로렌은 몇 가지 검사를 해보라고 할 거야. 그냥 단순한 편두통이라면서, 웃긴다고, 머리 아프다고 다 뇌종양은 아니라고. 아무튼 알게 되겠지. 이제 나올 때가 됐으려나?"

*

그린 가街는 텅 비어 있었다. 아서는 포드를 주차장에 세우고 로렌

쪽으로 가 문을 열어주었다. 그리고 함께 아담한 빅토리아 양식 주택의 계단을 올라갔다. 둘은 사귀기 전부터 한 집에서 산, 아주 특이한 커플이다. 하지만 그건 별개의 이야기니까 생략하고…….

아서는 중요한 고객을 위한 설계도 초안을 완성해야 했다. 로렌에게 미안하다면서 포옹한 다음 작업대 앞에 앉았다. 로렌은 재빨리 침대 이불 속으로 기어들어갔고, 폴의 원고에 몰두했다.

여러 번, 벽 너머에서 들리는 로렌의 웃음소리, 아서는 그때마다 시계를 봤고, 다시 연필을 들었다. 밤늦은 시간, 이번에는 흐느끼는 소리가 들렸다. 아서는 일어나 침실 문을 살짝 열고 침대에 앉아 독서에 열중해 있는 아내를 발견했다.

"왜 그래?" 아서는 걱정스러운 얼굴로 물었다.

"아무것도 아냐." 로렌은 원고를 덮으면서 대답했다.

그녀는 머리맡 탁자에 놓인 크리넥스 한 장을 뽑아 들고 똑바로 앉았다.

"뭐가 그렇게 슬픈데?"

"슬픈 거 아니야."

"당신 환자 중 누가 안 좋아?"

"아니, 오히려 누군가에게 좋은 일이야."

"좋은 일인데 운다고?"

"잘 거야?"

"당신이 왜 안 자는지 설명해주면."

"나에게 그럴 권리가 있는지 모르겠네."

아서는 고백을 받아내기로 작정하고 로렌 앞에 버티고 섰다.

"폴 때문에." 로렌이 마침내 내뱉었다.

"폴이 아파?"

"아니, 폴이 글을 썼는데……."

"폴이 뭘 썼는데?"

"말해주기 전에 폴에게 허락을 받아야 해서……."

"폴과 나는 서로 비밀 같은 거 없어."

"그렇긴 하지. 자꾸 묻지 말고 어서 와서 자, 밤이 깊었어."

다음 날 저녁, 폴은 사무실에서 로렌의 전화를 받았다.

"할 말이 있어. 나 삼십 분 후면 일 끝나는데, 병원 맞은편 카페테리아에서 만나."

폴은 어리둥절한 채 재킷을 걸치고 사무실을 나갔고, 엘리베이터 앞에서 아서와 마주쳤다.

"어디 가?"

"내 아내 데리러, 병원에."

"같이 갈까?"

"어디 아파?"

"얘기하자면 길어. 서둘러, 가면서 말할게."

로렌이 병원 주차장에 나타나자 폴이 뛰어가서 붙잡았다. 아서는 둘을 잠시 지켜보다 다가갔다.

"우리는 집에서 봐." 로렌이 아서에게 말했다. "폴과 의논할 게 있어서 그래."

로렌과 폴은 아서를 따돌리고 카페테리아로 들어갔다.

"다 읽었어?" 폴이 웨이트리스에게 주문한 뒤 물었다.

"응, 어젯밤에."

"좋았어?"

"되게 좋았어. 나랑 관련된 일도 꽤 있던데."

"알아, 어쩌면 네 동의를 구해야 했을지도."

"넌 그래도 돼."

"어쨌거나 너 말고는 아무도 읽지 않을 테니까."

"바로 그 얘기를 하고 싶어서 보자고 했어. 출판사에 보내보는 게 어때? 나는 출판될 거라고 확신하는데."

폴은 이런 말을 듣고 싶지 않았다. 우선 그는 자기 원고에 관심을 가져줄 출판사가 있을 거라고는 단 한 번도 생각해보지 않았다. 더더군다나 모르는 사람이 자기 소설을 읽는다는 생각은, 전혀.

로렌이 온갖 말로 설득했지만, 폴은 받아들이지 않았다. 로렌은 헤어지면서 이 비밀을 아서에게 얘기해도 되는지 물었고, 폴은 마치 전혀 못 들었다는 듯 대답하지 않았다.

집으로 돌아간 로렌은 아서에게 원고를 내밀었다.

"자, 읽어봐." 로렌이 말했다. "다 읽고 나면 얘기하자."

이번에는 아서가 웃는 소리를 로렌이 여러 번 들었다. 몇몇 대목에서 아서가 느낄 감정을 상상하면서 조용히 귀를 기울였다. 아서는 세 시간 후 거실로 나왔다.

"어때?"

"우리한테서 영감을 얻은 것 같은데, 아주 좋았어."

"출판사에 보내라고 제안했는데 들으려고도 하지 않아."

"내가 설득할 수 있어."

폴의 원고를 꼭 출판시키고 싶다. 젊은 여의사는 그 생각에 집착하게 됐다. 로렌은 폴과 마주치거나 통화할 때마다 계속 같은 질문을 했다. 원고를 보냈느냐고. 그때마다 폴은 부정적으로 대답했다. 제발 부탁인데, 더는 집착하지 말아달라고.

어느 일요일, 오후 늦게 폴의 휴대전화가 울렸다. 로렌이 아니라 사이먼앤슈스터 출판사에서 걸려온 전화였다.

"아서, 되게 웃기니까 그만해." 폴이 신경질적으로 내뱉었다.

전화선 너머의 남자는 어리둥절해하더니, 마음에 쏙 드는 소설을 방금 다 읽었는데 저자를 만나고 싶다고 말했다.

오해는 계속되었고, 폴은 농담으로 받아치고 있었다. 처음에는 재미있어하다 마침내 짜증이 난 편집자는 내일이라도 당장 사무실로 찾아와 농담이 아니라는 걸 보여줄 기세였다.

폴의 머릿속에 의혹이 스쳤다.

"내 원고는 어떻게 입수했습니까?"

"한 친구가 작가님을 대신해 보내줬습니다."

편집자는 약속 장소를 정한 뒤 전화를 끊었다. 폴은 집 안을 서성거렸다. 도저히 가만히 있을 수가 없어서 사브에 올라타 운전대를 잡고 샌프란시스코 메모리얼 병원까지 달렸다.

폴은 응급실에 있는 로렌을 당장 만나게 해달라고 부탁했다. 간호사는 폴에게 환자로 보이지 않는다고 지적했다. 폴은 간호사를 노려보며 응급 환자의 목숨에 의학적 순서라는 건 없다고 응수했다. 더 시끄러워지기 전에 폴이 로렌에게 연락하는 사이, 간호사가 경비를 불렀다. 때마침 로렌이 폴을 만나러 나와줘서 최악의 상황은 피했다.

"무슨 일로 왔어?"

"출판사 다니는 친구가 있었나?"

"아니." 로렌은 눈을 피하더니 구두를 내려다보면서 대답했다.

"그럼 아서의 친군가?"

"아니." 로렌은 중얼거렸다.

"또 둘 중 한 명이 장난친 거지?"

"이번에는 아냐."

"무슨 짓 했잖아? 빨리 불어!"

"나쁜 짓 아냐, 전혀. 결정은 네가 하는 건데."

"자세히 말해봐!"

"내 동료 의사의 친구가 출판사 편집자야. 객관적인 의견을 들어보려고 내가 원고를 맡겼어."

"너한텐 그럴 권리가 없어."

"굳이 따지자면 너도 허락 없이 나에 대한 글을 썼잖아. 이번에는 그래줘서 오히려 고맙지만. 나는 운명에 도전했던 사람이잖아? 다시 말하는데 결정은 네가 하는 거야."

"무슨 결정?"

"네가 쓴 걸 다른 사람들과 공유할지 말지에 대한 결정. 네가 무슨 헤밍웨이는 아니지만 네 소설은 읽는 사람들에게 행복을 줄 수 있어. 요즘 이런 소설 나쁘지 않아. 미안한데 나 빨리 들어가야 해, 일하다 나와서."

로렌은 응급실 문으로 들어가기 전 뒤돌아봤다.

"특히 나한테 고맙다는 말은 안 해도 돼."

"뭘 고마워해?"

"약속 장소에 나가, 폴. 고집부리지 말고. 참고로 난 아직 아서에게 아무 말도 하지 않았어."

폴은 소설을 좋게 평가해준 편집자를 만나러 나갔다가 그의 몇 가지 제안에 굴복했다. 편집자 입에서 '소설'이라는 단어가 나올 때마다 폴은 그리 행복하지 않던 시절에 밤을 채워주던 이야기를 소설과 결부시키는 것이 힘들었다.

소설은 여섯 달 후 출판되었다. 책이 서점에 입고된 다음 날, 폴이 회사 엘리베이터에 탔는데 동료 건축가 두 명이 그의 소설을 들고 있었다. 동료들은 폴에게 축하를 건넸고, 딱딱하게 굳은 폴은 그들이 내리길 기다렸다가 다시 일 층 버튼을 눌렀다. 그길로 매일 아침을 먹는 카페에 들어가서 앉았다. 카페 직원이 책을 샀다면서 사인을 부탁했다. 헌사를 쓰는 손이 떨렸다. 폴은 계산을 하고 집으로 가서 자기가 쓴 소설을 다시 읽기 시작했다. 책장을 넘길 때마다 안락의자에 점점 더 몸을 파묻었다. 인력의자 속으로 사라져서 다시는 나올 필요가 없길 바라면서. 어린 시절과 꿈, 희망, 실패, 자신의 일부를 담은 소설이었다. 모르는 사람들이 읽는 날이 올 줄은 꿈에도 생각 못 했고, 예상도 못 했다. 더군다나 같이 일하며 가까이 지내는 동료들이 읽게 될 줄이야. 고지식한 폴은 목소리를 크게 하고 눈을 부릅뜨고 팔을 건들거리는 것으로 병적인 수줍음을 가려왔는데, 이제는 자기 소설 속 인물처럼 보이지 않는 존재로 살고 싶은 유일한 바람조차 가질 수 없게 되었다.

서점에 유통된 책을 모조리 사들여야겠다는 생각이 들었다. 폴은 출판사에 전화를 걸었지만 말도 꺼내기 전에 편집자가 일간지 「샌프란시스코 크로니클」에 실린 기사를 읽어주면서 축하했다. 물론 흠을 좀 잡긴 했지만 공명정대한 평이었고, 신문에 실렸다는 것만으로도 좋은 홍보가 될 터였다. 폴은 전화를 탁 끊어버리고 신문 가판대로 달려갔다. 기사는 '첫 소설'의 잘못된 점들을 지적하면서도 감상벽에 대한 비난을 두려워하지 않았다는 점에 대해 작가를 칭찬했다.

폴에게는 최악이었다. 지성보다 냉소주의가 두드러진 시대에 이 작품에서는 꽤 용감한 도전 정신이 보인다는 말로 기자는 글을 맺었다. 폴은 죽을 것 같았다. 돌연사도 아니고, 솔직히 그런 죽음이 부담은 적겠지만, 숨이 막혀 서서히 최후를 맞는 죽음.

휴대전화가 계속 울리고, 화면에는 모르는 번호들이 떴다. 그때마다 폴은 전화기를 던져버렸다. 결국 배터리를 빼버리자 화면이 꺼졌다. 폴은 출판사에서 마련한 칵테일파티에 참석하지 않았고, 그 주에는 사무실에도 나가지 않고 집에 틀어박혔다. 어느 날 저녁에는 피자 배달원이 전날 텔레비전 뉴스에 나오는 사진을 보고 알아봤다면서 소설을 내밀고 사인을 부탁했다. 식료품 가게에서도 같은 상황이 되풀이되자 폴은 칩거에 들어갔다. 아서가 현관문을 두드리며 강제로 집에서 끌어낼 때까지. 폴과 달리 아서는 좋은 소식을 가져왔다면서 즐거워했다.

폴의 독창성에 미디어가 주목했다. 건축 사무실의 어시스턴트 모린이 정성스럽게 신문 기사들을 요약해놓았으며, 고객 대부분이 이미 폴의 소설을 읽었고, 전화로 축하해주었다는 소식이었다.

한 영화 제작자가 사무실로 폴을 만나러 왔었다는 것, 아서는 이 소식을 최후의 카드로 남겨두었다. 그가 단골로 다니는 반스앤노블 서점에서는 소설이 불타나게 팔리고 있다고 알려주었다. 이 정도만으로도 흔히 하는 말로 실리콘밸리 입성에 버금가는 성공인데, 서점에서는 곧 소설 판권이 전 세계에 팔릴 거라 전망하고 있었다.

아서는 폴을 레스토랑으로 데리고 나갔고, 면도도 하고 외모에 좀
더 신경을 써야 할 때라며 출판사에서 메시지를 스무 개나 남겼다는
걸 상기시켰다. 그러니까 제발 장례식 가는 얼굴로 다니지 말고 인생
이 제공하는 이 행복을 끌어안으라고 덧붙였다.

폴은 한동안 침묵하다 심호흡을 하면서 생각했다. 대중 앞에 나서
면 울렁증이 더 심해질 텐데. 그때 폴을 알아본 한 여자가 다가와 자
전소설인 거냐고 물으면서 식사를 방해했다. 숨통을 조이는 일격이
었다.

폴은 진지한 어조로 일주일 동안 깊이 생각했다면서 아서에게 사
무실을 맡기고 떠나겠다고 선언했다. 이번에는 폴이 안식년을 보낼
차례였다.

"뭐 하러?" 아서가 충격 받은 얼굴로 물었다.

사라지려고 그런다. 폴은 입씨름하지 않으려고 반박할 수 없는 구
실을 댔다. 두 번째 소설을 쓸 거다, 아니, 써볼 거다. 그렇다는데 뭐
라고 막아서겠어?

"네가 원하는 게 정말 그거라면 어쩔 수 없지. 하지만 난 잊지 않고
있어, 내가 잘 안 풀리면 파리에 가서 얼마간 살고, 우리 사업은 네가
맡기로 했던 거. 어디로 떠날 건데?"

아무 계획도 없던 폴은 불쑥 대답했다.

"파리. 네가 경이로운 도시라고 입에 침이 마르도록 자랑했잖아.
빛의 도시, 파리의 비스트로, 센강의 다리, 생동감 넘치는 거리, 파리

지엔들……. 누가 알아, 운 좋으면 네가 그토록 자랑하던 아름다운 꽃집 아가씨를 나도 만나게 되는지?"

"어쩌면." 아서가 짤막하게 대꾸했다. "하지만 내가 말한 것처럼 모든 게 경이로운 건 아니야."

"그때 너는 슬럼프에 빠져 있었으니까. 나는 그냥…… 주변 환경을 바꿀 필요가 있어, 내 창작력을 자극하기 위해서라도."

"창작력을 자극하기 위해서라는데 누가 뭐라겠어! 그래서 언제 떠나려고?"

"오늘은 너희 집에서 저녁 먹자. 필게즈 부부도 초대하면 한꺼번에 작별 인사 할 수 있으니까. 내일부터는 프랑스에서 아름다운 인생이 펼쳐지는 거지."

폴의 계획은 아서를 몹시 우울하게 만들었다. 너무 성급한 결정이다, 그래도 몇 달은 시간을 갖고 계획을 세우는 것이 사무실에도 좋다는 등, 이런저런 이유를 들어 반대하고 싶었지만 우정 앞에 굴복했다. 만약 이런 기회가 아서에게 주어졌다면 폴 역시 최선을 다해 친구를 도우려고 했으리라. 이미 입증한 적도 있고. 건축 사무소는 아서가 알아서 잘 해낼 터였다.

아서와 헤어진 후, 폴은 공포에 질린 상태로 집에 들어갔다. 그런 생각이 어디서 갑자기 툭 튀어나온 거지? 파리에서 혼자 살겠다니!

집 안을 성큼성큼 걸어 다니면서 이 말도 안 되는 도피, 이 미친 짓을 하려는 이유를 곰곰 생각했다. 첫째, 아서도 했는데 못 할 거 없지.

둘째, 파리지엔들에 대한 아련한 동경. 셋째, 출판하지 않을 다른 소설을 외국에서라면 써볼 수도 있으리라는 것. 이 혼란스러운 상황이 정리되는 즉시 샌프란시스코로 돌아오면 돼. 요컨대 한마디로 이렇다. 독신의 미국인 소설가, 파리로 떠나다!

파리에서 생활한 지 어느덧 칠 년, 그사이 폴은 소설 다섯 권을 썼다. 감정 기복이 심혜 도무지 종잡을 수가 없는 파리지엔들과의 연애에 질려서 독신을 택했다. 독신이 폴을 선택한 것인지는 몰라도.

그리고 쓴 다섯 권의 소설은 유럽과 미국에서 기대한 만큼의 성공을 거두지 못했다. 하지만 무슨 이유인지는 몰라도 아시아에서, 특히 한국에서는 대성공이었다.

폴은 몇 년째 한국인 번역가 경과 연인 관계를 유지하고 있었다. 경은 일 년에 두 번 파리에 와서 딱 일주일씩 머물다 갔다. 일주일 이상은 절대 머물지 않았다. 폴은 인정하고 싶은 것보다 훨씬 그녀에게 빠져 있었다. 한 가지 문제가 있다면 그녀 앞에서는 적절한 표현을 찾지 못한다는 것이었다.

경은 침묵을 좋아했고, 폴은 그 침묵이 싫었다. 폴은 잉크로 채우는 백지처럼, 침묵을 지우기 위해 글을 쓴 건 아닌지 하는 의문이 자주 들었다. 경과 폴은 공항 오가는 걸 포함해 매년 십사 일하고 반나절을 함께 지냈다. 경이 와 있을 때는 몇 시간 동안 그녀를 바라봤다. 그녀가 정말 아름다운 건지 아니면 자신의 눈에만 그런 건지 헷갈리지만. 아주 개성 있는 얼굴에 꿰뚫어보는 듯한 시선, 경과 사랑을 나눌 때는 외계인과 누운 게 아닌지 의문이 들기도 했다.

폴과 경은 자주 만나지 못하는 이 생활에 익숙해져 있었다. 파리에 있을 때 경이 즐겨 찾는 곳은 아폴리네르 거리의 영화관이었다. 마치 상영하는 영화보다 영화관 자체가 중요한 것 같았다. 그리고 예술의 다리* 건너 다니길 좋아했고, 한겨울에도 베르티용 가게에서 아이스크림을 먹었다. 프랑스 신문 읽는 걸 좋아하고, 서점을 돌아다니고, 르 마레 지구를 산책하고, 레알 지구의 보행자 전용 도로를 쏘다니고, 벨빌 거리를 굳이 걸어서 올라갔다. 내려가는 것이 더 편한데도. 화창한 날에는 샤프탈 거리의 낭만주의 박물관 정원에서 차를 마셨고, 몽소 거리의 카몽도 박물관에 들르곤 했다. 폴은 집에 들어가는 길에 꽃다발을 사서 경에게 안겼다. 경은 폴의 집 아래층에 있는 반노의 가게에 들어가서 직접 치즈를 골랐고, 폴이 자기를 쳐다보며 탐하는 걸 즐기는 것 같았다. 경은 폴의 소설을 별로 좋아하지 않았지만 소설은 두 사람을 묶어주는 끈이었다.

경은 폴의 정신도 장악하고 있었다. 그녀가 파리에 없을 때 훨씬 더 그런 것 같았다. 경은 왜 그토록 매혹적인 걸까? 왜 그토록 그녀가 그리운 걸까?

---

* 센강의 유일한 보행자 전용 다리로, 수없이 매달린 '사랑의 자물쇠'가 장관이다. 예술가들을 위한 전시 공간으로 자주 활용된다.

폴이 원고를 끝내기가 무섭게 어김없이 집에 나타나는 경. 보통은 열한 시간이나 비행기를 타면 피곤한 기색이 역력하기 마련인데 경은 장거리 비행이 무색할 정도로 생기가 넘쳤다. 경은 늘 에그 마요와 타르틴, 레모네이드를 섞은 맥주(아마도 시차를 극복하는 특효약이라고 믿는 것 같았다)로 점심을 가볍게 먹는데, 한결같이 브르타뉴 거리와 샤를로 거리의 모퉁이에 있는 카페에서 먹었다(르 마르셰에 달걀을 대는 양계장이라도 알아둬야 하나, 이 카페가 문 닫을 경우를 대비해서). 그렇게 점심을 먹은 뒤에 둘은 폴의 집으로 올라갔다. 경이 샤워를 하고 나와 소설을 읽기 위해 폴의 책상 앞에 앉으면, 폴은 침대 발치, 경의 맞은편에 앉아서 지켜봤다. 원고를 읽는 동안은 경이 냉정한 상태이기 때문에 섣부른 행동은 괜한 시간 낭비였다. 소설에 대한 평가에 따라 한국으로 가져갈지 말지 결정하는 것 같았다. 그 결정은 소설 속에 정서적으로 마음에 드는 부분이 있느냐 없느냐에 달려 있는 듯했다. 한국에서 오는 저작권료로 먹고사는 폴로서는 소득의 상당 부분이 번역가의 명확한 해석에 달려 있기 때문에 경을 품에 안을 수 있는 순간을 기다리며 잠자코 기다리는 수밖에 없었다.

폴은 외국에 거주하면서 글 쓰는 것이 좋았고, 일 년에 두 번씩 나타나는 경의 방문이 좋았다. 그 나머지 고독한 시간이 이 생활을 위해 치러야 하는 대가였기에 망정이지, 아니었다면 폴은 벌써 완벽한 새 생활을 찾으려 했으리라.

유리문이 열리는 순간 폴은 안도의 숨을 내쉬었다.

아서가 수하물 카트를 밀고 나오는 사이 로렌이 손을 크게 흔들고
있었다.

4

미아는 눈을 뜨고 기지개를 켰다. 집이 아닌 데다 정신적으로도 지쳐 있던 터라 잠에서 완전히 깨려면 잠시 시간이 필요했다. 침대에서 내려와 방문을 열고 다이지를 찾았다. 아무런 기척이 없었다.

주방 조리대에 아침 식사가 차려져 있고, 오래된 사기 접시에 쪽지가 놓여 있었다.

〈넌 잠이 필요해. 이따가 레스토랑으로 와.〉

미아는 전기 포트를 켜놓고 창문 앞으로 갔다. 낮에 보는 전망은 상상했던 것보다 훨씬 아름다웠다. 미아는 오늘 하루 그리고 다음 날들을 어떻게 보낼지 곰곰이 생각했다. 그러다 오븐의 전자시계를 보며 생각했다. 다비드가 혼자 있을 때 잘할 수 있는 것이 뭘까 상상했다. 내가 없는 틈에 무슨 짓을 할지 알고? 그에게 완전한 자유를 주고 마침내 자신을 그리워하길 바라는 게 맞는 것이었을까? 그를 되찾으려면 집을 비우지 않는 것이 더 낫지 않았을까? 이런 수수께끼의 열쇠는 누가 쥐고 있는 거지?

미아는 자신이 원하는 게 뭔지는 모르겠지만 더 이상 원치 않는 게 뭔지는 알고 있었다. 의심, 기다림, 침묵이 싫었다. 아침에 눈 뜨면 일어나고 싶고, 살고 싶은 의욕을 되찾고 싶고, 더는 스트레스 때문에 속이 뒤틀린 상태로 잠을 깨고 싶지 않은 것, 그게 이토록 어려운 일이었다니.

하늘이 흐렸지만 비는 오지 않았다. 조짐이 좋았다. 바로 다이지에게 갈 게 아니라 몽마르트르 거리를 돌아다니면서 윈도쇼핑을 하는 것도 나쁘지 않을 것 같다. 그러다 언덕의 캐리커처 화가에게 초상화를 부탁하는 것도 괜찮고. 키치˙지만, 그냥 캐리커처를 갖고 싶었다. 여기서는 영국과 달리 사람들이 알아보지 못할 테니, 생각만으로 그치지 말고 실컷 자유를 누리며 하고 싶은 건 다 해보는 거야.

미아는 여행 가방을 뒤져서 편한 옷을 꺼내 입었다. 친구 집을 구석구석 살펴보고 싶은 호기심이 발동했다. 하얗게 칠한 책장, 책 무게에 휘어진 선반들. 누군가가 낮은 탁자에 놓고 갔다는 담뱃갑에서 한

• 원래는 가짜 복제품이나 유사품, 통속 미술 작품 등 중산층의 문화 욕구를 만족시키는 그럴 듯한 그림을 비꼬는 의미로 사용되던 개념이지만, 현대에 이르면서 고급 문화나 고급 예술과는 별개로 대중 속에 뿌리박은 하나의 예술 장르로 개념이 확대되어 현대 대중문화, 소비문화 시대의 흐름을 형성하는 척도를 제공하기도 한다.

개비를 꺼내들고 담배 주인의 신원을 드러내줄 단서를 찾아봤다. 다이지의 남친은 어떤 남자일까? 어쩌면 사랑하는 남자일지도 모르는데. 다이지가 누군가와 인생을 공유하고 있다고 생각하자 다비드에게 전화하고 싶은 충동이 일었다. 다비드가 조연 여배우에게 홀딱 반했던 영화, 그 촬영 이전으로 거슬러가고 싶었다. 바람피운 게 처음 있는 일은 아니었지만 미아는 남편이 자기 면전에서 벌인 애정 행각을 도저히 침을 수가 없었다. 그녀는 테라스로 나가 담배에 불을 붙이고 손가락 사이에서 타들어가는 담배를 쳐다봤다.

창고를 개조한 유리방 안에 책상이 놓여 있었다. 미아는 들어가서 책상 앞에 앉았다. 다이지의 노트북은 전원은 들어오는데 창이 열리지 않았다.

미아는 휴대전화를 들고 친구와 문자메시지로 대화를 시작했다.

노트북 패스워드 뭐야?
메일을 읽어야겠는데.

네 스마트폰으로 못 읽어?

외국에 있을 때는 안 돼.

구두쇠!

그게 패스워드야?

일부러 그러는 거지?

뭐가?

나 일하는 중. 시불레트.˙

????

그게 내 패스워드라고.

나일하는중시불레트?

시불레트! 너 바보야?

패스워드치고는 이상하잖아.

이상하긴. 그리고 내 파일 뒤지지 마.

그건 내 취향 아냐.

그게 딱 네 취향이거든!

• 외떡잎식물 백합과의 여러해살이식물로, 비늘줄기와 어린순을 식용한다.

미아는 휴대전화를 내려놓고 패스워드를 입력했다. 메일함에 접속하자, 어디 있는데 전화도 받지 않느냐고 묻는 크레스턴의 메일이 하나 있었다. 한 패션 잡지에서 르포 기사를 쓰기 위해 미아의 집을 방문하고 싶다고 하니 가능한 한 빨리 답을 줘야 한다는 내용이었다.

미아는 답장을 썼다.

친애하는 크레스턴,

한동안 떠나 있을 거예요. 아무에게도 말하지 않고 비밀을 지켜주리라 믿어요. 내가 '아무에게도'라고 하는 것은 말 그대로 어느 누구에게도 말하지 말라는 뜻이에요. 당신이 시키는 역을 해내려면 감독, 촬영기사, 당신의 어시스턴트 또는 당신의 지시가 없는 곳에서 혼자 지낼 필요가 있어서. 이 년 동안 거역이란 걸해볼 여유가 거의 없었어요. 패션 잡지의 제안에는 응하지 않겠어요. 그러고 싶은 마음이 없어요. 내가 어제저녁 유로스타에 올라서 내린 결정 중 첫 번째는 더는 복종하지 않겠다는 거예요. 단 며칠만이라도 내가 이럴 수 있다는 걸 나 자신에게 입증할 필요가 있어요. 파리는 날씨가 아주 좋아서 지금 산책 나가려는 중이라……. 또 소식 전할게요. 무슨 일이 있어도 눈에 띄지 않게 지낼 거니까 안심하고요.

안녕.
미아.

미아는 다시 읽어본 다음 '보내기'를 눌렀다.

그러다 화면 상단에 있는 작은 아이콘에 호기심이 동해서 클릭했다가 데이트 사이트를 발견하고 눈이 동그래졌다.

미아는 다이지의 파일을 뒤져보지 않겠다고 약속했지만 군이 따져보자면 꼭 그러겠다고 맹세한 건 아니었다. 게다가 다이지가 알 턱도 없는데, 뭐.

미아는 친구가 골라놓은 남자들의 프로필을 훑어봤고, 몇몇 메시지를 읽다가 깔깔대고 웃었다. 그중 두 개가 관심을 끌었다. 아파트에 한 줄기 햇살이 비쳐들고 있었다. 정신을 어지럽히는 이 가상 세계를 떠나 바깥 세계로 나갈 때가 된 것이었다. 미아는 노트북을 끄고 현관에 걸린 얇은 외투를 걸쳤다.

그녀는 아파트 건물을 나와 테르트르 광장 쪽으로 올라갔다. 한 갤러리 앞에 멈춰 섰다가 다시 걸었다. 관광객 부부가 미아를 쳐다봤다. 여자가 손가락으로 미아를 가리키며 남편에게 말하는 소리가 들렸다. "확실해, 당신이 가서 물어보든가!"

미아는 잰걸음으로 제일 먼저 보이는 카페에 들어갔다. 부부가 카페 유리창 앞에 버티고 서 있었다. 미아는 카운터에 몸을 바짝 붙이고 비텔 생수 한 잔을 주문하면서 거리를 비추는 거울에서 눈을 떼지 않았다. 그녀는 집요한 부부가 기다리다 지쳐 사라지길 엿보다가 계산하고 카페를 나왔다.

테르트르 광장에 이르렀다. 미아가 작업 중인 캐리커처 화가들을 관찰하고 있을 때 젊은 남자가 다가왔다. 청바지에 재킷 차림, 멋진 외모를 가진 남자가 상냥하게 미소 지어 보였다.

"혹시 멜리사 바로우 아니세요? 멜리사가 나오는 영화를 전부 다 봤거든요." 그가 완벽한 영어로 말했다.

멜리사 바로우는 미아 그린버그의 예명이었다.

"파리에서 영화 찍나요, 아니면 휴가 중이세요?" 젊은 남자는 계속 물었다.

미아는 미소를 지었다.

"나는 여기가 아니라 런던에 있어요. 댁이 봤다고 생각하는 사람은 내가 아니에요. 그냥 나를 닮은 여자일 뿐이죠."

"그럼 사과해야 되는 건가요?" 남자가 조심스럽게 대꾸했다.

"사과할 사람은 나죠. 내가 하는 말이 댁한테는 아무 의미가 없겠지만 나한테는 의미가 있거든요. 실망했어도 나를 원망하지는 마세요."

"멜리사 바로우가 어떻게 나를 실망시키겠습니까, 그녀는 영국에 있는데요?"

젊은 남자는 몇 걸음 물러서서 정중하게 인사하고 돌아서려다 이렇게 말했다.

"억세게 운 좋은 어느 날 런던 거리에서 그녀와 마주치면, 세상은 좁으니까요, 멋진 배우라고 전해줄래요?"

"꼭 그렇게 전하죠. 몹시 기뻐할 거라고 확신해요."

미아는 멀어져가는 남자의 뒷모습을 바라봤다.

"안녕." 미아는 혼자 중얼거렸다.

그러고는 가방에서 선글라스를 꺼내 쓰고 좀 걷다가 한 헤어숍을 점찍었다. 크레스턴이 잔소리깨나 늘어놓을 게 틀림없었다. 그 생각을 하니 머리를 자르고 싶은 충동이 더 일었다. 미아는 문을 밀고 들어가서 헤어숍 의자에 앉았고, 한 시간 후 짧은 갈색 머리로 나왔다.

미아는 변장술이 통하는지 시험해보기로 작정하고 사크레쾨르 대성당 계단에 앉아서 기다렸다. 영국 국기가 찍힌 관광버스 한 대가 대성당 앞에서 멈춰 섰기 때문에 미아는 버스에서 내리는 사람들에게 다가갔다. 그리고 이 무리를 인솔하는 가이드에게 시간을 물었다. 예순여 명의 관광객 중 그녀를 알아보는 사람이 한 명도 없었다. 미아는 새 얼굴을 선사해준 미용사가 고마웠다. 마침내 그녀는 파리에 여행 온 평범한 익명의 영국 여자가 되었다.

*

폴은 같은 블록을 두 번이나 돌다 마침내 두 줄로 주차된 도로에 대충 차를 세우고 두 승객을 돌아보며 환한 미소를 지었다.

"뭐, 너무 낯설지는 않지?"

"네 운전 실력이야, 뭐." 아서가 대답했다.

"누구 때문에 내가 수술대 밑에서 두 시간이나 쭈그리고 있었던 거, 얘기했지?" 폴이 로렌을 쓱 쳐다보면서 말했다.

"스무 번도 더 했지." 아서가 대꾸했다. "왜?"

"그냥. 자, 열쇠 받아. 맨 위층이니까 가방 들고 올라가. 난 주차장에 차 넣어두고 올게."

로렌과 아서는 방 하나를 차지하고 짐을 풀었다.

"조가 안 오다니, 서운하네." 폴이 들어오면서 말했다.

"어린애에게는 너무 긴 여행이라서." 로렌이 설명했다. "대모 집에 맡겼는데 되게 좋은가 봐."

"대부 집으로 데려왔으면 훨씬 좋아했을 텐데."

"우리도 오붓한 여행 꿈꿀 수 있잖아." 아서가 끼어들었다.

"누가 뭐래, 오래된 연인이신데. 대부인 내가 조를 자주 못 보니까 하는 말이지."

"샌프란시스코로 돌아오든가. 그러면 조를 날마다 보고 살 텐데."

"뭐 좀 먹을래? 케이크를 어디다 뒀더라?" 폴이 중얼거리면서 주방 수납장을 열었다. "케이크 분명히 사뒀는데."

로렌과 아서는 눈길을 주고받았다.

폴은 커피를 따라주면서 자신이 짜놓은 관광 프로그램을 상세히 설명했다.

때맞춰 날씨까지 좋으니 첫째 날은 에펠탑, 개선문, 시테섬, 몽마르트르 언덕의 사크레쾨르 대성당 같은 파리의 명소를 둘러볼 거고, 부족하면 다음 날도 계속 관광하기로.

54

"우리 둘의 오붓한 여행이라니까⋯⋯." 아서가 상기시켰다.

"어련하시겠어." 폴은 약간 거북한 얼굴이었다.

로렌은 마라톤 같은 관광을 시작하기 전에 좀 쉬고 싶었다. 오랜만에 만났으니 친구끼리 할 얘기도 많을 텐데 자기를 빼놓고 둘이서 점심을 먹으라고 했다.

폴은 아서에게 정오에는 테라스에 해가 내리쬐니까 건물 아래층 카페로 가자고 말했다.

아서는 셔츠를 갈아입고 따라나섰다.

카페에 자리 잡고 앉은 두 친구는 잠시 말없이 서로를 지켜봤다. 마치 둘 중 누가 먼저 말을 꺼낼지 기다리는 것처럼.

"여기서 지내는 거 행복해?" 결국 아서가 먼저 내뱉듯 물었다.

"응, 그런 것 같아."

"그런 것 같아?"

"행복하다고 확신할 수 있는 사람이 있나?"

"작가의 문장으로는 그럴듯하군. 하지만 질문한 사람은 난데."

"무슨 대답을 듣고 싶은데?"

"진심."

"난 내 직업이 좋아. 가끔은 내가 남의 나라에 침입한 느낌이 들어, 소설 여섯 권을 썼을 뿐이지만. 많은 작가들이 나를 그렇게 보는 것 같아. 동료 작가들이 털어놨거든."

"자주 어울리는 사람들은 있고?"

"작가 클럽에 등록했어. 집에서 멀지 않은 곳이라 일주일에 한 번 저녁때 나가서 수다를 떠는데, 주로 우리 작업의 심리적 압박에 관한 얘기지. 그러다 맥주 마시러 브라스리*로 가기도 하고. 너한테 이런 얘기를 하고 있으니까 좀 웃긴다. 울적하기도 하고."

"잠자코 듣고 있는데, 왜?"

"너는 어때? 사무실은 잘돼?"

"너에 대해 말하는 중이었어."

"사실은 글 쓰는 데만 전념하고 있어. 몇몇 도서전에 참여하고, 이따금 서점 사인회에도 가고. 작년에는 내 책이 좀 팔린 독일과 이탈리아에 갔었고. 일주일에 두 번 헬스클럽에 가. 운동은 끔찍하게 싫지만 건강히 살려면 어쩔 수 없지. 그거 말고는 계속 글을 쓰지. 더해야 되나?"

"그래, 아주 즐거워 보여, 폴." 아서가 냉소적으로 휘파람을 불었다.

"그건 아니지. 난 밤에 행복하니까. 밤에는 내 소설 속 인물들을 만나거든. 그래, 맞아, 인생이 즐거워지고 있어."

"만나는 여자는 있고?"

"그렇기도 하고 아니기도 해. 자주 만나는 건 아니니까. 아무튼 끊임없이 그녀를 생각해. 그건 네가 잘 알잖아?"

"누군데?"

• 음식과 칵테일, 와인, 맥주 등을 모두 주문할 수 있는 레스토랑.

"내 소설을 번역하는 한국인 여자, 놀랐지?" 폴이 쾌활한 척하면서 말했다. "한국에서는 내가 인기 있는 모양이야. 가본 적은 없어, 알잖아, 내가 비행기 무서워하는 거. 나를 파리에 데려다놓은 비행기, 지금도 그때 생각만 하면……."

"칠 년 전인데!"

"난기류 속에서 열한 시간, 나한테는 어제 일같이 끔찍해."

"언젠가는 다시 떠날 날이 올 텐데."

"글쎄, 그건 모르지, 체류증 받았거든. 뭐, 정 안 되면 배를 타면 되지."

"그 번역가는 어떤 여자야?"

"어메이징하지, 그녀에 대해 아는 건 별로 없지만. 해가 갈수록 빠져들고 있어. 장거리 연애는 진짜 쉽지가 않아."

"폴, 내 눈에는 너 많이 외로워 보여."

"외로움이 위안이 되었다고 말한 사람이 너 아니야? 내 얘기는 많이 했고! 너희 둘은 어때? 그리고 조의 사진 있으면 보여줘, 많이 컸겠다."

매혹적인 여자가 옆 테이블에 앉았다. 폴은 여자에게 아무 관심이 없었다. 아서는 그게 걱정됐다.

"그런 눈으로 보지 마." 폴이 말을 계속했다. "연애, 여러 번 해봤어. 네가 상상하는 것 이상으로. 그리고 경이 나타났고, 다른 여자들과는 달라. 경이랑 있으면 내가 정말 나 자신으로 느껴져. 굳이 연기를 하지 않아도 되고 유혹할 필요도 느끼지 않아. 경은 내 책에서 나를 알아가고 있는데 그게 또 어처구니가 없어. 내 책을 좋아하지 않는 것 같거든."

"누가 그 여자한테 네 책을 번역하라고 강요하는 건 아니잖아."

"내 화를 돋우기 위해서, 아니면 나를 향상시키기 위해서 어쩌면 경이 좀 과장해서 말하는 건지도 모르지."

"네가 혼자 사니까!"

"너무 길게 늘어놓는다고 생각하겠지. 근데 말이야, 누가 말했더라? 사람은 누군가를 사랑할 수도 있고 혼자 살 수도 있다고."

"내 상황은 좀 특별했어. 그런데 넌 그렇게 정해버리고 있잖아."

"내 상황도 특별해."

"역시 작가라서 다르네. 어째 너를 행복하게 해줄 것들의 리스트를 작성하려는 것 같다."

"나 행복하다니까, 빌어먹을!"

"그래, 되게 그런 것 같다."

"젠장, 아서, 나를 분석하려고 들지 마. 끔찍이 싫으니까. 그리고 네가 내 인생에 대해 뭘 안다고."

"우리는 청소년 시절부터 알아온 친구야. 네가 어떻게 할지 예측하는 데 구차한 설명 따위가 필요 없는 사람이야, 나는. 내 어머니가 뭐라고 했는지 기억나?"

"많은 걸 얘기하셨지. 그래서 말인데 다음 소설은 카멜에 있는 네 어머니 집을 배경으로 쓰고 싶어. 거기 안 간 지 너무 오래됐다."

"누구 때문인데!"

"그리워서 가슴이 터질 것 같아." 폴이 말을 이었다. "기라델리 스퀘어 초콜릿 상점, 요새 끝까지 하는 산책, 파티, 사무실에서 벌이던 치열한 논쟁, 대화할 때마다 그 끝은 늘 우리 둘의 미래를 설계하는 거였는데."

"우연히 오네가를 만났어."

"나에 대해 뭐라고 해?"

"응, 그래서 너는 파리에 산다고 말해줬어."

"돌싱은 아니지?"

"손가락에 반지는 없더라고."

"굳이 나를 떠날 것까지는 없었는데." 폴이 피식 웃으면서 덧붙였다. "오네가는 우리 우정을 질투했어."

*

미아는 테르트르 광장의 캐리커처 화가들을 관찰하다 호감이 가는 남자를 발견했다. 리넨 바지에 흰색 셔츠, 트위드 재킷을 입은 미남이었다. 미아는 그 잘생긴 화가 앞 접이의자에 앉아 가능한 한 사실적으로 그려달라고 주문했다.

"'단 하나의 변함없는 사랑은 자만이다', 사샤 기트리가 한 말이죠." 캐리커처 화가가 탁한 목소리로 말했다.

"정말 맞는 말이었어요."

"남자 운이 없나 봐요?"

"왜 그런 질문을 하죠?"

"혼자 다니고, 헤어숍에서 나왔으니까요. 흔히 이런 말을 하죠. '새 술은 새 부대에.'"

말문이 막힌 미아는 화가를 빤히 쳐다봤다.

"늘 이렇게 인용문으로 당신 생각을 표현하나요?"

"초상화를 그린 지 이십오 년이 되다 보니 눈빛에서 많은 걸 읽을 수 있게 되었지요. 당신 눈은 아름답고 매력 있어요. 약간만 꾸미면 나쁘지 않을 것 같습니다. 얘기는 충분히 했으니까 내 연필이 모델에게 성실하길 원하면 움직이지 마세요."

미아는 자세를 바로 했다.

"파리에서 휴가 중이에요?" 화가가 목탄 연필을 깎으면서 물었다.

"그렇기도 하고 아니기도 해요. 며칠 친구 집에서 지낼 거예요. 이 동네에서 레스토랑을 하는 친구죠."

"누군지 알 것 같아요. 몽마르트르는 작은 동네죠."

"라 클라마다."

"아, 프로방스 아가씨! 용감한 여자죠. 요리는 창의적이고 그렇게 비싸지도 않아요. 몇몇 레스토랑과 달리 관광객들에게 호객 행위 같은 것도 일체 없고. 이따금 점심 먹으러 가는데 아주 꿋꿋해요."

미아는 화가의 손을 관찰하다 반지를 봤다.

"아내 말고 다른 여자를 원한 적 있었나요?"

"아마도, 한눈팔았던 적은 있죠. 아니, 오히려 아내를 얼마나 사랑했는지는 아는 남자라고 해두죠."

"이제는 같이 안 살아요?"

"늘 함께 살죠."

"근데 왜 과거형이죠?"

"말은 그만. 입을 그리는 중이에요."

미아는 화가가 그림을 그리도록 입을 꼭 다물었다. 예상보다 시간이 좀 오래 걸렸다. 화가는 그림을 완성하자 미아에게 이젤 앞으로 와서 결과물을 보게 했다. 미아는 낯선 얼굴을 보고 미소를 지었다.

"이 얼굴이 정말 나랑 닮았어요?"

"오늘은 그렇습니다." 캐리커처 화가가 말했다. "곧 이 그림처럼 미소 짓길 바랍니다."

화가는 호주머니에서 휴대폰을 꺼내 미아의 사진을 찍고 그림과 비교했다.

"정말 수고했어요." 미아는 칭찬했다. "사진이 있으면 초상화를 그려줄 수 있나요?"

"가능하죠, 사진이 선명하면."

"내 친구 다이지의 사진을 가져올게요. 자기 초상화를 갖게 되면 좋아할 거예요, 틀림없이. 데생 솜씨가 훌륭하네요."

캐리커처 화가는 몸을 숙이고 이젤에 기대놓은 데생 상자 중 하나에서 도화지 한 장을 꺼내 미아에게 내밀었다.

"매력적인 여자죠. 레스토랑 경영하는 친구 말입니다." 화가가 말했다. "아침마다 이 앞을 지나가거든요. 이건 선물입니다."

미아는 화가가 그린 다이지의 얼굴을 살펴봤다. 캐리커처가 아니라 진짜 초상화였다. 복사한 것처럼 다이지의 표정이 섬세하게 묘사되어 있었다.

"대신 내 초상화는 여기 두고 갈게요." 미아는 이렇게 말하고 화가와 헤어졌다.

*

폴은 급하게 관광 일정을 짰었다. 주특기인 배짱으로 에펠탑 밑에 길게 늘어선 줄을 새치기해서 한 시간을 벌었다. 에펠탑 꼭대기에서는 현기증이 나서 밧줄을 꽉 붙잡은 채 난간에서 멀찍이 떨어져서는 자기는 파리를 구석구석 잘 아니까 아서와 로렌 둘이서 실컷 감상하라고 말했다. 얼마 후 엘리베이터를 타고 내려갈 때도 눈을 감아야할 정도로 체면을 완전히 구겼지만 폴은 다음 코스인 튈르리 정원으로 친구들을 안내했다.

회전목마를 타고 즐거워하는 아이들을 보자 로렌은 아들 목소리가 듣고 싶어져서 나탈리아에게 전화했다. 그녀는 벤치에 앉아서 아서를 불렀다. 그 틈에 폴은 먹을 걸 사러 갔다. 로렌이 멀어져가는 폴의 뒷모습을 바라보는 사이 아서는 아들과 통화하고 있었다.

로렌은 폴에게서 시선을 떼지 않은 채 휴대폰에 대고 아들에게 온 갖 애정 표현을 쏟아냈다. 파리에서 선물을 가져갈 거라고 약속했고, 아들이 엄마를 그렇게 많이 보고 싶어 하지 않는 것에 약간 서운해 했다. 아들은 대모 집에서 아주 즐겁게 지내고 있었다.

로렌이 아들에게 입맞춤을 보내고 전화가 끊긴 다음 아직 휴대폰 을 귀에 대고 있을 때 폴이 한 손에 솜사탕 세 개를 들고 아주 힘들어 죽겠다는 티를 내며 걸어오고 있었다.

"어떤 것 같아?" 로렌이 속삭였다.

"나? 아니면 조?" 아서가 물었다.

"조는 전화 끊었어."

"근데 왜 통화하는 척하는데?"

"폴을 조금 있다 오게 하려고."

"폴은 행복한 것 같아." 아서가 대답했다.

"당신은 거짓말하면 얼굴에 표가 나."

"비난은 아니지?"

"그냥 사실 확인. 폴이 끊임없이 혼자 중얼거리는 거 봤어?"

"많이 외로우면서도 인정하질 않아."

"누구 있는 거 아냐?"

"나도 파리에서 사 년이나 독신으로 살았는데, 뭐."

"당신은 나한테 푹 빠져 있었어. 그러면서도 매혹적인 꽃집 아가씨

63

랑 연애한 사람 아니던가?" 로렌이 응수했다.

"폴도 사랑에 빠진 것 같아. 한국에 사는 여자랑. 그 여자랑 거기서 정착할 생각도 있는 것 같고. 한국에서는 폴의 소설에 대한 반응이 엄청난 모양이야."

"한국에서?"

"웅, 나는 그게 사실이 아니고, 또 터무니없는 계획이라고 생각하지만."

"왜? 폴이 정말로 그 여자를 사랑하면 그럴 수 있잖아?"

"근데 그 여자는 폴을 그만큼 사랑하는 것 같지 않아. 폴은 비행기 공항장애가 있어. 떠나면 다시는 돌아오지 않을지도 몰라. 한국에서 외롭게 사는 폴, 상상이 돼? 파리에서 샌프란시스코행 비행기 타는 것도 엄두를 못 내는데."

"당신이 막을 권리는 없어. 폴이 그러고 싶다면."

"설득해볼 권리는 있지."

"우리가 지금 같은 사람에 대해 말하는 거 맞아?"

충분히 기다렸다고 생각한 폴이 단호한 걸음으로 다가왔다.

"나도 조와 통화해도 되지?"

"방금 끊었는데." 로렌이 미안해하는 얼굴로 대답했다.

로렌은 휴대폰을 집어넣으면서 활짝 웃어 보였다.

"둘이 또 무슨 짓 꾸미지?"

"전혀." 아서가 대꾸했다.

"걱정 마, 둘이 여기서 지내는 동인 들러붙지 않을 거니까. 이 기회에 같이 놀고 싶지만 둘만의 시간을 조용히 보내게 해줄 거야."

"우리도 같이 놀고 싶어, 아니면 파리에 왜 왔겠어?"

폴은 잠시 생각에 잠겼다. 일리 있는 말이다.

"분명히 둘이서 뭔가 꾸미고 있었어. 무슨 얘기하고 있었는데?"

"오늘 저녁에 내가 데려가고 싶은 레스토랑에 대해. 파리에 살 때 내가 자주 가던 곳이거든. 이제 집에 들어가서 쉬게 해주지 않으면 우리는 더 이상 관광객 놀이를 할 수 없어." 아서가 말했다.

폴은 받아들였다. 세 친구는 카스티글리온 거리로 접어들어 리볼리 거리까지 걸었다.

"조금만 가면 택시 승차장 있어." 폴이 횡단보도 쪽으로 방향을 잡으면서 말했다.

그 순간 신호등이 바뀌었고, 아서와 로렌은 폴을 쫓아갈 시간이 없었다.

횡단보도가 그들을 갈라놨다. 버스 한 대가 지나갔다. 로렌은 버스에 붙은 광고판을 봤다.

〈이 버스에서 운명의 여인을 만날 수도 있습니다. 그녀가 지하철을 탄다면 몰라도…….〉 인터넷 데이트 사이트.

로렌이 팔꿈치로 아서를 툭 쳤고, 둘은 눈으로 버스를 쫓다가 서로를 쳐다봤다.

"설마, 아니지?" 아서가 속삭였다.

"쉿, 폴이 듣겠어."

"폴은 절대로 저런 사이트에 가입하지 않을 거야."

"누가 그래? 폴이 가입한다고." 로렌이 짓궂은 어조로 내뱉었다. "운명에 도움의 손길이 필요할 때 손을 내미는 건 우정이다……. 뭐 기억나는 거 없어?"

그렇게 말하고 로렌은 아서를 기다리지 않고 횡단보도를 건넜다.

*

미아는 오후에 한 골동품상에서 산 귀갑테 안경을 썼다. 두꺼운 렌즈 안경을 쓰니 미아도 평범해 보였다. 그녀는 레스토랑의 문을 밀고 들어갔다.

식당은 만원이었고, 테이블에 앉은 손님들은 벽면에 뚫린 대형 유리창을 통해 다이지가 요리하는 모습을 볼 수 있었다. 보조 요리사도 정신없이 바빠 보였다. 다이지가 요리를 들고 나왔다가 사라졌다. 문이 열리고 다이지가 다시 나타나 사 인석 테이블 쪽으로 갔다. 그녀는 테이블에 요리 접시들을 내려놓고 돌아오다 미아를 스치면서도 알아채지 못했다. 주방으로 들어가기 직전에야 다이지는 세 걸음 뒤로 돌아왔다.

"미안합니다, 테이블이 꽉 차서요."

미아는 안경의 효과를 실감했다.

"어디 앉을 데 없을까요? 아무 데라도 괜찮은데요." 미아는 목소리를 변조했다.

다이지는 입술을 비쭉거리며 주위를 둘러봤다.

"저기 남자 손님들이 계산서를 달라고 하긴 했지만 수다가 심한 사람들이라서……. 혼자 오셨어요? 카운터 자리라도 괜찮으시다면." 다이지가 구석진 자리를 가리키면서 말했다.

미아는 고개를 끄덕이고 나서 카운터 의자에 걸터앉았다.

몇 분 후, 다이지가 카운터 앞에 나타나 세팅을 한 다음 돌아서서 굽 달린 유리잔 한 개를 선반에서 꺼냈다. 그러고는 미아에게 메뉴판을 내밀며 가리비관자 요리는 떨어졌다고 말했다. 신선한 재료만 사용하는데 다 나갔다면서.

"유감이네요, 셰프님의 가리비관자 요리를 먹으려고 런던에서 일부러 왔는데요."

다이지는 긴가민가하며 미아를 유심히 살피다 흠칫했다.

"맙소사!" 다이지가 외쳤다. "손에 뭐 들고 있지 않아서 다행이네, 떨어뜨릴 뻔했잖아. 미쳤구나, 너!"

"못 알아봤어?"

"제대로 보지 않은 것도 있지만, 대체 무슨 짓을 한 거야?"

"마음에 안 들어?"

"노닥거릴 시간 없어. 웨이트리스가 갑자기 나가버리는 바람에. 저녁 시간에 이러면 안 되는데. 너 배고프면 뭐 만들어주고, 아니면……."

"도와줄까?"

"멜리사 바로우가 웨이트리스? 그래서 뭐 하려고?"

"여기서는 미아로만 생각해. 그리고 좀 작게 말해!"

다이지가 미아를 아래위로 훑어봤다.

"접시를 제대로 들 줄이나 알까, 다 엎어버리는 거 아냐?"

"웨이트리스 연기 한 적 있어. 알잖아, 나 완벽주의라는 거. 얼마나 연습했는데."

다이지는 망설였다. 보조 요리사가 울리는 종소리가 들리고 손님 들이 짜증스러운 표정으로 기다리고 있으니, 당장 일손이 필요했다.

"그 웃기는 안경 벗고 따라와!"

미아는 주방으로 따라 들어갔다. 다이지가 앞치마를 건네주고 가열램프 밑에서 대기 중인 접시 여섯 개를 가리켰다.

"팔 번."

"팔 번?" 미아가 물었다.

"입구에서 오른쪽, 저기 큰 소리로 떠드는 남자가 있는 테이블. 친절하게 대해줘. 단골이야."

"단골손님." 미아는 접시들을 들면서 말했다.

"처음이니까 한 번에 네 접시 이상은 들지 마."

"넵, 셰프, 분부대로 합죠." 미아는 쟁반을 들면서 대답했다.

미아는 첫 번째 미션을 완수하고 돌아오자마자 다시 요리 접시들을 들고 나갔다.

서빙에서 자유로워진 다이지는 주방에서 원래 리듬을 되찾았다. 요리가 완성되면 종이 울렸고, 미아는 재빠르게 움직였다. 서빙하지 않을 때는 테이블을 치우고 계산서를 정리했고, 다이지의 재미있어 하는 눈길을 받으며 지시에 따랐다.

밤 열한 시쯤 되자 손님들이 빠져나가기 시작했다.

"네 '단골'이 테이블에 놔둔 거야. 일 유로 오십 센트를 팁이라고."

"인심이 후한 남자라는 말은 안 했다!"

"고맙다고 말하길 기다리면서 나를 쳐다보고 있더라고."

"그래서 뭐라고 했는데?"

"그래서 뭐 하려고?"

"헤어스타일 바꿀 생각은 언제 한 거야?"

"너에게 일손이 필요하리라는 걸 알고 있었다고나 할까. 아무튼 마음에 안 드나 보네, 내 머리!"

"너 같지 않아. 익숙해지면 모를까."

"내 영화 안 본 지 오래됐구나. 이것보다 더 웃기는 머리를 한 적도 있는데."

"서운해하지 마, 일이 너무 많아서 영화 보러 갈 시간이 없는 거니까. 이 디저트 갖다줄래? 빨리 문 닫고 눕고 싶어 죽겠어."

미아는 웨이트리스 역할을 완벽하게 해냈고, 이런 일을 하지 못할 거라고 생각한 친구에게서 인정을 받았다.

자정, 마지막 손님이 떠났다. 다이지와 보조 요리사가 주방을 치우는 사이 미아는 테이블을 정리했다.

다이지와 미아는 함께 커튼을 내리고 레스토랑 문을 잠갔다. 둘은 걸어서 몽마르트르 거리를 가로질렀다.

"저녁마다 이래?" 미아가 물었다.

"일주일에 육 일은. 고되지만 다른 직업을 갖진 않을 거야. 난 운이 좋은 편이지, 내 가게니까. 비록 월말은 죽을 맛이지만."

"월말에는 미어터지는구나."

"멋진 저녁이기도 하지."

"일요일에는 뭐해?"

"자."

"그럼 애정 생활은?"

"내 애정 생활이 썰렁한 침실과 주방 사이 어디쯤에 있긴 할까?"

"이 레스토랑을 시작한 뒤로는 아무도 안 만났어?"

"몇 명 만났는데 내 일상을 견디지 못했어, 한 놈도. 넌 같은 직업을 가진 남자와 사니까 모를 거야. 네가 촬영을 떠나고 없는 날들, 그걸 참아주는 남자가 몇이나 될 거 같아?"

"이제는 특별히 함께하는 것도 없어."

인적이 없는 텅 빈 거리에 둘의 발소리가 울렸다.

"우리 둘 다 노처녀로 끝날지도 몰라." 다이지가 말했다.

"넌 그럴지 몰라도 난 아니지."

"빌어먹을!"

"차라리 그랬으면 좋겠다."

"누가 못 하게 막아?"

"그럼 너는 누가 못 하게 막는데? 어디서 만났는데, 그 남자들? 손님?"

"사랑과 일은 별개야." 다이지가 대답했다. "딱 한 번만 빼고. 아주 자주, 너무 자주 오는 남자였는데 얼마 후에야 내 요리 때문이 아니라는 걸 알았지."

"어떤 남자였는데?" 미아가 호기심이 동해 물었다.

"괜찮은 남자, 꽤 괜찮은 남자였지."

그사이 아파트 앞에 도착했다. 다이지가 정문 비밀번호를 눌렀고, 계단에 오르기 전에 전등을 켰다.

"어떻게 괜찮은데?"

"매력적."

"또?"

"뭘 알고 싶은데?"

"전부 다! 어떤 점에 끌렸는지, 첫 밤은 어땠는지, 연애 기간은 얼마나 됐는지, 어떻게 끝났는지……."

"듣고 싶으면 기다려, 다 올라갈 때까지."

아파트 안으로 들어간 다이지는 소파 침대에 쓰러졌다.

"난 탈진 상태야. 차는 네가 준비해줄래? 영국인들이 주방에서 유일하게 잘하는 게 차 끓이는 것 같던데."

미아는 친구를 향해 주먹감자를 날리고 조리대로 향했다. 전기 포트에 물을 붓고 다이지가 약속을 지키길 기다렸다.

"작년 7월 초, 어느 날 저녁이었어. 레스토랑은 거의 비었고, 끝낼 준비를 하고 있을 때 그가 들어왔어. 잠시 망설이다 못 말리는 직업의식 때문에 보조 요리사와 웨이트리스를 퇴근시켰지. 손님 한 명은 혼자 해결할 수 있으니까. 메뉴판을 내밀었는데 내 손을 덥석 잡고는 내가 원하는 걸 선택하라는 거야. 자기를 위해 내가 남아 있어줘서 고맙다면서. 난 바보같이 그걸 매력적이라고 생각했어."

"그게 왜 바보 같아?"

"그가 먹는 동안 마주 보는 자리에 앉아 있었고, 나도 함께 깨작거렸지. 활기가 넘치고 재미있는 사람이었어. 그가 치우는 걸 도와주겠다고 고집하기에 내버려뒀지. 좋더라고. 레스토랑 문을 닫을 때 그가 술 한잔하자고 해서 그러자고 했어. 한 카페의 테라스까지 걸었고, 우리는 거기서 다른 세상을 꿈꾸고 있었어, 아름다운 세상이었지. 그는 요리에 관심이 많았고, 허풍을 떨지도 않았어. 솔직히 말해 어떻게 이런 남자가 나한테 왔나, 기적이라고 믿을 정도였으니까. 그는 집 앞까지 바래다주면서도 올라오려고 하지 않았고 그냥 키스만 했어. 아주 완벽한 남자를 만났던 거야. 계속 만났어. 레스토랑이 끝나는 시간에 와서 문 닫는 걸 도와줬고, 일요일마다 함께 시간을 보냈지. 여름이 끝날 때까지는. 그러다 그가 더는 만날 수 없다고 했어."

"왜?"

"아내와 아이들이 바캉스에서 돌아왔기 때문에. 더는 캐묻지 않아 주면 고맙겠다. 난 이제 목욕하고 잘 거야." 다이지는 그렇게 말하고 침실 문을 닫았다.

*

쉐 라미 루이에서 식사를 하고 나온 로렌이 베르브와 거리의 고풍스러운 건물들을 바라보며 감탄했다.

"파리의 매력에 푹 빠진 건가?" 폴이 물었다.

"우리가 방금 먹어치운 엄청난 양의 식사, 그 매력에 대해서는 의심할 여지가 없지." 로렌이 말했다.

셋은 택시를 탔다. 집에 도착하자 친구들에게 푹 쉬라고 말하고 폴은 글을 쓰기 위해 서재에 틀어박혔다.

로렌은 침대에 앉아 노트북의 키보드를 치기 시작했다. 아서는 십분 후 욕실에서 나와 이불 속으로 기어들어왔다.

"이 시간에 메일 읽는 거야?" 아서는 놀랍다는 듯 물었다.

로렌은 노트북을 아서의 무릎에 올려놓았다. 자신이 방금 작성한 글을 보고 아서가 깜짝 놀라자 로렌이 깔깔대고 웃었다.

아서는 로렌이 써놓은 첫 줄을 다시 읽었다.

〈소설가, 독신, 주로 밤에 일하는 미식가, 유머와 인생 그리고 우연…… 을 좋아하는 남자.〉

"아까 와인을 너무 많이 마시더라니."

아서가 노트북을 닫으려다 실수로 버튼을 클릭하게 됐고, 그 바람에 폴의 인적 사항이 데이트 사이트에 완벽히 등록됐다.

"우리가 이런 장난친 걸 알면 폴이 절대 용서하지 않을 텐데."

"그림 당신이 빨리 가서 사과해야지. 방금 들린 삐, 신호음 때문에 되게 겁나는데……."

가슴이 철렁한 아서가 재빨리 노트북을 다시 열었다.

"뭘 그렇게 놀라고 그래. 이 계정을 아는 건 우리밖에 없어. 그리고 폴의 일상을 엉망진창으로 만들겠다는 것도 아닌데."

"나도 폴에게는 함부로 못 하는데." 아서가 대꾸했다.

"폴이 우리를 위해 어떤 모험을 했는지 상기시켜줘?" 로렌이 불을 끄면서 받아쳤다.

아서는 어둠 속에서 한동안 눈을 뜨고 있었다. 수많은 기억이 되살아났다. 정신 나간 도주와 복잡하게 얽힌 사건들. 폴은 그를 돕다 하마터면 감옥에 갈 뻔하기도 했다. 지금 누리는 자신의 행복은 친구의 배짱 덕분이었다.

아서에게 파리는 우울하고 고독하게 살던 때를 떠올리게 했다. 이번에는 폴이 그렇게 살고 있었다. 이런 고독이 얼마나 견디기 힘든지 아서는 잘 알았다. 하지만 데이트 사이트 말고 다른 방법이 있을 텐데, 아무리 고독을 해결하기 위한 것이라고 해도.

"자자." 로렌이 속삭였다. "재미있는 일이 일어날지 아닐지, 그건 두고 보자고."

아서는 아내에게 바짝 붙어서 잠이 들었다.

*

미아는 잠이 오지 않아 침대에서 계속 뒤척였다. 지난 몇 주를 떠올려보지만 기뻤던 때라곤 없었다. 요사이 계속 우울했는데 오늘은 단연 최고의 날이었다. 비록 가슴 한쪽은 여전히 허전하지만.

미아는 옷을 갈아입고 조용히 아파트를 나갔다.

밖으로 나오니 거리는 어둠에 잠겨 있고, 길은 안개비에 젖어 있었다. 그녀는 언덕을 따라 테르트르 광장까지 올라갔다. 캐리커처 화가가 이젤을 정리하고 있었다. 화가는 고개를 들고 미아가 벤치에 앉는 모습을 바라봤다.

"한밤중인데요?" 화가가 미아 옆에 와서 앉으며 물었다.

"불면증." 미아가 대답했다.

"잘 알죠. 나도 새벽 두 시 이전에는 눈을 붙여본 적이 없거든요."

"그럼 당신 아내는 밤마다 기다리나요?"

"갑자기 나타나서 나를 기다리면 좋겠어요." 화가가 탁한 목소리로 대답했다.

"무슨 말인지 모르겠네요."

"친구에게 초상화 전해줬어요?"

"아직 기회가 없어서 내일 주려고요."

"부탁 하나 해도 될까요? 친구에게 내가 그린 거라고 말하지 마세요. 그 레스토랑에서 점심 먹는 걸 좋아하는데 왠지 거북할 것 같아요, 그녀가 알면."

"왜요?"

"허락받지 않고 초상을 그리는 거, 위법이거든요."

"그래도 그렸잖아요."

"아침마다 내 이젤 앞을 지나가는 그녀를 보는 게 좋아요. 기분 좋게 해주는 그 얼굴을 간직하고 싶었죠."

"당신 어깨에 머리를 기대도 될까요? 오해하지는 말고요."

"그래요, 내 어깨는 입이 무겁죠."

둘은 잠자코 파리의 하늘에 보일 듯 말 듯 어렴풋한 달을 바라봤다.

새벽 두 시, 캐리커처 화가가 헛기침을 했다.

"잠이 오지 않았어요." 미아가 말했다.

"나도 늘 그래요."

미아가 일어났다.

"그만 헤어질 시간이네요." 미아가 말했다.

"네, 잘 가요." 캐리커처 화가가 일어나면서 말했다.

두 사람은 테르트르 광장에서 헤어졌다.

5

다이지는 해가 지평선을 뚫고 나오는 시간, 그 고요한 거리를 산책하길 좋아했다. 보도에서 올라오는 상쾌한 아침 공기. 그녀는 테르트르 광장에서 걸음을 멈추고 빈 벤치를 응시하다 고개를 흔들었다. 그러고는 다시 걸었다.

한편 미아는 한 시간 후 일어나 차 한 잔을 들고 유리방을 마주 보는 자리에 앉았다.

찻잔을 입술에 가져가는데 친구의 노트북이 눈에 들어왔다. 미아는 호기심이 동해 책상 앞에 가서 앉았다.

차 한 모금. 미아는 자기 메일함에 들어가서 공적인 것으로 보이는 메일은 빼고 쭉 훑어봤다. 또 한 모금. 특별한 메일이 없어서 창을 닫왔다.

또다시 한 모금. 미아는 돌아서서 길을 내려다보다 한밤의 산책을 떠올렸다.

한 모금 더. 데이트 사이트로 들어갔다.

또 한 모금. 프로필을 만드는 데 필요한 사항을 꼼꼼히 읽었다.

또다시 한 모금. 찻잔을 내려놓고 프로필을 어떻게 만들지 구상하기 시작했다.

프로필 만들기

누군가를 만날 준비가 되셨습니까?
이상형이든, 전혀 아니든 우연에 맡깁시다.
네, 그럽시다.

당신의 사회적 신분 – 미혼, 별거, 이혼, 미망인, 기혼.
별거.

자식이 있습니까?
아니오.

당신의 성격 – 세심함, 대담함, 침착, 타협적, 재미있음, 까다로움, 자존심이 강함, 관대함, 신중함, 예민함, 사교적, 과감함, 내성적, 신뢰성, 기타.

전부 다.

하나만 선택할 수 있습니다.

타협적.

당신의 눈 색깔.

행복하기 위한 모든 걸 갖추고 있어도 눈 색깔 때문에 이뤄지지 않을 수도 있다는 건가.

'눈이 멀었다'고 하는 것이 나에게 맞을 것 같음.

당신의 체형 – 보통, 근육질, 날씬, 몇 킬로그램 과체중, 통통함, 땅딸막함.

가축 시장의 설문지 같음. 보통 체격.

당신의 키.

줄자가 없는데. 175센티미터 정도, 아무튼 큰 편.

당신의 국적.

영국 – 좋지 않은 생각, 워털루 전쟁 이후로 프랑스인들은 우리에게 호감을 갖지 않음. 미국 – 프랑스인들은 미국인들에 대해서도 편견으로 가득 차 있음. 마케도니아 – 역시 마찬가지. 멕시코 – 에스파냐어를 할 줄 모름. 미크로네시아 – 예쁜 이름이지만 이 나라가 어디 붙어 있는지도 모름. 몰도바 – 아주 섹시하지만 괜한 과장은 말아야지. 모잠비크 – 이국적이지만 지금 내 얼굴색으로는 금방 들통. 이란 – 엄마가 알면 나를 죽이려고 할 텐데. 아이슬란드 – 프랑스인들이 내가 온종일 비요크의 노래를 흥얼거릴 거라 기대하면 어쩌려고. 라트비아 – 운을 맞추기는 좋으나 라트비아 언어를 배울 시간이 없으니 억양을 그럴듯하게 만들어 상상의 언어를 말하는 건 재미있을 듯. 라트비아 남자를 만날 가능성은 아주 낮으니까. 타이 – 꿈 깨. 뉴질랜드 – 내 억양과 잘 어울릴 듯!

당신의 인종.
제2차 세계대전으로 부족해서?
질문의 요지가 뭔지?

당신의 비전과 가치관 – 종교.
비전과 가치관을 규정하는 것이 종교밖에 없기 때문인가? 불가지론자. 종교를 왜 말해야 하는지, 이건 좀 어이가 없는데!

당신의 결혼에 대한 비전.
불분명함!

당신은 자식을 원합니까?

내 아이를 갖고 싶어 하는 남자를 만나면 좋겠음. 갑자기 아이가 생겨서가 아니라.

당신의 학력.

트리플 빌어먹을! 이거야말로 사기 치기 딱 좋은 건데. 바칼로레아 +5(석사 과정)……. 아니야, 같이 있으면 따분해 미칠 것 같은 고매한 학자들이잖아? 바칼로레아 +2(학사 과정), 이게 무난하지.

당신의 직업.

배우, 위험한 장난은 안 됨. 생활설계사, 아니 여행업자, 이건 아니지. 병원 사무직, 이건 별로. 군인, 아니 물리치료사, 마사지해달라고 하면 어쩌려고. 음악가, 이것도 노래 못 불러서 안 되고. 다이지처럼 레스토랑 경영, 그래, 이게 딱이네.

당신의 직업을 묘사하시오.

요리하는 사람…….
오믈렛도 만들 줄 모르는 사람에게 장난치기는 재미있겠네.

현재 하는 스포츠 – 수영, 긴 산책, 조깅, 당구, 다트…….
다트가 스포츠였어?

······ 요가, 격투기, 골프, 요트, 볼링, 축구, 권투······.
권투라고 답하는 여자도 있을까?

담배를 피웁니까?
때때로.
애연가를 만날지도 모르는데 담배에 대해서는 정직한 게 더 나으
ㄴㅣ까.

당신의 애완동물.
전남편이 될 남자.

당신의 주 관심사 ─ 음악, 스포츠, 요리, 쇼핑······.
쇼핑, 이건 땀깨나 흘려야 하는 거고. 권투라고 하면 한번 붙어보자
고 할 테고. 춤이라고 하면 발레리나 몸매의 여자를 기대했다가 실
망할 테고. 글 쓴다고 하면 진짜 글을 잘 써야 하고 책도 많이 읽었
어야 하니까 안 되고. 그렇다고 영화는 특히 안 돼, 영화 팬이라면
서 달라붙으면 어떡해? 미술관, 이건 경우에 따라 다르고. 동물이
라고 했다가 주말을 동물원에서 보내기는 싫은데. 비디오 게임, 낚
시와 사냥은, 웩. 창의적인 여가 활동, 이건 무슨 뜻인지도 모르겠
는데······.

외출.

영화관…….

가기도 하고 안 가기도 하고.

레스토랑.

예스.

친구들과 파티.

당분간은 갈 일 없고.

가족.

가능한 한 만나지 않음.

술집/카페.

예스.

클럽.

노.

스포츠 행사.

특히 안 감.

음악과 영화에 대한 취향.

또! 취조하는 것도 아니고!

이상형 입력하기

키와 체형 – 보통, 스포츠맨, 마른 체형, 약간 과체중.

몸매가 좋으면 뭐해, 밥 먹여주는 것도 아닌데!

남자의 사회적 신분 – 결혼한 적 없는 미혼, 사별, 독신.

셋 다 괜찮음.

자식이 있는 남자.

그건 봐야 알고.

자식을 원하는 남자.

시간이 있으면.

남자의 성격.

드디어 나왔네!

세심함, 대담함, 침착, 타협적, 재미있음, 관대함, 신중함, 예민함, 사교적, 과감함, 신뢰성.

전부 다!

당신을 묘사하시오.

미아는 키보드에 손가락을 올렸지만 끝내 한 글자도 칠 수 없었다. 홈페이지로 돌아가서 다이지의 패스워드를 치고 프로필을 읽었다.

〈삶을 사랑하는 젊은 여자, 즐기고 싶지만 시간을 내기 힘든 셰프, 직업에 열정을 쏟는 여자.〉

미아는 친구의 프로필을 복사해 붙여 넣는 것으로 데이트 사이트 가입을 끝냈다.

아파트 문을 열고 다이지가 들어왔다. 미아는 후다닥 컴퓨터 화면을 바꿔놓고 일어났다.

"뭐하고 있었어?"

"그냥 메일 읽고 있었어. 이른 아침에 어딜 나갔다 와?"

"이른 아침은 무슨, 아홉 시인데. 시장에서 오는 길이야. 옷 입어, 레스토랑에 일손이 필요해."

미아는 친구의 어조에서 반박할 여지가 없음을 알아차렸다.

다이지는 레스토랑 앞에 소형 트럭을 세우고 장바구니들을 내린 뒤, 식자재 목록을 작성해야 하니 도와달라고 했다. 다이지가 사 온 것들을 수첩에 적는 사이, 미아는 지시에 따라 식자재를 정리했다.

"일부러 일 시키는 건 아니겠지." 미아가 허리를 두드리며 말했다.

"날마다 나 혼자서 하는 일인데 이번만 도움 받는 거야. 간밤에 나 갔었지?"

"잠이 안 와서."

"오늘 저녁에는 레스토랑에 와서 일해. 금세 곯아떨어질 테니까."

미아가 가지 상자를 서늘한 데로 들고 가자 다이지가 주의를 줬다.

"채소의 맛을 보존하려면 주위 온도에 신경 써야 해."

"너 진짜, 잔소리 그만해!"

"생선은 냉장고에 넣고."

"케이트 블란쳇°은 레스토랑 냉장고에 생선 넣어봤을까 모르겠네."

"네가 오스카상 받는 날 다시 얘기하자."

미아는 버터 한 조각을 꺼내놓고, 찬장에서 바게트 하나를 집어 들고는 카운터 앞에 앉았다. 다이지가 나머지 식자재들을 최적의 장소에 갖다놓는 일을 끝냈다.

"메일을 읽다가 우연히 재미있는 걸 발견했어." 미아는 빵을 먹으면서 말했다.

• 2014년 아카데미 여우주연상을 수상한 호주 출신의 영화배우.

"뭔데?"

"데이트 사이트."

"우연히?"

"맹세코!" 미아는 오른손을 들고 선서하듯 내뻗었다.

"내 파일 뒤지지 말라고 분명히 말했다!"

"그 사이트로 남자 만난 적 있어?"

"그런 얼굴로 쳐다보지 마, 우리 엄마 보는 것 같아! 포르노 사이트
도 아닌데."

"알지만 그래도!"

"그래도 뭐? 버스나 지하철 타봐, 아니, 그럴 것도 없이 거리에 나
가보기만 해도 금방 알 텐데. 요즘은 주위에서 무슨 일이 일어나든
구경하는 사람이 없어. 스마트폰에 온통 정신이 팔려서. 사람들의 관
심은 SNS에 올린 거 들여다보며 낄낄거리는 건데……. 그 사이트에
가입하는 게 무슨 큰 잘못이라고."

"너 아직 대답 안 했어." 미아가 물고 늘어졌다. "진짜 그랬냐고?"

"난 배우가 아냐. 에이전트도 팬도 없어. 내 사진으로 잡지 커버를
장식하는 일도, 내가 레드카펫 밟을 일은 더더욱 없을 테고. 요리하
면서부터는 섹시한 여인의 이상적인 프로필과는 거리가 멀지. 그래,
사이트에 가입한 거 맞아, 그 사이트를 통해 남자를 만난 것도 사실
이야."

"괜찮은 남자들이 있긴 하고?"

"아주 드물지. 하지만 그게 인터넷 탓은 아니지."

"어떻게 했는데?"

"뭘 해?"

"예를 들어, 첫 만남은 어떻게 이뤄지느냐고?"

"카페에서 말을 붙이면서 작업 거는 거랑 비슷해. 일단 프로필을 보고 만나는 거니까 그 남자에 대해 좀 더 알고 있다는 것만 빼고."

"그 남자가 니에서 무슨 말을 하고 싶은지도 알고 있는 거고."

"프로필 분석하는 방법을 배우면 금방 여러 가지를 알게 돼."

"프로필 분석하는 방법을 어떻게 배우는데?"

"넌 왜 관심을 갖는데?"

미아는 친구의 질문을 한참 생각했다.

"필요할 때가 있을 것 같아서. 배역 때문에." 미아는 얼버무리는 투로 대답했다.

"아이고, 배우님께서 어련하시겠어……." 다이지가 빈정거렸다.

그러고는 한숨을 내쉬고 미아 옆에 와서 앉았다.

"가명만 봐도 그 사람 성격을 대충은 알 수 있지. '엄마, 〈두두21〉을 소개할게. 엄마가 좋아하던 〈영악한로로〉보다 훨씬 다정한 남자야.' 〈미스터빅〉, 좀 근사할 것 같지 않아? 〈엘벨로〉, 이 이름에서는 겸손이 느껴지고……. 〈가스파초*2000〉이라는 이름으로 나에게 접

• 에스파냐식 차가운 수프.

속한 남자가 있었어. 가스파초와 포옹하는 모습이 상상이 돼?"

미아는 깔깔대고 웃었다.

"자기 얘기를 잔뜩 늘어놓는 사람, 그런 사람의 글은 읽어보나 마나야. 오자투성이에다 대체로 신파거든."

"그 정도야?"

"한 시간 후면 보조 요리사가 도착하니까 집에 가자. 보여줄게."

아파트로 돌아온 다이지는 데이트 사이트에 접속했다.

"이 남자가 올려놓은 글 좀 봐."

〈안녕, 아름답고 재미있는 분이세요? 그렇다면 내가 당신이 찾는 딱 그 사람이죠. 나 역시 재미있고 매력적이고 정열적인 남자거든요……〉

"아이고, 안 되겠네요, 에르베51. 미안해요, 내가 못생기고 슬픈 여자라서. 근데 솔직히 이런 남자가 어디 가서 비슷한 짝을 찾겠어?" 다이지가 다른 걸 클릭하면서 계속 말했다. "이건 네 프로필을 보고 방문한 남자들이네."

창이 열렸고, 다이지가 스크롤을 내리자 데이트 지원자들이 주르륵 떴다.

"자칭 침착하다는 이 남자의 말, 정말 믿고 싶지만 사진 찍기 전에 대마초 세 대는 피운 것 같다. 인터넷이라서 천만다행이지. 이것 좀 봐. '내가 기댈 수 있는 사람을 찾습니다……' 이런 말로 무슨 어필을 한다고."

다이지는 다음 지원자로 넘어갔다.

"인상은 괜찮은데." 미아가 말했다. "결혼한 적 없는 미혼, 대담한 성격, 간부, 음악 좋아하고, 레스토랑에 즐겨가고⋯⋯."

"너무 대충 읽는다. 남자가 쓴 걸 꼼꼼히 봐야지." 다이지가 손가락으로 글을 가리키면서 읽었다. "'당신이 내 글을 끝까지 읽는다는 데 초콜릿 한 봉지를 겁니다.' 댄디26, 초콜릿은 잘 넣어두시고요."

"그럼 이거, 이건 뭐야?" 미아가 물었다.

"사이트에서 선별해놓은 프로필 폴더. 네가 올린 기본적인 인적 사항, 그 데이터에 따라 알고리즘으로 궁합을 연산해서 만남을 제안하는 거지."

"어디 한번 보자!"

다른 프로필들이 나타났고, 몇몇 개는 웃음만 나왔다. 미아는 그중 하나에서 멈췄다.

"잠깐, 이거 흥미롭네. 보자!"

미아는 화면에 집중했다.

"오호."

"이 정도 되는 남자가 뭐가 아쉬워서 가입했을까?"

"소설가⋯⋯."

"그게 단점은 아니지."

"이 남자가 어떤 소설을 발표했는지 알 필요가 있어. 자칭 글쟁이라면서 소설의 첫 페이지도 못 나간 주제에 온종일 카페에 죽치고 있는 인간들, 코미디 영화 강의를 열 번쯤 듣고 자기가 액터스 스튜디오 출신인 양 떠들어대는 인간들, 기타 좀 친다고 존 레논이라도 된 줄 착각하는 인간들. 아무튼 예술가입네 하면서 남한테 빌붙어 사는 빈대 같은 남자들 수두룩하다고."

"너무 부정적으로 보는 거 아냐? 되게 깐깐하다, 너. 아무튼 네 규범에 대한 강의는 잘 들었어."

"그럴지도. 하지만 내가 그런 인간들을 더러 만나봤으니까 하는 말이야. 그렇다 치고 네가 찍은 소설가, 솜사탕 세 개 들고 있는 이 사진 속 모습은 꽤 괜찮아 보이지만……. 애가 셋인 모양인데!"

"미식가라잖아!"

"그럼 넌 가상의 역을 열심히 궁리해보든가, 난 레스토랑으로 가니까. 점심 장사 준비해야 해."

"잠깐만. 사진 밑에 있는 편지 봉투와 방울 표시, 이건 뭐하는 데 쓰는 거야?"

"편지 봉투에는 남자가 너에게 보내는 쪽지가 들어 있고, 방울 표시는 이게 초록색일 경우, 직접 대화하자고 초대하는 거야. 즐기는 건 네 맘인데 내 컴퓨터로는 하지 마. 그리고 여기서도 지켜야 할 규범과 예의가 있어."

"가령?"

"남자가 저녁에 카페에서 만나자고 하면 너와 자고 나서 저녁을 먹겠다는 뜻이야. 레스토랑에서 만나자고 하면 최상의 신호지만 남자의 집이 어디인지 빨리 알아야 해. 약속 장소에서 오백 미터 이내에 있다면 남자의 의도에 대해 많은 걸 알 수 있지. 남자가 앙트레를 먹지 않으면 구두쇠고, 네 거만 주문하면 슈퍼 구두쇠고, 십오 분 동안 자기 얘기만 하면 빨리 박차고 나와. 삼십 분 이내에 헤어진 여자에 대해 말하면 아직 미련이 있다는 뜻이고, 네 과거에 대해 자꾸 캐물으면 질투심이 많은 남자라는 뜻이지. 너의 단기 계획에 관해 물으면 자기랑 저녁에 바로 같이 잘지 알고 싶어 하는 거야. 휴대전화를 자꾸 보면 동시에 여러 탕을 뛰는 게 틀림없어. 사는 게 힘들다고 푸념을 늘어놓으면 엄마가 되어줄 여자를 찾는 것이고, 고급 와인을 주문해놓고 과시하면 허세가 심한 남자라는 거고, 계산을 나눠서 내자고 하면 진짜 신사를 만난 거야. 그리고 신용카드를 깜빡했다고 하면 밥 얻어먹으러 나온 식객이라고 보면 돼."

"그럼 우린 어떻게 해야 되는데? 무슨 말을 하고 무슨 말을 하지 말아야 하는 거야?"

"우리?"

"너도 포함해야지!"

"미아, 나 일하러 가야 해. 나중에 다시 얘기하자."

다이지는 일어나서 돌아섰다.

"내 컴퓨터로 장난치지 마, 이건 게임이 아냐."

"생각도 안 해봤는데."

"넌 역시 거짓말이 서툴러."

아파트 현관문이 닫혔다.

6

출판사 대표 가에타노 크리스토넬리가 중요한 소식을 알리기 위해 아침 일찍 전화를 걸어왔다. 전화로 길게 할 얘기는 아니라며 가능한 한 빨리 만나자고.

지금까지 한 번도 폴에게 아침을 같이 먹자고 한 적이 없었는데, 하물며 아침 열 시 이전에 만나자고 하다니.

크리스토넬리는 이탈리아인이면서 프랑스 문학 출판에 열정을 쏟고 있는, 특이한 이력을 가진 편집자였다. 청소년기가 끝날 즈음, 어머니가 프랑스 남부의 망통에 별장을 빌려 바캉스를 떠났는데, 그곳 서재에서 로맹 가리의 『새벽의 약속』*을 발견하고 읽었다. 그리고 그 책이 크리스토넬리의 인생을 결정해주었다. 그 소설은 어머니와 사이가 좋지 않았던 크리스토넬리에게 구원의 길을 보여주었다. 마지막 책장을 넘기는 순간 모든 게 분명해졌고, 로맹 가리의 어머니가 보여준 아들을 향한 속 깊은 사랑에 눈시울이 뜨거워졌다. 크리스토넬리는 독서에 열중했고 프랑스 이외의 다른 곳에서는 살지 않겠다고 결심했다. 운명의 기이한 눈짓이었을까, 몇 년 후 크리스토넬리가 책과 사랑에 빠졌던 도시에 로맹 가리의 유골이 뿌려졌다. 크리스토넬리에게 그것은 자신의 선택이 옳았음을 확인해주는 운명적인 신호 같은 것이었다.

파리의 한 출판사에 인턴 사원으로 들어간 크리스토넬리는 호화롭게 살았다. 열 살 연상인 돈 많은 여자가 그를 연인으로 삼았기 때문이다. 그는 많은 여자를 만났고 모두 부유한 연상이었다. 여자와의 나이 차는 차츰 줄어들었고 여자들은 크리스토넬리의 박식함에 쉽게 넘어갔다. 어쩌면 관능적인 면에서 마스트로얀니**와 닮았다는 것도 이 젊은 남자의 섹스 라이프에는 플러스가 되었을 것이다. 아무리 특이한 이력을 가진 박식한 남자라고 해도, 문학에 있어서는 콧대 높기로 유명한 프랑스에서, 이탈리아인이, 그것도 미국 작가의 책을 출판하는 일이 어디 쉬운 일인가. 그러기 위해서는 독창성과 능력이 있

• 1960년 출간된 로맹 가리의 자전적 소설이다. 이 작품에서 로맹 가리의 어머니는 사망하기 전, 편지 수백 통을 써놓고 지인에게 부탁한다. 하루에 한 통씩 매일 전쟁터에 있는 아들에게 보내달라고. 나중에야 어머니가 이미 삼 년 전에 돌아가신 걸 알게 된 아들은 망연자실해 자살한다.

•• 마르첼로 마스트로얀니(1924. 9. ~ 1996. 12.). 이탈리아의 세계적 배우이다.

어야 했다.

특히 크리스토넬리는 모국어인 이탈리아어를 읽을 때 못지않게 냉철한 정신으로 프랑스어를 읽을 수 있었고, 오백 쪽 분량의 원고에서 오탈자를 귀신같이 잡아내는 능력이 있었다. 하지만 말할 때는 이탈리아어와 프랑스어를 섞어 쓰지 않으려고 노력해야 했다. 심지어 말 지어내는 것도 조심할 정도였다. 크리스토넬리를 분석한 사람의 말에 따르면 그것은 언어 능력보다 더 빨리 반응하는 명석한 두뇌 덕분이었다. 신이 주는 레지옹 도뇌르 훈장이 있다면 크리스토넬리가 받았을 거다.

아홉 시 반, 가에타노 크리스토넬리는 카페 레 되마고에서 크루아상 한 접시를 앞에 놓고 앉아서 기다리고 있었다.

"심각한 일은 아니죠?" 폴이 자리에 앉으면서 물었다.

크리스토넬리가 미리 주문한 커피 한 잔을 웨이터가 가져왔다.

"아, 왔군요." 크리스토넬리가 두 팔을 크게 벌리며 말했다. "오늘 새벽에 믿을 수 없는 전화를 받았어요."

크리스토넬리가 '믿을 수 없는'의 발음을 어찌나 길게 하는지 단어가 끝나기도 전에 폴은 에스프레소 한 잔을 다 마셨다.

"한 잔 더 시킬까요?" 크리스토넬리가 어지간히 놀란 얼굴로 덧붙였다. "이탈리아에서는 커피를 두세 모금씩 나눠 마시죠, 리스트레

토*라도. 가장 좋은 건 찻잔 바닥에 남은 찌꺼기지요. 각설하고, 당신과 관련된 얘기를 시작합시다, 친애하는 파울로."

"폴입니다."

"방금도 말했지만 아침에 우리는 어어어어어엄청난 전화를 받았어요."

"나에게도 좋은 소식인가 봅니다."

"파리에 사는 미국인의 고뇌를 그린 소설, 당신의 소설이 삼십만 부가 팔렸답니다. 정말 노오오올라운 일 아닙니까?"

"프랑스에서요?"

"아, 그건 아니고. 여기서는 칠백오십 부 나갔어요. 뭐, 그것도 괜찮은 편이지만."

"그럼 이탈리아에서요?"

"이탈리아에서는 아직 출판을 결정하지 않았어요. 하지만 걱정 마요, 곧 생각이 바뀔 테니까."

"그럼 독일?"

크리스토넬리는 침묵했다.

"에스파냐?"

"에스파냐는 지금 경제 위기 상황이라 출판 시장이……."

• 일반적인 에스프레소와 사용하는 커피 원두의 양은 같은데 물을 더 적게 사용해서 맛은 더 진하다.

"그럼 어딥니까?"

"서울에서요. 그러니까 한국에서 말입니다, 중국 바로 밑에 있는 나라. 거기서는 당신 소설이 계속 성공이에요. 삼십만 부, 그건 정말 폭발적인 반응이죠. 띠 작업을 해서 책에 둘러야겠어요. 프랑스 독자들과 서점에 이 소식을 홍보하는 차원에서."

"그러면 달라질 거라고 생각해요?"

"달리지지 않을시노 모르지만 나쁠 건 없죠."

"전화로 알려주셔도 됐을 텐데요?"

"그래도 되지만 아주 쇼킹한 소식이 있어서요. 직접 만나서 할 얘기도 있고."

"한국 플로르 상*이라도 받았습니까?"

"아, 그건 아니고! 한국에도 카페 드 플로르가 있어요? 금시초문인데요."

"『엘르』 한국어판에 기사가 실렸나요?"

"아마도. 애석하게도 내가 한국어를 읽지 못하니 알려줄 게 없군요."

"가에타노, 쇼킹한 소식이란 게 뭡니까?"

"서울국제도서전에 초대됐어요."

"한국 말입니까?"

• 그해의 가장 현대적이고 실험적인 작품에 주는 상. 1994년부터 매해 9월 파리의 문학 카페 중 하나인 '카페 드 플로르'에서 심사가 이뤄진다.

"그래요, 서울에 가고 싶지 않아요?"

"여기서 비행기로 열세 시간이나 걸리는데요?"

"에이, 열세 시간은 무슨, 열두 시간이면 가는데."

"고맙지만 나는 못 갑니다."

"아니, 왜요?" 크리스토넬리가 두 팔을 흔들면서 물었다.

폴은 생각했다. 비행기를 타는 일과 경을 그녀의 조국 땅에서 만나는 일, 둘 중 어느 것이 더 두려운 일일까. 두 사람은 기준이 되는 파리가 아닌 다른 곳에서는 만난 적이 없었다. 언어도, 관습도 전혀 모르는 나라에 가서 뭘 하겠어? 그런 모자라 보이는 모습에 경이 어떻게 반응할 줄 알고?

또 한 가지 다른 이유는 어느 날 한국에 가서 경과 살 계획을 세우면 최후의 도피로 보인다는 점이었다. 도피라고 해도 좋고, 몽상이라고 해도 좋은데, 굳이 드러내고 싶지는 않았다.

꿈과 현실의 대결이 꼭 필요할까, 둘 다 산산이 부서지는 위험을 무릅쓰면서까지?

"내 인생의 바다인 경 그리고 수영을 무서워하는 나, 우습죠?"

"아뇨, 전혀. 아름다운 표현이네요. 무슨 의미인지 전혀 모르겠는데도. 그렇게 시작하는 소설을 써도 괜찮겠는데요. 속 보이는 말이지만, 당장 그 뒷얘기가 궁금할 정도군요."

"내 생각인지 확실치 않아요. 어디선가 읽은 건지도 모르죠."

"아, 그런 거라면, 뭐! 그럼 한국 친구들 얘기로 돌아갑시다. 프리미

엄 이코노미 좌석을 잡아놨어요. 다리를 쭉 펼 수 있고 등받이를 기울일 수 있는 좌석으로."

"비행기 안에서 내가 가장 싫어하는 게 바로 기울어지는 겁니다."

"마음에 드느냐고 물은 거 아닌데요? 아무튼 비행기를 타고 가는 방법밖에 없어요."

"나는 안 갑니다."

"친애하는 작가님, 내가 얼마나 비싼 선인세를 쏟아붓고 있는지 잘 아시면서. 우리는 유럽의 로열티로 먹고사는 게 아니에요. 다음 작품을 출판하고 싶다면 나를 좀 도와주셔야지요."

"한국에 가면, 그다음은요?"

"당신 책을 읽는 독자들을 만나러 가는 거죠. 스타로 환영받을 텐데, 얼마나 멋진 일이에요?"

"굉장한, 아니 쇼킹한 소식, 그건 안 들은 걸로 하겠습니다!"

"그건 안 되죠, 내가 방금 말했으니까!"

"그럼 방법은 하나밖에 없습니다." 폴이 한숨을 내쉬었다. "대합실에서 내가 수면제를 먹으면 휠체어에 태워 내 좌석에 데려다놓고 서울에 도착하면 깨워요."

"내가 알기로 프리미엄 이코노미 좌석은 대합실과 연결되어 있지 않아요. 어쨌든 나는 같이 안 갑니다."

"나를 혼자 보내겠다고요?"

"그 날짜에 약속이 있어서."

"며칠인데요?"

"삼 주 후, 준비할 시간은 충분해요."

"불가능해요." 폴은 고개를 흔들면서 대꾸했다.

주위에 손님이 없는데도 크리스토넬리는 폴을 향해 몸을 숙이고 속삭였다.

"당신 미래가 거기서 결정되는 겁니다. 한국에서 대박을 치면 아시아 전체가 당신 소설에 관심 갖게 할 수 있어요. 일본, 중국……. 얼마나 큰 시장인지 생각해봐요. 우리가 잘 타협하면 선생의 책을 내도록 미국 출판사를 설득할 수도 있어요. 일단 미국 시장을 제대로 뚫고 나면 프랑스에서도 대성공을 거둘 겁니다. 비평가들의 시선도 달라질 테고."

"하지만 미국에서는 이미 인지도가 있어요!"

"첫 소설은 그랬죠, 하지만 그 뒤로는……."

"나는 프랑스에 살고 있잖아요! 누아르무티에섬이나 캉 같은 소도시에서도 내 소설을 읽게 노력하면 될 일이지, 내가 왜 아시아와 미국을 거쳐야 하는 겁니까?"

"우리끼리니까 하는 말인데 나도 이럴 줄은 몰랐어요. 그런데도 이렇게 되는 걸 어쩌겠어요. 선지자는 제 고향에서 인정받기 힘들다는 말 모릅니까? 하물며 외국인을 그렇게 쉽게 인정해주겠어요?"

폴은 두 손으로 머리를 감싸 쥐었다. 서울의 공항에서 미소 짓는 경의 얼굴, 완벽한 여행객으로서 거침없이 그녀에게 다가가는 자신을 그려봤다. 그리고 경의 집, 침실, 침대를 상상해보고 둘이 나누던 애무를 꿈꾸며 경이 옷을 벗는 몸짓과 그녀의 살냄새를 떠올렸다. 그 순간 경의 얼굴과 난기류 발생을 알리는 승무원의 놀란 눈이 오버랩되었다. 폴은 눈을 뜨면서 몸서리쳤다.

"괜찮아요?" 크리스토넬리가 물었다.

"네. 생각해볼게요. 가능한 한 빨리 답을 드리죠."

"사, 비행기 티켓 받아요." 크리스토넬리가 봉투를 내밀면서 말했다. "그리고 누가 압니까, 한국에서 기막힌 소설의 소재를 찾게 될지? 수많은 독자들이 당신 소설을 얼마나 좋아하는지 얘기할 텐데, 아마 첫 소설이 나왔을 때보다 훨씬 감동적인 경험일걸요."

"나의 프랑스 출판사 대표는 이탈리아인, 나는 파리에 와서 사는 미국인 작가, 나의 주요 독자층은 한국에 있고. 내 인생은 뭐가 이렇게 복잡하죠?"

"친애하는 폴, 이 비행기를 타고 가요, 어린애처럼 징징거리지 말고. 우리 출판사의 다른 작가들이 당신을 얼마나 부러워하는지 알아요?"

크리스토넬리는 폴을 홀로 남겨둔 채 계산을 하고 나갔다.

*

아서와 로렌은 전화를 받은 지 삼십 분 후 생제르맹데프레 광장에서 폴을 만났다.

"무슨 일인데 이렇게 급해?" 아서가 물었다.

"마침내 운명은 유머가 있다는 증거를 잡았어." 폴이 엄숙한 얼굴로 대답했다.

등 뒤에서 들리는 로렌의 웃음소리에 폴이 돌아섰다. 로렌의 표정이 아리송했다.

"내가 그렇게 웃기는 말을 했나?"

"아니, 계속해."

"운명이 잔인한 거라면 몰라도." 폴이 말했다.

이번에 로렌은 아예 웃음이 빵 터졌다.

"이쯤 되면 네 여자한테 나 자극하지 말라는 신호라도 줘야 되는 거 아냐?" 폴이 아서를 흘겨보면서 내뱉었다.

폴은 소공원 쪽으로 걸어가다 벤치에 앉았다. 아서와 로렌이 따라와서 폴을 가운데 두고 양쪽에 앉았다.

"그렇게 중대한 일이야?" 로렌이 물었다.

"그 자체로는 아니야." 폴이 인정했다.

마침내 폴은 출판사 대표와 나눈 대화를 털어놨다.

아서와 로렌은 폴의 어깨 너머로 눈길을 주고받았다.

"싫으면 가지 마." 아서가 말했다.

"그게…… 싫은데 또 완전히 싫은 건 아냐."

"그럼 얘기 끝난 거네." 아서가 결론을 내렸다.

"꼭 그런 건 아니지!" 로렌이 외쳤다.

"아, 그래?" 두 남자가 동시에 반응했다.

"다 집어치우고 하고 싶은 것이 있기는 해? 셀프 빨래방 순회하고, 텔레비전 앞에 앉아 와인 한잔하면서 치즈 먹는 거, 그게 대작가의 생활이야?" 로렌이 열변을 토했다. "해보지도 않고 어떻게 포기할 수가 있어? 자신을 속이는 것에서 기쁨을 느끼는 거, 그긴 뭐 그렇게 쉬운 일인가! 여기 있어야 할 더 중요한 일이 있다면 몰라도, 그 비행기 타고 가. 네가 그 여자에 대해 느끼는 감정이 뭔지, 그 여자가 너에 대해 느끼는 감정이 뭔지 정확히 알 수 있는 절호의 기회일 텐데. 어쨌든 네가 혼자 돌아오면 아무것도 아니었던 관계였으니 헤어지고 말고도 없는 거잖아."

"그럼 그때는 네가 사부아산 치즈 샌드위치 싸들고 빨래방으로 나 위로하러 와주나?" 폴이 빈정거렸다.

"진심을 듣고 싶어, 폴?" 로렌은 한술 더 떴다. "네가 한국으로 떠나는 걸 너보다 아서가 훨씬 더 두려워하고 있어. 둘 사이에 가로놓인 거리가 중요하다는 이유로, 네가 그리우리란 이유로. 하지만 친구이기 때문에 아서는 너한테 가라고 할 거야. 너의 행복이 그 길에 있다면 붙잡아야 하니까."

폴이 아서를 향해 고개를 돌리자 아서는 마지못해서 고개를 끄덕였다.

"내 소설 중 한 작품의 판매량만 삼십만 부라니, 완전 대박이지."

폴은 자신을 관찰하는 커플을 곁눈질하면서 익살스러운 표정으로 휘파람을 불었다. "출판사 대표 말마따나 쇼킹한 일이지!"

*

벤치에 앉은 미아는 삼십 분 전 휴대전화가 울렸을 때부터 화면에 시선을 고정하고 있다. 그녀는 그 전화를 받지 않았다.

캐리커처 화가가 이젤 앞을 떠나 미아 옆에 와서 앉았다.

"중요한 건 결단을 내리는 겁니다."

"무슨 결단요?"

"미래를 어떻게 설계할지 고민할 것이 아니라 현재를 어떻게 살아갈지 결단을 내리라고요."

"아, 이제 보니 대단한 이론가네요! 내 기분을 생각해서 이러는 건 고맙지만 지금은 때가 아니에요. 생각할 시간이 필요해요."

"한 시간 후 당신 심장이 멈춘다고 하면, 내 말을 진지하게 생각할 겁니까? 어떻게 할 건데요?"

"당신이 점쟁이예요?"

"질문에 대답해요!" 캐리커처 화가의 강경한 어조에 미아는 흠칫 놀랐다.

"다비드에게 전화해서 말할 거예요. 더러운 놈이라고, 당신이 모든 걸 망쳤다고, 더는 이전과 같지 않을 거라고, 사랑하지만 다신 보고 싫지 않다고. 내가 죽어버리기 전에 당신이 그걸 깨닫길 바랐다고."

"거 봐요, 그리 어려운 일 아니잖아요." 화가가 부드러운 목소리로 말했다. "전화 걸어서 방금 한 말 그대로 하면 되는데, 하지만 마지막 말은 좀……. 나한테 점쟁이 능력은 전혀 없는 관계로."

이렇게 말하고 화가는 이젤 앞으로 돌아갔다. 미아가 따라갔다.

"그가 달라진다면, 처음 만났을 때 내가 알던 남자로 돌아온다면요?"

"계속 그를 피하면서 아무 말도 않은 채 혼자 괴로워하려고요? 언제까지요?"

"모르겠어요."

"마음 가는 대로 연출하면 되잖아요?"

"그게 무슨 뜻이에요?"

"무슨 말인지 알잖아요. 그리고 그렇게 큰 소리로 말하지 마요, 손님들 다 쫓아버리겠어요."

"우리 말고 아무도 없는데!" 미아가 소리쳤다.

화가는 눈으로 광장을 훑어봤다. 관광객이 별로 없었다. 그가 미아에게 귀를 가까이 대라는 손짓을 했다.

"그 남자는 당신에게 걸맞지 않아요!" 그가 속삭였다.

"그걸 당신이 어떻게 알아요, 어쩌면 나한테 문제가 있는 건지도 모르는데."

"도대체 여자들은 왜 하늘의 별이라도 따다 줄 준비가 된 남자에게는 무관심하고 가슴 아프게 하는 남자를 좋아하는 겁니까?"

"흠……. 알겠어요, 당신, 순정파군요."

"그게 아니라 아내를 처음 만났을 때 당신이랑 비슷했거든요. 가슴 앓이를 하면서도 얼간이 미남한테 빠져 있었죠. 그걸 이해시키는 데 이 년이나 걸렸어요, 그 이 년을 생각하면 지금도 화가 나서 미치겠어요. 우리가 같이 살 수 있었을 이 년을 잃어버렸으니까요."

"이 년은 아무것도 아니에요. 결국 당신과 결혼했는데 그게 뭐가 그렇게 중요하다고."

"아내한테 물어보세요. 르픽 거리를 따라 내려가면 돼요. 그녀는 몽마르트르 묘지에 있거든요. 언덕 바로 아래."

"네?"

"오늘처럼 아름다운 날, 트럭 한 대가 갑자기 끼어들기를 했죠. 우린 오토바이를 타고 있었고."

"미안해요." 미아는 화가의 눈을 피하면서 중얼거렸다.

"그럴 거 없어요, 당신이 운전한 것도 아닌데."

미아는 고개를 끄덕이면서 돌아섰다.

"마드무아젤!"

"네." 미아가 돌아봤다.

"하루하루가 소중한 겁니다."

미아는 층계를 내려가다 계단에 앉아서 다비드의 번호를 누르고 음성 메시지를 남겼다.

"우리는 끝났어, 다비드. 더는 당신을 보고 싶지 않아. 왜냐하면……." 내가 얼마나 당신을 사랑하는데……. 미아, 너 뭐하냐. 개뿔, 아까 벤치에서는 말이 술술 잘 나오더니……. 미아, 이런 침묵이 얼마나 우스꽝스러운지 몰라서 이래? 그냥 내질러, 이 바보야……. "당신이 나를 불행하게 만드니까. 당신이 다 망친 거야, 난 당신이 깨닫길 바랐어……." 내가 당신을 얼마나 사랑하는지…….

미아는 전화를 끊으면서 이 음성 메시지를 지울 수 있는지 생각했다. 심호흡을 한 다음 다시 전화를 걸었다.

"난 어릿광대를 만날 거야." 야, 미아, 아무 의미 없는 말이라는 거 알지? 오, 주여, 당당하게 말도 못 하고 나는 왜 이 모양일까요? "나를 위해 하늘의 달이라도 따다 주고 싶어 할 남자를 만날 거야. 이제는 당신에 대한 감정 때문에 단 일 분도 소모하지 않겠어. 당신에 대한 감정도 다 지울 거야. 당신이 지워버릴 이 메시지처럼……." 집어치워, 신파극 찍지 말라니까……. 나한테 전화하지 마……. 아니, 오 분 이내에 달라지겠다고 약속하고 첫 기차를 타고 달려오겠다고 말해, 아니, 동정심에서 전화할 필요는 없어……. "시사회에서 만나면 각자 연기하면 돼, 그게 우리 직업이니까……." 이건 괜찮네, 프로페셔널하고 단호하잖아. 여기서 그만. 더는 아무 말도 덧붙이지 마. 좋아, 완벽해……. "이제 끊을게." 이 말은 뭐 하러 해, 쓸데없이……. "안녕, 다비드……."

미아는 십 분을 기다리다 단념하고 휴대전화를 레인코트 호주머니에 집어넣었다.

레스토랑은 그리 멀지 않은 데 있었다. 마음은 무거운데 발걸음이 한결 가벼워진 것 같았다.

*

"내가 런던에 가서 지낼 때는 이런 기대 하지 마, 난 네 촬영장에 얼씬도 하지 않을 거니까. 난 그런 데다 시간 낭비 안 해." 미아가 들어오는 걸 보면서 다이지가 내뱉었다. "여긴 뭐 하러 와? 산책하는 게 훨씬 나을 텐데."

"웨이트리스 필요하지 않아? 점심시간인데."

미아는 대답도 듣지 않고 주방으로 들어갔다. 다이지가 앞치마를 벗어서 미아의 허리에 묶어주었다.

"얘기 좀 해도 될까?"

"지금은 안 돼."

다이지는 요리를 시작하면서 미아에게 접시를 내밀었다. 물어볼 필요는 없었다. 손님은 한 테이블뿐이었다.

*

　점심을 먹은 뒤, 폴은 아서와 로렌에게 한가로이 파리를 돌아다니며 둘만의 시간을 가지라고 하고선 헤어졌다. 제9 구역에 있는 서점에서 작가 낭독회가 있었다. 폴은 행여 두 사람이 불쑥 나타날까 봐 서점 위치를 알려주지 않고 아파트 열쇠 하나를 주면서 내일 보자고 말하고 돌아섰다.

　아서는 예전에 살았던 동네로 로렌을 데려가 자신이 세 들어 살던 원룸의 창문을 가리켰다. 그리고 아담한 레스토랑에 들러서 커피를 마셨다. 두 사람이 일생을 함께하기로 결정하기 전, 아서가 그녀를 그리워하던 레스토랑이었다. 이어서 둘은 강변을 따라 한참 걷다가 마침내 폴의 집으로 갔다.

　녹초가 된 로렌은 먹지도 않고 잠들었다. 아서는 잠시 로렌을 지켜보다가 노트북을 켰다. 메일을 읽고 나서 생제르맹데프레 광장의 소공원에서 폴과 로렌이 나눈 말을 곰곰 생각했다.

　죽마고우의 행복이 다른 무엇보다 중요한 건 틀림없다. 아서는 폴을 위해서라면 어떤 희생도 치를 준비가 되어 있었다. 세상 반대편으로 떠나는 것도 포함해서. 하지만 그 경이라는 여자, 그 여자만 폴을 행복하게 해줄 수 있는 건 아니잖아. 바다를 사이에 둔 예기치 않은 만남, 어쩌면 기대를 걸 만한 가치가 있을지도……. 한 번도 로또에 당첨되게 도와주지 않은 하느님을 비난하기 위해 어느 날 교회로 들어간 한 노인의 이야기가 떠올랐다. 노인이 자신의 아흔일곱 번째 생일을 자축하려는 순간, 경이로운 한 줄기 빛이 나타나더니 하느님의 목소리가 응답했다. "일단 로또를 사거라. 그리하면 우리 다시 얘기하게 되리라."

이제부터 일어날 일은 한결같이 변함없던 삼십 년 우정에서 아서가 폴에게 저지르는 가장 지나친 장난일 수 있지만, 좋은 의도에서 시작된 건 틀림없었다.

7

다이지는 몇 시에 잠들었는지 전혀 기억에 없지만 아주 긴 하루가 되리라고 확신했다. 레스토랑의 서늘한 창고에 뭐가 남아 있는지 떠올려봤다. 시장에 가야 하는지 아닌지 알아야 하는데, 이 상태로는 잠을 조금이라도 더 자야지 지금 일어났다가는 죽을 것 같았다. 열시, 다시 눈을 뜬 다이지는 침대에서 벌떡 일어나라고, 빨리 세수하라고, 옷을 입으라고, 욕지거리를 내뱉었다. 아파트를 나가면서도 여전히 욕을 중얼거렸고, 신발도 제대로 신지 못해 깽깽이 발로 하나씩 신으면서 거칠게 욕을 내뱉었다. 지나가는 사람들이 들을 정도로. 전날 저녁 미아의 이야기는 끝이 없었다. 다비드를 처음 만난 날부터 전화로 끝내버린 것까지 지난 일을 되뇌고 또 되뇌었다.

미아는 친구가 쏟아내는 욕 때문에 잠에서 깼지만 나가볼 엄두가 나지 않아서 그 폭풍우가 지나간 뒤에야 방에서 나왔다.

아파트를 어슬렁거리다 노트북을 켰다. 메일을 읽지 않으려고 했지만 크레스턴이 보낸 새 메일을 보고 말았다. 소식을 좀 달라고 애원하는 아주 짤막한 메시지였다.

미아는 장난 삼아, 순전히 장난 삼아 데이트 사이트에 들어갔다. 재미있는 게 하나도 없어서 로그아웃하기 직전, 사이트에서 무작위로 채워놓은 이상한 목록을 클릭했다. 한 데이트 신청자의 프로필이 나타났는데 분명히 본 적이 있는 얼굴이었다. 동네에서 마주쳤던 남자인가? 저속하거나 웃기는 닉네임을 쓰지 않은 남자였다. 미아는 기분 좋은 얼굴이라고 생각하는 자신에게 놀랐고, 어느새 사진 밑의 작은 편지 봉투를 클릭하다가 또 한 번 놀랐다. 이번 쪽지는 다이지와 함께 읽었던 것들과는 사뭇 달랐다. 간결하면서 예의가 있는 내용에 미아는 미소를 지었다.

샌프란시스코에서는 건축가로 활동하다 미치도록 글을 쓰고 싶어서 소설을 발표한 사람입니다. 미국인이고, 완벽한 구석이라곤 없으며 현재는 파리에 살면서 글을 쓰고 있습니다. 데이트 사이트에 가입한 적이 없어서 무엇을 말하고 무엇을 말하지 말아야 하는지 전혀 몰라요. 셰프라고 하셨는데 멋진 직업입니다. 우리는 결실을 내놓기 위해 밤낮으로 작업한다는 공통점이 있네요. 누가 시킨 것도 아닌데, 잘은 모르지만 타인을 기쁘게 하기 위해 쉬지 않고 미친 듯이 일하는 것, 정말 행복한 일이죠. 무슨 용기가 나서 당신에게 글을 쓰게 됐는지 나도 모르니까 답장은 안 해도 됩니다. 소설 속 인물들은 왜 우리보다 용기가 많을까요? 그들은 뭐든지 하는데 우리는 왜 그러지 못할까요? 자유가 그들로 하여금 그럴 수 있게 만들어주는 걸까요? 오늘 저녁은 '7월 29일' 거리에 있는 우마 레스토랑에서 먹을 겁니다. 그 레스토랑 셰프가 세상 끝에서 온 향신료로 풍미를 더한 만새기 구이 요리를 내놓는다는 걸 알았거든요. 나는 '7월 29일' 거리를 아주 좋아합니다. 그곳에 갈 때마다 대체로 날씨가 좋더군요. 만새기 구이를 맛보고 싶으면 오세요, 당신을 초대하겠습니다. 아주 순수한 의도로.

진심을 담아.

폴.

미아는 마치 화면에 시선을 고정하느라 눈이 따가운 듯 쪽지를 닫았다. 하지만 다시 읽어보고 싶은 마음을 오래 참을 수 없었다. 미아가 이런 종류의 만남을 가지려는 걸 알면 엄마가 달려와 십자가에 매달려고 하겠지. 엄마뿐인가, 크레스턴도 합세해 못은 자기가 박겠다고 난리를 치겠지.

〈소설 속 인물들은 왜 우리보다 용기가 많을까요?〉

영화 속 인물들이 누리는 자유를 꿈꾸면서 얼마나 많은 배역을 연

기했던가. 다비드는 얼마나 여러 번 상기시켜줬던가, 대중은 미아가
아니라 그녀가 연기하는 인물에게 반한 거라면서 실생활에서 자주
어울리다 보면 그 환상이 깨질 거라고.

〈그들은 뭐든지 하는데 우리는 왜 그러지 못할까요?〉

미아는 쪽지를 인쇄해서 네 번 접었다. 의심이 생기거나 용기가 부
족해서 하고 싶은 말이나 행동을 못 할 때마다 이 글을 읽으리라.

〈자유가 그들로 하여금 그럴 수 있게 만들어주는 걸까요?〉

맞는 말이야……. 나라고 못 할 거 없지!

미아의 손가락이 키보드 위에 놓였다.

친애하는 폴.

당신의 글, 아주 마음에 들었어요. 나 역시 최근까지 이런 사이
트를 방문한 적 없는 사람이에요. 이런 걸 통해 모르는 남자와
저녁 식사를 받아들였다고 털어놓으면 친구에게 놀림을 받겠지
요. 당신은 아주 중요한 것을 깨닫게 해주었어요. 우리가 그토록
동경하는 소설 속 인물들은 자기 자신에게 자유를 허락하는 걸
까요, 아니면 자유가 그들을 변화시키는 걸까요? 그들은 뭐든지
하는데 우리는 왜 그러지 못할까요? (당신의 글을 반복해서 미안해
요, 나는 작가가 아니라서.)

현실에서는 소설 속 인물들과 가까이 지낼 수 없지만 그들에게
생명을 불어넣어주는 작가 중 한 사람과 대화할 수 있어서 기뻐

요. 당신은 그들에게 좋은 건 뭐든지 시킬 수 있어서 즐겁겠어
요. 때때로 규칙을 강요하는 이들도 있겠지만. 당신을 만나서 직
접 얘기를 나누는 것도 나쁘지 않을 것 같아서요.

오늘 저녁에 봐요, 순수한 의도로.

미아.

P. S. 나는 영국인이고 완벽과는 거리가 먼 여자죠.

*

"그래서 내 입을 막았구나!" 로렌이 외쳤다.

그녀는 웨이터가 멀어지길 기다렸다가 레모네이드를 단숨에 마시
고는 손등으로 입술을 닦았다.

"내가 보낸 쪽지 내용이 이상하진 않았지?"

"그 여자가 답장을 보내고도 남을 정도야. 아서, 폴이 한국으로 가
지 못하게 막을 작정인가 본데, 잘못 생각한 거야."

"이 장난은 당신이 시작한 거잖아."

"그건 폴이 출판사 대표를 만나기 전이었지."

"폴이 도서전에 갔다가 돌아오는 거, 그게 내가 원하는 거야."

"…… 폴이 그 여행의 다른 이유에 대해 말하기 전까지는 그랬지."

"그러니까 더더욱 해봐야지!"

"어떻게 폴을 그 레스토랑에 나가라고 설득할 건데?"

"그래서 당신이 필요해."

"당신은 항상 내가 필요하지."

"중요한 여자 고객과 저녁 약속이 있는데 같이 가서 도와달라고 부탁할 생각이야."

"칠 년 동안 일에서 손을 뗐는데 폴이 뭘 도와줄 수 있다고?"

"언어, 아마도?"

"프랑스어라면 아서. 당신도 폴만큼은 하잖아, 더 잘하는 건 아니어도."

"파리 지형은 폴이 더 잘 알지."

"어떤 계획인데?"

"좋은 질문. 이렇게 연습해두면 폴이 뜻밖의 질문을 할 때 당황하지 않겠지."

"당신, 레스토랑이란 말밖에 안 했어."

"우리 건축 사무소가 확 달려들 정도로 대단한 건은 아니야, 멀리 떨어진 곳이니까."

"아주 큰 레스토랑?"

"아니, 그래도 미국 간판이 파리에 걸리면 안 된단 법은 없잖아."

"믿을까?"

"둘러댈 만한 게 있지! 심배드 레스토랑이라면 여기다 열 만하잖아. 샌프란시스코에서 아주 잘되는 레스토랑인데."

"내 역할은 뭔데?"

"나 혼자 나서면 의심을 사거나 거절할 수도 있지만 당신이 거들어주면, 당신을 봐서라도 폴이 수락할 거야."

"폴의 인생에 개입하는 아주 미친 짓이 될 수도 있어."

"그럴지도 모르지만 폴의 행복을 위한 일이기도 해. 그리고 남의 인생에 개입하는 것에 대해 나는 두 사람을 믿어. 내가 무슨 말 하는지 알 텐데."

"당신 같으면 목숨을 구해줬다고 우리를 비난하겠어?"

"그래, 나도 폴의 목숨을 구해주려는 건데 내가 비난받을 이유는 전혀 없지."

"그래도 당신이 속였다는 걸 순식간에 알아차릴 수도 있어. 그러면 나머지 시간은 지옥이 될 텐데. 그럼 그 자리에서 우리는 무슨 얘기를 하고?"

"우리는 그 자리에 없어. 우리는 안 가니까!"

"데이트 사이트를 통해 만나기로 한 모르는 여자와 단둘이 저녁을 먹게 할 생각이야? 여자 고객과 건축 얘기를 하라고 하면 폴이 믿겠어?" 로렌은 웃음을 터뜨리면서 말했다. "어떻게 나올지 정말 기대된다!"

"나도. 하지만 도가 지나치면 안 돼."

"절대로 그렇게 되면 안 되지. 앙트레가 나오기도 전에 두 사람이 알아차릴 텐데."

"틀림없이. 하지만 잘될 가능성이 조금이라도 있다면? 모두가 포기하라고 압박하는 불가능한 수술, 몇 번이나 해봤어?"

"난 감정에 휘둘리지 않으려고 노력해. 그리고 우리가 지금 하는 일이 그렇게 구역질나거나 웃기는 짓인지 모르겠는데."

"둘 다! 하지만 그렇게 되면 안 되지."

로렌이 웨이터에게 계산서를 부탁했다.

"어디 가려고?" 아서가 물었다.

"가방 싸들고 호텔을 찾아야지. 내일이면 폴이 우리를 내쫓아버릴지도 몰라."

"좋은 생각이네. 오늘 저녁에 당장 떠나자. 당신을 데리고 노르망디에 가고 싶어."

*

폴은 아서가 '폴'이란 이름으로 예약해놓은 것도 약간 기분이 나쁜데 레스토랑에 제일 먼저 온 것도 짜증이 났다. 웨이트리스가 사 인석 테이블로 안내했는데 식기는 두 사람 분만 준비되어 있었다. 폴이 그 점을 지적했지만 웨이트리스는 슬그머니 사라졌다.

미아는 거의 제시간에 도착했고, 폴에게 인사를 하고 마주 보는 자리에 앉았다.

"작가는 다 늙었을 거라고 생각했는데요." 미아가 미소를 지으며 말했다.

"작가라고 안 늙나요, 젊어서 죽지 않는 한."

"홀리 고라이틀리*가 그렇게 대꾸했죠."

"티파니에서 아침을."

"내가 좋아하는 영화 중 하나죠."

"원작자 트루먼 커포티, 나는 그를 존경하면서도 미워하죠." 폴이 툭 내뱉었다.

"왜요?"

"한 사람이 그렇게 많은 재능을 가졌는데 질투 날 만하잖아요. 다른 사람들과 좀 나눠 가질 수도 있을 텐데, 안 그래요?"

"뭐, 그렇게 볼 수도."

"미안합니다, 절대 지각하는 사람이 아닌데."

"오 분은 여자에게 지각이 아니죠." 미아가 대꾸했다.

"그쪽한테 한 말이 아닙니다. 내가 용납이 안 되네요. 뭐 하는지 모르겠지만 틀림없이 여기 와 있을 겁니다."

"어련하겠어요."

"미안합니다, 내 소개도 하지 않았군요. 폴입니다, 당신은……."

"미아죠, 당연히."

"의논은 그들을 기다렸다가 시작하는 게 좋겠네요, 다른 얘기를 하기도 그렇고. 억양이…… 영국인이세요?"

• 영화 「티파니에서 아침을」에서 오드리 헵번이 맡은 배역.

"당연하죠, 추신에다 영국인이라고 썼는데."

"아, 그가 말해주지 않아서 몰랐어요! 나는 미국인이지만 가능하면 이제 몰리에르의 언어로 말하는 것도 괜찮겠네요. 프랑스인들은 영어로 말하는 거 되게 싫어하는데."

"그럼 프랑스어로 얘기하죠."

"겁주려는 게 아니라 프랑스인들은 외국 레스토랑을 좋아하죠. 파리에 레스토랑을 오픈하는 건 아주 좋은 생각입니다."

"내 요리는 프로방스식인데요." 미아는 다이지를 대신하는 마음으로 대꾸했다.

"오리지널에 충실한 요리를 고수할 생각은 아니시죠?"

"내가 충실, 즉 피델리티라는 말에 얼마나 집착하는지 당신은 상상도 못 할 거예요. 그리고 피델리티와 오리지널은 동시에 가능하죠."

"네, 그렇겠네요." 폴은 당황한 표정으로 대답했다.

"뭘 쓰세요?"

"그가 그런 말도 했습니까? 하지 않아도 될 말을 했군, 쓸데없이. 소설 씁니다. 하지만 그 얘기는 그만하죠, 거북하군요."

"건축 얘기는 괜찮고요?"

"건축 얘기가 아니면 내가 여기 뭘 하러 나왔겠습니까?"

폴이 그렇게 대꾸했을 때 미아는 약간 불쾌해졌다.

"그가 또 무슨 얘기를 하던가요?"

맙소사, 자기를 삼인칭으로 지칭하고 있어. 뭐하자는 거야! 나한테 왜

이래!

"뭐라고 하셨는지 제대로 못 들었습니다." 폴이 말했다.

"아무것도 아니에요. 미안해요, 혼자 말하는 버릇이 있어서, 이따금."

폴은 환한 미소를 지어 보였다.

"하나 털어놔도 될까요?"

"그러시든가요."

"나도 혼잣말을 한다네요. 그들이 지적해줘서 알았지요. 그들의 지각에 대해서는 반드시 짚고 넘어가겠다고 약속하죠. 정말 황당하네요."

"아무리 황당한들 나만 하겠어요." 미아가 단정적으로 말했다.

"이렇게 프로 의식이 없다니, 이건 정말이지 그들답지 않은 행동입니다."

어럽쇼, 이 남자, 미치기까지……. 근데 나 여기 왜 앉아 있는 거야?

이 여자 또 뭐래. 아, 소름끼쳐. 아서, 너 나한테 죽을 줄 알아. 내가 아무리 사람이 좋아도 그렇지, 이러면 빡치지. 대체 뭘 하느라고 안 오는 건데? 빌어먹을!

"방금 또 중얼거리셨어요." 미아가 지적했다.

"아니죠, 오히려 당신이……."

"아까도 말했지만 이건 좋은 생각이 아니었나 봐요. 처음 만나는 자리인데 생각보다 훨씬 거북하네요."

"파리에 머무는 게 처음이세요? 프랑스어를 정말 잘하시네요. 어디서 배웠습니까?"

"아, 그건 말하지 않았네요, 내가. 처음은 아니에요. 절친이 프랑스인이고, 우리는 소꿉친구거든요. 그 친구는 우리 집에 와서 영어를 배웠고, 방학 때는 내가 프로방스에 있는 친구의 집에서 보냈죠."

"프로방스 요리는 그럼 거기서?"

"맞아요."

침묵이 흘렀다. 불과 몇 분인데 아주 길게 느껴졌다. 웨이트리스가 메뉴판을 들고 다시 왔다.

"조금만 더 기다리다 주문합시다, 그때까지 안 오면 그들은 빼고." 폴이 마침내 말했다. "그들도 당해봐야 아니까."

"이젠 배고프지 않아요." 미아가 메뉴판을 내려놓으면서 말했다.

"유감입니다, 아주 맛있는 요리라는데. 이 레스토랑에 대한 평가가 아주 좋았거든요."

"세상 끝에서 온 향신료를 사용해 구운 만새기 요리라고 당신이 썼잖아요."

"내가 언제 그렇게 썼다는 거죠?" 폴이 눈을 동그랗게 뜨고 물었다.

"약 먹어요?"

"아뇨, 왜요?"

"이제 알겠네요." 미아는 한숨을 내쉬었다. "나를 웃기거나 긴장을 풀어줄 생각인가 본데 그럴 필요 없어요. 웃기기는커녕 오히려 겁이 나니까요. 이제 알아먹었으니까 부탁인데 그만 좀 하시죠."

"난 당신을 웃기려고 하지 않았는데……. 근데 내가 무슨 겁을 줬다는 겁니까?"

그래, 좋아, 당신은 아웃이야. 됐으니까 괜히 건드릴 필요 없어. 최악의 경우 앙트레를 일 인분만 주문하고 십오 분 안에 나가버리면 그만이야.

"당신 말이 맞아요, 더는 기다리지 말죠. 그들이 꼭 있어야 할 필요가 있는 것도 아니고."

"네, 좋습니다! 주문합시다. 그리고 계획에 대해 말씀해주시죠."

"무슨 계획요?"

"당신의 레스토랑이죠!"

"말했잖아요, 남프랑스 요리, 더 정확히는 니스식 요리라고."

"아, 니스. 좋아하는 도시죠. 지난 6월 도서 전시회에 초대되어 갔었지요. 굉장히 더웠지만 사람들이 되게 친절했어요. 몇 명이 책에 사인을 받으러 왔는데, 정직하게 말하면 그리 많지는 않았고요."

"소설은 몇 권 썼어요?"

"첫 소설까지 넣으면 여섯 권."

"첫 소설은 왜 빼려고 했는데요?"

"그냥. 소설 쓰는 거라고 생각하면서 쓴 게 아니었거든요."

이런 말도 안 되는 대화로 나를 엿 먹이겠다는 건가. "그럼 뭘 하는 거라고 생각했는데요? 백사장에서 모래언덕이라도 쌓는다고?"

이 여자 멍청한 거야, 아니면 나를 바보로 아는 거야? "아뇨, 내 말은 출판될 거라고는 상상도 하지 않았다는 뜻이에요. 출판사에 보낼 생각조차 없었으니까요."

124

"하지만 출판됐잖아요?"

"네, 로렌이 원고를 보냈죠, 나한테 허락도 받지 않고. 근데 어처구니없게도 그녀를 비난할 수는 없어요. 처음에는 힘들었지만 여기서 이렇게 글 쓰면서 살아가고 있는 건 다 로렌 덕분이니까요."

"실례가 될지도 모르는 질문 하나 해도 될까요?"

"하세요, 내가 꼭 대답할 의무가 있는 것도 아닌데."

"집이 여기서 멀어요?"

"제3 구역에 삽니다."

"이 레스토랑에서 오백 미터 이상 떨어져 있나요?"

"여기가 제1 구역이니까 꽤 멀죠. 왜요?"

"그냥 물어봤어요."

"당신은 어디 사는데요?"

"몽마르트르."

"아주 아름다운 동네죠. 합의됐으니까 이번엔 주문합시다."

폴이 웨이트리스를 불렀다.

"만새기 요리 괜찮아요?" 폴이 미아를 쳐다보면서 물었다.

"오래 걸리나요, 만새기 요리?" 미아가 웨이트리스에게 물었다.

웨이트리스는 오래 걸리지 않는다는 뜻으로 고개를 젓고 나서 멀어져갔다. 폴이 조소를 띠며 미아 쪽으로 몸을 숙였다.

"나와 상관없는 일에 참견하는 사람은 아닌데, 되게 궁금하네요. 생선 전문 레스토랑을 열 생각이라면 만새기 굽는 시간 정도는 알고 있어야 할 텐데요." 폴이 냉소적으로 말했다.

이번에는 침묵이 더 길어졌다. 폴은 미아를 관찰하고 미아는 폴을 관찰하고 있었다.

"샌프란시스코 좋아해요? 거기서 살아본 적이 있습니까?" 폴이 물었다.

"살지는 않았고, 일 때문에 몇 번 가보긴 했어요. 아름다운 도시죠, 부서지는 햇살이 근사한."

"그럴 줄 알았어요! 심배드에서 교육을 받고, 그 콘셉트를 여기 파리에 가져올 생각이군요."

"심배드가 누군데요?"

"죽여버릴 거야, 둘 다 죽여버리겠어." 폴이 중얼거렸다. 이번에는 속으로 내뱉은 말이 미아에게 들릴 정도로 소리가 컸다. "아, 미안합니다, 당신에게 한 말이 아닌데. 그래도 바른 대로 말해줬어야 한다고 그에게 하는 말입니다."

"이 인 살해, 그건 비유적 의미였겠죠?"

뭐가 이렇게 꽉 막혔어, 이 여자. 나 뭐하는 거지? 집에 안 가고.

"안심해요, 아무도 죽일 생각 없으니까. 하지만 솔직히 황당하네요. 당신 앞에 있는 나는 뭐죠? 자기 자신에 관한 것도 모르는 한심한 인간?"

"그럼 나는 뭔데요?"

"일부러 이러는 겁니까? 내 말은 당신이 어떻다는 것이 아니라, 우리 둘이 여기 뭘 하러 앉아 있느냐는 겁니다."

"됐고요." 미아는 두 손을 테이블 위에 올려놓으면서 단호하게 말했다. "이제 요점만 말하면 되겠어요. 나는 배고프지 않으니까⋯⋯."

아, 배고파 돌아버리겠네⋯⋯. "만세기는 혼자 맛있게 드시죠."

"죄송합니다." 폴은 어찌할 바를 모르는 얼굴로 대답했다. "내가 경솔했습니다, 다시 사과드리죠. 변명을 하자면 이 일을 안 한 지 오래되다 보니 감을 잃었나 봅니다. 오지 않겠다고 거절했어야 하는데. 이렇게 나를 혼자 있게 하면 절대 안 되는 거였는데⋯⋯. 그 두 사람 다 솔직하게 말해주지 않아서."

"유령들하고 살아요? 아니면 당신이 말하는 그들이 진짜로 존재하는 사람들인가요?

미친 여자 아냐? 횡설수설하는 영국 여자랑 시간을 보내고 있다니, 왜 이런 일은 나한테만 일어날까.

"또 혼잣말⋯⋯."

"전 동업자 아서와 그의 아내 로렌을 생각하고 있었어요. 정말로 아서에게 새 레스토랑의 콘셉트를 설명할 생각이었습니까?"

"난 그런 생각 안 했는데요." 미아는 적당히 대답했다.

"이해합니다. 그럼 이 끔찍한 약속 이전에는?"

"안 했는데요."

"그럼 여기 왜 나온 겁니까?"

"지금까지는 의혹 수준이었는데 이제는 확실해졌네요. 당신은 미쳤어요. 다이지의 경고를 들었어야 했는데."

"진짜 열 받네! 그 다이지라는 사람이 나에 대해 뭘 안다고 미친놈이라고 했는지 모르겠군요. 나는 다이지가 누군지도 모르는데, 아, 하나 있네, 앰뷸런스* 이름이었으니까! 내가 방금 한 말은 잊어요, 얘기하자면 너무 길어서. 근데 그 다이지라는 사람은 누굽니까?"

폴이 말을 멈춘 사이 미아는 웨이트리스가 오길 기다렸다가 나갈 생각을 하고 있었다. 웨이트리스가 있는 앞에서는 이 작자가 감히 따라 나오지 못하겠지. 이자에게서 벗어나는 즉시 몽마르트르로 돌아가 노트북을 켜고 재수 없는 사이트에서 프로필을 삭제하면 다 끝나는 거야. 그런 다음 저녁은 라 클라마다에 가서 먹자. 배고파서 죽을 지경이니까.

"왜 내가 미쳤다고 생각하죠?" 폴이 다시 물었다.

"잘 들으세요, 우리는 안 되겠어요. 역시 도박은 하는 게 아닌데 후회스럽네요."

폴은 안도의 숨을 길게 내쉬었다.

"어쩐지! 나도 의심했어야 하는데. 처음부터 나를 갖고 놀더니, 당신도 한패였어! 와우, 브라보!" 폴은 박수를 치면서 말했다. "내가 함정에 빠졌네요. 그 두 사람, 여기 어딘가에 숨어 있는 거죠? 이제 사

- 『저스트 라이크 헤븐』에서 아서와 폴은 코마 상태의 로렌을 '다이지'라고 이름 붙인 앰뷸런스에 싣고 샌프란시스코에서 카멜로 옮겼다. -원주

인 보내시죠, 나오라고. 난 승부 결과에 연연하지 않을 테니까, 당신들이 이겼어요."

폴이 환한 미소를 지으면서 아서와 로렌을 찾기 위해 레스토랑 실내를 쭉 훑어보는 사이 미아는 폭발할 것 같았다. **빌어먹을 생선은 얼마나 더 기다려야 나오는 거야?**

"작가는 맞는 거죠?"

"네." 폴은 다시 그녀를 마주 보면서 대답했다.

"어쩌면 이렇게 설명될 수 있겠어요. 작가를 장악한 작중인물들이 급기야 작가의 인생에 끼어든 거라고. 당신을 비난하진 않겠어요. 살짝 미친 것 같긴 하지만 당신이 나에게 쓴 글은 매력적이었거든요. 시적인 정취가 느껴지기도 했고. 하지만 이제 나는 가봐야겠어요. 당신은 그들에게 맡기고."

"내가 당신에게 글을 썼다고요?"

미아는 호주머니에서 꺼낸 쪽지를 쫙 펼쳐서 폴에게 내밀었다.

"당신이 이 글을 쓴 건 맞죠?"

폴은 쪽지를 주의 깊게 읽고 나서 황당한 얼굴로 미아를 쳐다봤다.

"나와 공통점이 많은 글이라는 건 인정합니다. 방금 내가 한 말을 몇 글자 옆에 붙여도 이상하지 않을 정도로. 하지만 장난이 너무 길다는 생각이 드네요."

"난 장난하는 게 아니에요. 당신의 아서도, 그의 아내도 모르고요!"

"황당한 우연의 일치일까 봐 걱정되는군요. 파리에 사는 작가가 나한 사람만 있는 것도 아닐 테고. 당신과 약속한 사람이 여기 어딘가에 있다고 가정하면, 내가 장소를 잘못 알고 온 게 틀림없어요." 폴은 빈정거리는 투로 대꾸했다.

"하지만 그 프로필 사진은 분명히 당신이었다고요!"

"무슨 프로필요?"

"부탁인데 그만 좀 하죠, 이 정도로 충분하니까! 뭐긴 뭐예요? 당신이 데이트 사이트에 올려놓은 프로필이지!"

"무슨 말을 하는 겁니까? 나는 그런 사이트에 들어가본 적도 없는데. 그렇다면 우리가 각자 다른 사람과 약속이 있었던 것으로 볼 수밖에 없군요."

"주위를 잘 둘러보시든가, 당신과 닮은 사람이 있는지! 내 눈엔 안 보이는데!"

"그럼 우리 둘 다 주소를 잘못 알고 온 게 아닐까요?" 방금 자신이 터무니없는 말을 했음을 알아차린 폴이 물었다.

"나와 약속한 남자가 자기 취향이 아니라는 이유로 다른 사람이라고 주장하면서 나를 모욕하는 건 아니고요?"

"말도 안 되죠, 눈이 멀지 않고서야 어떻게 그럴 수가."

"그래도 예의는 있네요. 나는 당신 글이 솔직해서 마음에 들었어요. 말은 글만큼 솔직할 수가 없나 보군요."

미아가 일어나자 폴이 벌떡 일어나서 그녀의 손을 잡았다.

"앉아요, 부탁입니다. 이 모든 일에 대한 논리적 설명이 있어야 합니다. 왜 이런 혼선이 빚어졌는지 이유는 모르겠지만……. 아니, 그러니까……. 그들이 이렇게 미친 짓을 했을 거라고는 정말 상상도 할 수 없어서 그래요."

"그 보이지 않는 당신 친구들요?"

"모르니까 그렇게 말할 수도 있겠죠. 하지만 운명이 거들어주는 건지, 로렌은 자신을 보이지 않게 하는 능력이 있지요. 그 대가를 치르는 게 처음은 아니거든요."

"어련하시겠어요! 난 지금 나갈 거니까 따라 나오지 않겠다고 약속하세요."

"내가 왜 당신을 따라 나가죠?"

미아는 어깨를 으쓱했다. 그러고는 자리를 박차고 나가려 할 때, 웨이트리스가 나타났다. 만새기 구이는 보이는 것만으로도 일품 요리였다. 미아의 배에서 꼬르륵거리는 소리가 어찌나 크게 울리는지 웨이트리스가 미소를 지으며 두 사람 앞에 접시를 내려놨다.

"난 나가려던 참이었으니까 맛있게 드시죠." 미아가 물러서면서 말했다.

폴은 뼈를 발라내고 생선살 두 토막을 미아의 접시에 담았다. 그 순간 그의 휴대전화에 문자메시지가 왔고 바로 읽기 시작했다.

"다시 한 번 사과합니다." 폴은 휴대전화를 테이블에 내려놓으면서 말했다.

"네, 사과는 받아들이죠. 하지만 식사 끝나는 대로 갈게요."

"내가 왜 사과하는지 알고 싶지 않아요?"

"별로 알고 싶지 않지만, 정 원하신다면."

"당신을 정신 나간 여자로 잘못 생각했던 거, 인정합니다. 이제는
그런 여자가 아니라는 증거가 내 손에 들어왔네요."

"기쁜 일이군요, 나와는 상관없는 일이지만."

폴은 휴대전화를 미아에게 내밀었다.

폴,
우리는 운명에 도전해보고 싶었어.
지금쯤 알아차렸겠지만 우리가 좀 심한 장난을 쳤어.
그럼에도 멋진 저녁을 보내면 좋겠다.
죄책감과 폭소가 섞인 장난이었다고 고백할게.
집으로 돌아와서 복수할 생각은 안 하는 게 좋을 거야.
우리는 오후에 옹플뢰르로 출발했으니까.
지금은 레스토랑에서 저녁을 먹고 나서 이 메시지를 쓰고 있어.
생선 요리는 훌륭했고, 로렌은 엽서처럼 아름다운 포구에
완전히 홀려버렸어. 오늘 밤에 묵을 숙소도 얼마나 예쁜지 몰라.
이틀 후에 돌아갈 생각이지만 네가 우리를 용서하는 데
필요한 시간에 따라 어쩌면 며칠 더 묵을 수도 있고.
지금은 몹시 화가 나 있겠지만 누가 알아, 훗날 회상하면서 함께 웃을지.
미아라는 사람이 네 인생의 여자가 되면
너는 우리에게 영원히 고마워할 거야.
그동안 나에게 했던 모든 장난을 생각하면 이걸로 퉁 쳐도 될 것 같은데.
안녕.
아서와 로렌.

미아는 휴대전화를 테이블에 내려놓고 와인 한 잔을 단숨에 들이마셨다. 놀랐을 텐데 폴은 태연했다.

"상황이 좋은 쪽으로 바뀌어서 다행이네요. 적어도 내가 미치광이와 저녁 먹는 건 아니니까."

"나쁜 쪽이었다면?" 폴이 받아쳤다.

"당신 친구들의 유머 감각엔 문제가 많아요. 그런 장난에 당하는 사람은 더더욱. 나한테도 굴욕적이었으니까요."

"실례를 무릅쓰고 감히 말하자면 우리 둘 중에서 진짜 바보가 된 사람은 납니다!"

"그래도 당신은 데이트 사이트에 가입하지 않았잖아요. 난 좀 울적하네요."

"나도 이따금 생각했어요." 폴이 털어놨다. "예의상 하는 말이 아니라 언젠가 나도 가입했을지 몰라요."

"하지만 가입하지 않았잖아요."

"중요한 건 그럴 생각이 있었다는 거 아닙니까?"

폴은 미아의 잔에 와인을 따라주고 건배를 제안했다.

"궁금하네요, 뭘 위한 건배인지?"

"당신도 나도 절대 입 밖에 꺼내고 싶지 않은 이 저녁을 위하여. 이 자체만으로도 충분히 별난 자리니까. 제안 하나 하죠, 아주 순수한 의도로."

"그게 디저트라면 반대하지 않아요. 비밀인데, 배가 고파서 죽을 지경이거든요. 이 생선 요리는 비교적 가벼운 식사라서."

"디저트도 마찬가지인데!"

"무슨 딴 생각이 있군요?"

"내가 당신에게 썼을지도 모를 쪽지 다시 보여줄래요? 그중 한 대목을 다시 읽어봤으면 해서요."

미아는 쪽지를 내밀었다.

"아, 바로 이거! 소설 속 인물들보다 더 용감하다는 걸 우리가 증명합시다. 그러면 적어도 서로에게 모욕당했다는 감정을 떠안고 이 테이블을 떠나는 일은 없을 테니까. 방금 있었던 일, 지금까지 우리가 서로에게 던진 말, 다 지워버립시다. 간단해요. 키보드에서 삭제 버튼을 누르기만 하면 글이 싹 지워지잖아요. 그리고 우리가 이 레스토랑에 들어와서 처음 만나는 장면부터 다시 쓰는 걸로."

미아는 폴의 제안에 미소를 지었다.

"당신, 소설가 맞네요."

"챕터의 시작은 재치 있는 문장으로. 당신이 처음에 꺼냈던 트루먼 커포티의 글 인용, 그 대목부터 이어가봅시다."

"작가는 다 늙었을 거라고 생각했는데." 미아가 다시 말했다.

"작가라고 안 늙나요, 젊어서 죽지 않는 한."

"홀리 고라이틀리가 그렇게 대꾸했죠."

"티파니에서 아침을."

"내가 좋아하는 영화 중 하나죠."

"원작자 트루먼 커포티, 나는 그를 존경하면서도 미워합니다."

"왜요?"

"한 사람이 그렇게 많은 재능을 가졌는데 질투 날 만하잖아요. 다른 사람들과 좀 나눠가질 수도 있을 텐데, 안 그래요?"

"뭐, 그렇게 볼 수도."

"내가 보낸 글 마음에 들었어요?"

"품격 있다고 생각했어요. 오늘 저녁, 내가 여기에 나올 만큼 충분히."

"그 몇 줄을 쓰기 위해 컴퓨터 앞에서 몇 시간을 보냈죠."

"나도, 당신에게 답장을 쓰는 데 딱 그만큼의 시간 보낸 거, 확실해요."

"당신이 보낸 메시지도 다시 읽으면 재미있을 텐데. 그러니까, 프로방스 요리 레스토랑을 하신다고요? 영국인인데 독특하네요."

"늘 여름을 프로방스에서 보냈죠. 어릴 적 추억들이 입맛과 식성을 만들어준다고 생각하거든요. 당신은 어디서 자랐어요?"

"샌프란시스코에서."

"미국 작가가 어쩌다 파리지앵이 됐어요?"

"말하자면 길죠. 내 얘기 하는 거 좋아하지 않아요, 지루해서."

"나도 그래요, 내 얘기 하는 거 되게 싫어하죠."

"이러면 백지 신드롬에 빠질 위험이 있는데."

"우리 계속 장소를 묘사할 건가요? 이걸로 몇 장이나 나갈 수 있을는지."

"배경과 분위기 설정은 두세 가지 정확한 디테일이면 충분하죠. 더 나가면 독자가 지루해해요."

"글 쓰는 데는 레시피 같은 거 없잖아요?"

"작가가 아니라 독자가 하는 말이죠. 긴 묘사를 좋아하나요, 당신 은?"

"아뇨, 당신 말에 동의해요. 긴 묘사는 지겨워서 견딜 수가 없죠, 종 종. 다음은 뭘 쓸 거예요? 이 디너의 두 주인공은 뭘 하나요?"

"아마 디저트를 주문하겠죠?"

"일 인분?"

"이 인분, 첫 번째 저녁 식사인데 서로에게 그 정도 예의는 지켜야 지요."

"공동 집필자로서 하는 말인데, 남주인공이 여주인공에게 와인을 한 잔 더 따라주는 것도 괜찮을 것 같은데요."

"베리 굿 아이디어, 그녀가 말하기 전에 알아서 잔을 채워줬어야 하는데."

"아뇨, 그랬으면 여자는 남자가 취하게 만들 속셈이라고 생각했을 수도 있어요."

"여주인공이 영국인이라는 걸 깜빡했네요."

"그건 그렇고, 당신은 여자에게서 가장 참을 수 없는 게 뭐예요?"

"좀 긍정적으로 바꿔서 물으면 안 될까요? 가령, '당신은 여자에게

136

서 가장 좋게 보는 점이 뭐예요'?"

"동의하지 않아요. 그건 전혀 다른 말이거든요. 그런 질문을 하면 앞에 있는 남자에게 홀린 것으로 오해받을 수도 있으니까요."

"그건 생각해볼 여지가 있지만 일단 동의하죠. 그 질문에 대한 내 대답은 '거짓말'이에요. 하지만 내 방식으로 물어왔으면 '솔직함'이라고 대답했을 겁니다."

미아는 폴을 한참 쳐다보다 툭 내뱉었다.

"난 당신과 자고 싶지 않아요."

"뭐라고요?"

"솔직한 대답이었는데, 아닌가요?"

"노골적이지만 솔직한 거 맞네요. 그럼 당신이 남자에게서 가장 좋게 보는 점은 뭡니까?"

"진실성."

"난 당신과 잘 생각이 없었어요."

"내가 못생겼나요?"

"매력적이죠. 그럼 당신은 나를 못생겼다고 생각한다는 말로 받아들여야 하는 건가요?"

"아뇨. 삐딱한 사람이죠, 당신은. 나는 새로운 출발을 꿈꾸면서 이 자리에 나온 게 아니라 과거에 선을 그으려고 나온 거예요."

"나는 비행기가 무서워서 여기 온 겁니다."

"관련이 없는 말인데요."

"생략법이었어요. 당신이 다음 챕터에서 이해하게 될 일종의 수수께끼."

"다음 챕터도 있을 거라서?"

"우리 둘 다 한 침대에 눕고 싶지 않다는 걸 알았으니 친구가 되지 못할 이유가 없으니까요."

"아주 참신한 이유네요. 보통은 결별하는 순간에 '우리 친구로 남자'는 식으로 선언하는데."

"굉장히 참신하다고 할 것까지야!" 폴이 외쳤다.

"'굉장히'는 빼시죠."

"왜 그렇죠?"

"과한 부사를 사용하는 건 멋이 없으니까요. 난 형용사를 더 좋아해요. 하지만 한 문장에 한 개 이상은 안 쓰죠. '아주 참신하다', 그 정도가 딱 적당하지 않을까요? 영어로 하면 '꽤 참신하다' 정도겠죠? 이게 훨씬 세련된 표현이죠."

"그럼 다시 시작하죠······. 내가 당신 취향의 남자는 아니니까 친구는 될 수 있을까요?"

"당신 본명이 '가스파초 2000'이 아니라면."

"그 두 사람이 내 닉네임을 그렇게 괴상하게 지은 건 아니겠죠?"

"아니에요." 미아가 웃으면서 말했다. "그 정도로 겁먹은 거예요, 나한테? 우리가 친구는 될 수 있을까요?"

"네." 폴이 대답했다.

"당신 책을 읽어봐야겠는데, 추천해줄 책은?"

"소설이라면 다른 작가 것을 읽어요."

"질문에 답해요."

"요약된 걸 읽고 그 작중인물들을 만나보고 싶은 생각이 드는 소설."

"그럼 첫 소설부터 읽죠, 뭐."

"그건 안 돼요."

"왜요?"

"첫 소설이니까요. 당신이라면 레스토랑에 오는 손님이 당신이 만든 첫 번째 요리에 대해 평가하는 게 좋겠어요?"

"절대로 친구를 평가해서는 안 되죠. 친구를 더 잘 알리는 것뿐이에요."

웨이트리스가 디저트 두 접시를 가져왔다.

"루쿠마와 칼라만시 에클레르, 아이스크림과 화이트치즈를 곁들인 무화과 타르트입니다. 셰프님의 서비스예요." 웨이트리스가 말했다.

그러고는 재빠르게 사라졌다.

"루쿠마와 칼라만시가 뭔지 알아요?"

"루쿠마는 페루 과일이고, 칼라만시는 탠저린과 금귤의 교배종인 감귤류죠." 폴이 설명했다.

"와우, 대단하네요."

"당신이 알고 있어야 하는 건데, 셰프는 당신이잖아요?"

"그러게요, 난 몰랐는데."

"사실은 아까 당신을 기다리다 읽었어요, 메뉴판에 쓰여 있거든요."

미아는 어이가 없는 얼굴이었다.

"당신, 배우라고 해도 되겠어요." 폴이 말했다.

"왜 그런 말을 해요?"

"말할 때 표정이 아주 풍부하니까요."

"영화 좋아해요?"

"좋아하죠, 보러 가진 않지만. 안타깝게도 파리에 살면서부터 영화를 한 편도 보지 않았어요. 저녁에는 글을 쓰니까. 혼자 보러 가는 것도 좀 그렇고."

"난 혼자 가서 사람들 속에 섞여 관객 관찰하길 좋아하죠."

"싱글인지 오래됐어요?"

"어제부터."

"어제부터라면. 그럼 데이트 사이트에 가입할 때는 싱글이 아니었잖아요?"

"그건 중요하지 않다고 생각하는데요? 그러니까 내 말은 공식적으로 그렇다는 의미예요. 싱글이 된 지는 몇 달 됐어요. 당신은?"

"아니죠, 공식적으로는. 내가 사랑하는 여자는 세상 반대편에 살고 있어서 우리가 커플이라고 하는 게 맞는지 잘 모르겠군요. 따라서 질문에 답하자면 그녀가 마지막으로 다녀간 뒤부터, 정확히는 여섯 달

전부터 싱글이죠."

"당신이 만나러 간 적은 없고요?"

"비행기를 무서워해요."

"사랑이 날개를 달아주지 않나요?"

"좀 올드하군요."

"뭐 하는 여자예요?"

"번역가, 내 소설을 번역하죠. 일에 있어서는 믿고 맡길 수 있는 번역가죠. 당신의 남자는 직업이?"

"나처럼 셰프, 정확히는 보조 셰프라고 하는 게 맞죠."

"같이 일해요?"

"그게, 아주 좋지 않은 생각이었어요."

"왜요?"

"그가 주방보조 여자와 잤거든요."

"얼마나 요령이 없으면!"

"당신은 그 번역가에게 충실했나요?"

웨이트리스가 계산서를 가져왔다. 폴이 낚아챘다.

"아니에요, 같이 내야죠." 미아는 반대했다. "친구끼리의 저녁 식사니까."

"지나치게 계산적이네요. 나쁘게 생각하지 마요, 내가 비딱하고 구식이라서 그래요."

*

폴은 택시 정류장까지 미아를 바래다주었다.

"끔찍한 저녁이 아니었길 바랍니다."

"하나만 물어봐도 될까요?" 미아가 툭 던졌다.

"질문은 아까도 했는데요."

"의사와 남자가 아무런 부담도 없이 친구가 될 수 있다고 생각하시나요?"

"여자가 불과 얼마 전에 이별했고, 남자의 마음이 다른 여자에게 묶여 있는 경우라면 가능하다고 생각해요. 어쨌든 처음 보는 여자에게 체면 같은 거 걱정 않고 자기 인생을 이야기하는 것도 나쁘지 않으니까요."

미아는 시선을 피하면서 덧붙였다.

"지금은 나에게 친구가 있으면 좋을 것 같아요."

"하나 제안하죠." 폴이 말했다. "며칠 후 친구 사이로 다시 만나고 싶은 마음이 들면 연락합시다. 단, 보고 싶어야만 합니다. 어떤 의리 때문이 아니라."

"알았어요." 미아는 택시에 오르면서 말했다. "가다가 내려줄까요?"

"내 차가 근처에 있어요. 차로 바래다주겠다고 말하려다 생각해보니 시간이 너무 늦어서."

"그럼 또 봐요, 다시 만날지 모르니까." 미아는 택시 문을 닫았다.

*

"몽마르트르의 풀보 거리로 가주세요." 미아가 택시 기사에게 말했다.

폴은 멀어져가는 택시를 바라보다 다시 '7월 29일' 거리로 돌아갔다. 달 밝은 밤이었다. 기분은 한결 좋아졌는데 차는 주차 단속에 걸려 견인되고 없었다.

*

오케이, 시작보다 끝이 훨씬 좋은 저녁이었어. 하지만 결정은 신중하게 해. 다이지네 집에 들어가는 즉시 프로필을 지우고 모르는 남자들과 만나는 짓은 집어치우자. 오늘 저녁을 교훈 삼아.

"택시 운전한 지 이십 년이니까 코스 중얼거리지 않으셔도 됩니다, 마드무아젤." 택시 기사가 말했다.

오케이, 미친 건 아니었어. 하지만 진짜 미친 남자일 수도 있었어. 미아, 그랬으면 너 어쩔 뻔했어? 그 레스토랑에서 너를 알아본 사람이 있었다면? 드라마 쓰지 마, 누가 널 알아본다고……. 오늘 저녁에 있었던 일은 절대 입 밖에 내지 마……. 특히 다이지에게는. 죽이려 들 거

143

야……. 아무한테도 말하지 마……. 비밀로 고이 간직하고 있다가 훗날
네가 할머니, 되게 늙은 할머니가 되었을 때 손주들에게 들려줄 옛날이
야기로나 남겨두라고.

*

"이 도시는 왜 이렇게 택시가 없는 거야?" 폴은 리볼리 거리를 헤
매고 다니면서 구시렁거렸다. 무슨 이런 저녁이 있어! 정말 미친 여자
라고 생각했는데. 데이트 사이트에 가입한다는 것만으로도 약간 미친
건 틀림없지, 뭐. 아무튼 오늘 저녁 그 두 인간은 허리가 끊어지게 웃었
겠군. 옹플뢰르에서 아직도 낄낄거리고 있겠지. 하지만 딱 기다려라, 이
번에는 그냥 넘어가지 않을 거니까. 아서, 퉁 치는 걸로 생각하겠다고?
나를 잘못 봤다. 복수를 위해서는 기다릴 줄 알아야 한다는 걸 아는 사
람이거든, 내가. 그래서 때를 기다릴 거야. 내가 누군가를 만나려면 너희
도움을 받아야 한다고 생각하는 모양인데, 난 휘둘리지 않아. 난 내가 원
하는 사람을 만날 거야, 내가 원할 때! 이것들이 나를 뭐로 보고? 그래도
그 여자 약간 미친 거 아냐? 아니지, 화가 났다고 이렇게 말하지는 말자,
그 여자는 아무 책임이 없는데. 아무튼 그 여자는 절대 나한테 전화하지
않을 거야. 나도 하지 않을 거고. 그런 일이 있었으니 되게 불쾌하겠지.
그나저나 내 차는…… 앞바퀴 살짝 횡단보도에 물려 있었다고. 진짜 짜
증나는 도시야. 아, 그래도 큰일 날 뻔했어……. 폴은 팔을 흔들면서 외

쳤다. "택시!"

*

미아는 풀보 거리 모퉁이에서 내리고 택시 요금을 치른 다음 아파트 건물로 들어갔다.

어쨌든 나는 그 남자 전화번호를 모르고 그쪽도 내 번호를 몰라. 미아는 층계를 올라가면서 중얼거렸다. **그 남자가 내 폰을 갖고 있으면 망하는 거지만.** 열쇠를 찾으려고 가방 안을 뒤지는데 손에 뭔가가 잡혔다. **빌어먹을, 내가 갖고 있잖아, 그 남자 폰을!**

아파트 안으로 들어간 미아는 다이지를 발견했다. 친구는 펜을 쥐고 주방 조리대 앞에 앉아 있었다.

"어, 벌써 들어왔네?" 미아가 물었다.

"열두 시 반이야." 다이지는 노트에서 시선을 떼지 않고 대답했다. "되게 긴 영화였나 봐."

"응…… 그게 아니라 여덟 시 영화를 놓쳐서 다음 거 봤어."

"괜찮았어?"

"처음에는 좀 이상하다가 나중에는 괜찮았어."

"무슨 내용이었는데?"

"모르는 사람들과의 디너."

"스웨덴 영화 보러 간 거야?"

145

"넌 뭘 하고 있어?"

"정산. 너 어째 표정이 이상하다." 고개를 들던 다이지가 말했다.

미아는 시선을 피해 하품하면서 방으로 들어갔다.

*

집으로 들어간 폴은 책상 앞에 앉아 일을 시작하려고 컴퓨터를 켰다. 모니터에 붙어 있는 포스트잇에서 아서의 글씨체를 알아봤다. 데이트 사이트에 가입하면서 사용한 패스워드를 써놓는 것으로 자기들 짓을 폴에게 이실직고한 것이었다.

8

아침 식사 후, 폴은 휴대전화를 잃어버렸다는 걸 알아차렸다. 재킷 주머니를 뒤져보고 책상에 쌓인 서류 더미를 들춰보고, 책장 선반을 훑어보고, 욕실에도 들어가서 확인했다. 휴대전화를 언제 마지막으로 사용했는지 기억을 더듬었다. 아서가 보낸 메시지를 미아에게 보여줬던 것이 떠올랐다. 레스토랑 테이블에다 두고 나온 게 분명해졌다. 폴은 화가 나서 우마 레스토랑에 전화를 걸었지만 자동 응답기로 연결되었다. 아직 문을 열지 않은 거였다.

웨이트리스가 휴대폰을 발견했다면 아마 보관하고 있으리라. 팁도 후하게 남기고 나왔는데……. 폴은 혹시나 해서 자기 전화번호를 눌러봤지만 아무도 받지 않았다.

미아와 다이지가 아침을 먹고 있을 때 유리방 부근에서 글로리아 게이너가 부르는 「I will survive」가 흘러나왔다.

둘 다 놀란 얼굴을 했다.

"소파침대에서 나는 것 같은네." 다이지가 태연하게 내뱉었다.

"음악 나오는 소파침대가 있어? 신기하네."

"그보다는 네 가방이 아침 발성 연습을 하는 것 같은데."

미아는 눈이 동그래져서 뛰어갔다. 가방 안에 손을 넣었을 때 노래가 멈췄다.

"글로리아가 힘이 빠졌나?" 다이지가 주방에서 시큰둥하게 반응했다.

노랫소리가 더 크게 다시 울렸다.

"왜 저래." 다이지가 중얼거렸다. "아, 앙코르 준비하고 있었구나. 오, 글로리아, 역시 스타는 다르네. 분위기 띄울 줄 알아!"

이번에는 미아가 제때에 전화를 받았다.

"네." 미아가 소곤거렸다. "아니, 웨이트리스가 아니라……. 그래요, 나예요. 이렇게 일찍 전화할 줄 몰랐어요. 알죠, 되게 황당했으리라는 거……. 네, 그러죠……. 어디요? 모르는데……. 팔레 가르니에●

● 파리의 오페라 극장.

148

앞에서 한 시……. 알았어요, 그럼 이따가. 물론이죠, 괜찮아요.”

미아는 휴대폰을 가방 안에 도로 집어넣고 식탁으로 돌아왔다. 다이지는 커피를 따라주면서 미아를 유심히 쳐다봤다.

“안내원도 스웨덴 사람이었어?”

“뭐?”

“글로리아 게이너 벨소리, 누구야?”

“영화관에서 휴대전화 잃어버린 사람, 내가 발견하고 가져왔는데 돌려달라고 전화한 거야.”

“너희 영국인들, 매너 하나는 진짜 알아줘야겠다. 그러니까 모르는 남자의 폰을 주웠는데 그걸 갖다 주러 팔레 가르니에까지 나간다?”

“얼마든지 일어날 수 있는 일 아닌가? 만약 내 폰 주운 사람이 이래 주면 난 되게 고마울 것 같은데.”

“근데 웨이트리스는 뭐야?”

“무슨 웨이트리스?”

“그만두자. 네가 나를 등신으로 안다고 생각하니 차라리 아무것도 모르는 게 낫겠다.”

“오케이.” 어떻게 빠져나갈까 궁리하던 미아가 한 발 뺐다. “영화가 하도 지루해서 중간에 나와버렸는데 옆자리 남자도 나왔던 모양이야. 횡단보도에서 마주쳤거든. 그래서 어느 카페 테라스에서 한잔했고, 그 남자가 놓고 간 걸 내가 발견한 거야. 그래서 돌려주려는 거고. 이제 다 알았으니까 됐지?”

"어땠는데, 옆자리 남자?"

"그냥 호의적인 아무개."

"호의적인 아무개!"

"그만해, 다이지, 그냥 술 한잔 마신 것뿐이야."

"너 웃긴다, 어젯밤에는 쏙 빼놨잖아, 이 얘기. 평소보다 말도 많았는데."

"난 영화가 지루해서 죽을 지경이었고, 한잔 마시고 싶었던 것뿐이니까 소설 쓰지 마. 쓸데없는 상상하지 말라고. 이거 돌려주면 그걸로 끝이야."

"그래, 알았어, 알았다고. 오늘 저녁 가게 일 도와줄 거야?"

"그럼, 내가 왜 안 가겠어?"

"영화계로 돌아가고 싶은 마음이 생겼을지도 모르니까."

미아는 일어나서 식기세척기 안에 접시를 넣고는 샤워하러 욕실로 들어갔다. 한마디도 덧붙이지 않고.

*

폴은 팔레 가르니에 앞 광장, 군중 사이에서 기다리고 있었다. 지하철 출구에서 나오는 사람들 속에서 그녀 얼굴을 알아봤다. 미아는 선글라스를 쓰고 머리에 스카프를 두르고 핸드백을 팔뚝에 걸고 있었다.

폴이 손짓을 하자 미아는 어색한 미소를 지어 보이며 다가왔다.

"이유는 묻지 마요, 전혀 모르는 일이니까." 미아는 인사 대신 내뱉었다.

"무슨 이유 말입니까?" 폴이 응수했다.

"나는 전혀 몰랐어요. 그게 미끄러진 게 틀림없어요."

"이 시간에 벌써 취했을 리는 없는데."

"기다려요." 미아는 핸드백에 손을 넣으면서 말했다.

미아는 핸드백을 뒤지다가 다리 하나를 들어 무릎 위에 핸드백을 올리고는 간신히 균형을 잡고 계속 찾았다.

"플라밍고 자세인가?"

미아는 폴을 흘겨보고 나서 의기양양하게 휴대전화를 꺼냈다.

"나 도둑 아니에요. 이게 어떻게 내 가방 안으로 떨어졌는지도 모르겠고."

"그런 생각은 하지도 않았는데."

"이 만남은 의미 없는 거예요."

"왜죠?"

"당신은 나를 만나고 싶어서 전화한 게 아니었고, 나 역시 당신을 만나고 싶어서 나온 게 아니니까요. 당신 휴대전화, 이게 오늘 우리가 만나는 유일한 이유니까요."

"알았어요, 그럽시다. 이제 돌려줄래요?"

미아는 휴대전화를 내밀었다.

"왜 오페라 극장 앞이에요?"

그 말에 폴은 팔레 가르니에를 향해 돌아섰다.

"다음 소설 배경이에요."

"그렇군요."

"대충은 짐작할 수 있을 겁니다. 대체로 저 안에서 일어나는 사건을 쓸 거니까."

"네, 그러시겠죠."

"깐깐하기는! 그래도 들어간 적은 있죠?"

"그러는 당신은?"

"수십 번은 갔죠, 휴관일 때 들어간 것까지 포함하면."

"허세!"

"천만에요, 관장과 친분이 있어요."

"그래서 저 오페라 극장 안에서 무슨 일이 일어나는데요?"

"눈에 보이는 것 말고 전혀 보이지 않는 걸 잘 상상해봐요. 내 여주인공은 성악가인데 목소리가 나오지 않아서 노래를 부를 수가 없어요. 그런데도 오페라 극장을 떠나질 못하죠."

"아!"

"뭐가 '아'예요?"

"아무것도 아니에요."

"'아'와 '아무것도 아니에요', 그 말만 하다 갈 건 아니죠?"

"그럼 뭘 할까요?"

"모르죠, 그러니까 뭘 할지 찾아봐야죠."

"같이 팔레 가르니에 감상이라도 할까요, 몇 분 동안?"

"비웃는군요! 글 쓰는 일, 그게 얼마나 민감한 작업인지 당신은 상상도 못 할 겁니다. 당신이 무심코 내뱉는 '아', 그것 때문에 나는 사흘 동안 한 글자도 못 쓸 수 있어요."

"나의 '아'가 그런 힘이 있어요? 그럼 분명히 말할게요. '아'는 그냥 아주 가벼운 말이었다고."

"표4 글이 중요하지 않다고 생각해요? 그게 책의 운명을 살릴 수도 죽일 수도 있죠."

"표4 글이 뭔데요?"

"뒤표지에 실리는 스토리 요약."

"그럼 다행이네요, 당신이 스토리 요약을 한 건 아니잖아요?"

"점점…… 이제 적어도 일주일은 한 글자도 못 쓰게 생겼네!"

"그럼 나는 입을 꾹 다무는 편이 낫겠네요!"

"너무 늦었어요, 이미 일은 벌어졌는데."

"이번에는 당신이 나를 겁주네요."

"천만에요! 작가는 쉬운 직업이라고 생각들 하죠. 뭐, 전혀 아니라고는 할 수 없어요. 그런 점도 있으니까. 시간에 구애 받지 않고, 이거 해라, 하지 마라 하며 지시를 내리는 상사가 있는 것도 아니고, 어떤 조직의 틀에 갇혀 있는 것도 아니니까. 하지만 조직 없이 혼자 일한다는 건 작은 배를 타고 바다 한복판으로 나아가는 것과 다름없어요.

미처 보지 못한 파도에 휩쓸려 한순간에 전복되기도 하니까. 배우도 마찬가지죠, 연기하는 중에 누군가의 기침 소리에 대사 흐름을 놓칠 수 있으니까. 당신은 이해하지 못할 겁니다만."

"네, 그럴지도 모르죠." 미아는 퉁명스러운 어조로 대답했다. "미 안해요, 내 '아'에 당신이 이 정도로 과민하게 반응할 줄은 몰랐어요. 그러길 바란 것도 아니고."

"나도 사과할게요, 예민해져 있어서 그래요. 어제 집에 들어가서 한 줄도 못 쓰고 밤을 꼬박 샜거든요."

"우리의 저녁 때문에?"

"꼭 그런 뜻으로 한 말은 아니고······."

미아는 폴을 유심히 관찰했다.

"여긴 사람이 너무 많아요!" 미아가 소리쳤다.

미아는 어찌할 바를 모르는 폴의 손을 잡아끌면서 팔레 가르니에 계단 쪽으로 갔다.

"당신은 거기 앉아요." 미아는 지시하듯 말하면서 두 계단 아래 앉 았다. "당신 여주인공한테 무슨 일이 벌어지는데요?"

"정말 관심 있어요?"

"그러니까 물어보죠."

"목소리가 안 나오는 원인은 아무도 몰라요. 병에 걸린 것도 아니 고, 효과 없는 치료만 받다 절망한 그녀는 칩거에 들어가죠. 오페라 는 그녀의 삶 자체였는데 이제는 관객으로 극장에 가는 것도 여의치 않자 좌석 안내원으로 취직을 해요. 예전에 그녀의 노래를 듣기 위해 돈을 내던 사람들한테 자리를 안내해주고 팁을 받는 신세가 되죠. 그러던 어느 날 한 음악 비평가가 그녀를 알아봐요."

"멋진 역할이 기대되네요. 그다음은?"

"그다음은 아직 쓰지 않았어요."

"해피엔드죠?"

"그걸 어떻게 알겠어요."

"아, 그래도 분명히 말해요, 행복한 결말이 될 거라고!"

"그 '아' 소리 좀 그만해요, 아직 아무 결정도 내리지 않았으니까."

"실생활 속에는 비극이 그리 많지 않다고 생각하는 사람이군요, 당신은. 많은 사람이 불행, 거짓말, 비겁함, 비열함에 충분히 시달리고 있다는 생각도 안 하고요. 그러면서 뭘 더 쓰겠다고요? 결말이 나쁜 스토리 쓰는 거, 시간 낭비 아니에요?"

"소설은 어느 정도 사실에 부합할 의무가 있지요. 감상적으로 보이는 위험을 무릅쓰고."

"하지만 행복한 스토리를 좋아하지 않는 이들은 비관주의에 빠져 있는 거예요. 이젠 그런 이야기에 진절머리가 나니까 우리라도 그들 식으로 결말을 맺지는 말자는 거죠."

"그건 관점의 차이죠."

"아뇨, 양식과 용기의 문제예요. 사람들에게 행복을 주기 위한 것이 아니라면 연기하고 글 쓰고 그림 그리고 조각하는 게 다 무슨 소

155

용이 있죠? 허름한 집구석에서 궁상떠는 거, 그게 더 가치가 있기 때문인가요? 오늘날 오스카상을 받으려면 뭘 해야 하는지 알아요? 팔이나 다리, 아버지나 어머니를 잃어야 하죠. 넷 다 잃으면 더 극적일 테고. 비참함, 비열함, 눈물 뽑게 하는 비정함이 판을 쳐요. 천재성을 요구하면서도 웃음을 주거나 공상적인 것에 대해서는 좋은 평가를 내리지 않죠. 나는 그런 병적인 문화패권주의가 지긋지긋해요. 그러니까 당신 소설이라도 해피엔드로 만들라는 거예요!"

"알았어요." 폴은 마지못해 대답했다.

흥분한 미아의 모습에 당황한 폴은 반박할 마음이 조금도 들지 않았다.

"여주인공은 목소리를 다시 찾겠죠?" 미아가 물었다.

"두고 봅시다."

"그러는 편이 나을 거예요, 아니면 난 책을 사지 않을 거니까."

"선물로 줄게요."

"안 읽을 거예요."

"알았어요, 그런 방향으로 써볼게요."

"믿을게요. 이제 커피라도 마시러 가서 그녀를 알아본 음악 비평가가 어떻게 할지 얘기해줘요. 그 비평가는 멋진 남자예요? 아니면 비열한 남자?"

미아는 여전히 흥분한 상태였고 폴에게 대답할 틈을 주지 않았다.

"처음에는 비열했지만 그녀 덕분에 좋은 남자가 되고, 그녀는 그 남자 덕분에 목소리를 찾게 된다, 좋은 생각 아니에요?"

폴은 호주머니에서 펜을 꺼내 미아에게 내밀었다.

"가면서 당신이 내 소설을 써요. 그사이 나는 부야베스 요리를 만들 테니."

"혹시 기분 상했어요?"

"아닌데요."

"기분 상한 남자와는 잠시라도 함께 커피를 마시고 싶지 않거든요."

"그렇지 않다고 단언하죠."

"좋아요, 하지만 이것도 여전히 의미 있는 건 아니에요."

"당신 같은 셰프가 만들어주는 요리를 먹으면서 그들이 즐겨야 하는데."

"칭찬이에요, 비아냥이에요?"

"조심, 그러다 차에 치면 어쩌려고." 폴이 팔을 잡아당기며 외치는 사이 미아가 보도블록으로 뛰어올랐다. "여긴 파리지 런던이 아닙니다. 차들이 반대 방향에서 오잖아요."

둘은 카페 드 라 페의 테라스에 자리를 잡고 앉았다.

"배고픈데." 미아가 고백했다.

폴은 메뉴판을 내밀었다.

"당신 레스토랑은 점심시간에 문 닫아요?"

"아뇨."

"그럼 누가 해요?"

"동업자." 미아가 시선을 피하면서 대답했다.

"동업자가 있으면 편리하죠. 하지만 내 일은 애석하게도 그게 불가능하죠."

"어떤 면에서는 당신 번역가가 동업자라고 할 수 있잖아요."

"내가 자리를 비운 사이에 번역가가 내 소설을 써주지는 않죠. 왜 영국을 떠나 프랑스에 와 있어요?"

"나는 영불해협을 건넜을 뿐이에요, 바다를 건너온 게 아니라. 그러는 당신은?"

"내가 먼저 물었는데."

"다른 곳에서 살고 싶어서요. 생활을 바꾸고 싶어서."

"전 애인 때문에요? 그래도 어제 도착한 건 아니잖아요?"

"그 얘긴 하고 싶지 않아요. 당신은 왜 샌프란시스코를 떠났어요?"

"주문부터 하죠. 나도 배가 고프네요."

웨이터가 주문을 받고 떠나자마자 폴은 첫 소설이 출판된 뒤 일어난 에피소드를 꺼내면서 혹독하게 치른 유명세에 대해 말했다.

"유명세에 겁먹은 거예요?" 미아가 재미있다는 얼굴로 물었다.

"그렇게 과장할 것까지는 없고요. 작가는 록 가수나 영화배우가 치르는 유명세를 전혀 몰라요. 나는 연기하는 배우가 아니에요. 나는 종이에 몰입하는 사람이죠, 이건 그냥 하나의 표현 방식이에요. 그리고 나는 병적으로 부끄러움이 많아요. 중학교 때는 샤워할 때도 팬티를 챙겨 입었죠."

"신문 일 면에 당신 사진이 실린다고 쳐요. 다음 날 그 신문이 어떻게 되는지 알아요? '피쉬 앤 칩스'를 싸는 데 쓰이죠. 그런 게 유명세인데, 뭐 그리 대단한 거라고."

"당신 레스토랑에서도 피쉬 앤 칩스를 내놓나요?"

"그게 요즘 대세죠." 미아가 미소를 지으며 대꾸했다. "당신이 방금 그러고 싶게 만들었어요. 바보 같죠?"

"향수병?"

"아뇨, 그쪽은, 전혀."

"그 정도로 상처를 많이 받았어요?"

"곤두박질쳤죠. 압도적인 연기를 했는데 나만 모르고 있었으니까."

"무슨 연기?"

"이것도 그냥 하나의 표현 방식이에요."

"사랑은 눈을 멀게 하죠."

"내 경우는 슬프게도 그 진부함이 실화였다는 거죠. 당신 발목을 붙잡는 건 뭔데요? 그 번역가에게 가면 되잖아요? 작가는 어디서든 일할 수 있는 거 아니에요?"

"그녀가 원하는지 아닌지 몰라서. 그러고 싶었다면 어떤 신호라도 보내왔을 텐데."

"그건 모르죠. 연락은 자주 해요?"

"주말에 한 번씩 스카이프로 통화하고, 이따금 메일을 주고받죠.

나는 그녀의 아파트 한 귀퉁이, 내 컴퓨터 화면으로 보이는 일부만 알아요. 나머지는 상상할 뿐이에요."

"스무 살 때 뉴요커와 사랑에 빠진 적이 있는데, 멀리 떨어져 있는 거리 때문에 그를 향한 내 감정은 점점 커져만 갔죠. 만날 수도 만질 수도 없다는 것, 모든 것이 상상의 영역에 속했으니까. 저축한 돈을 찾아서 어느 날 훌쩍 비행기를 탔고, 내 인생에서 가장 아름다운 몇 주일을 보냈어요. 난 희망에 잔뜩 부풀어서 그 여행에서 돌아왔고 뉴욕에 가서 살 방법을 찾기로 결심했어요."

"성공했어요?"

"아뇨, 그에게 내 계획을 알리자마자 모든 게 달라졌죠. 그의 전화가 뜸해졌고, 우리 사이도 겨울이 다가올 즈음에는 시들해졌어요. 그를 잊는 데 시간이 많이 걸렸지만 그 연애를 후회한 적은 없어요."

"내가 여기 계속 있는 게 아마 바로 그 때문인지도 몰라요. 잊는 데 걸리는 터무니없이 긴 시간 때문에."

"그럼 비행기 무서워하는 것과는 아무 상관없잖아요?"

"아마도, 두려움을 가리려면 그럴 듯한 핑계가 필요하니까. 음식은 어때요?"

미아는 접시를 밀어내고 물 잔을 들어 단숨에 마신 뒤 내려놨다.

"다음에 만나려면 무슨 핑계를 대죠?" 미아가 미소를 머금고 물었다.

"핑계가 꼭 필요할까요?"

"둘 중에서 먼저 만나자고 전화를 걸고 싶은 사람이 당신이라면 몰라도."

"아니, 아니죠, 그러면 너무 쉬우니까. 친구 사이에서는 꼭 남자가 먼저 연락해야 하는 건 아니죠. 남녀평등의 이름으로 그건 여자에게 맡겨야 한다고 생각하는데."

"난 생각이 좀 달라요."

"그러시군요."

그들은 한동안 침묵을 지키면서 행인들을 바라봤다.

"문 닫혀 있는 몇 시간 동안 오페라 극장을 방문하자고 하면 가볼 생각 있어요?" 폴이 물었다.

"지하 호수가 있다는 거 사실이에요?"

"그리고 지붕 위에 벌집 같은 데가 있죠."

"그거 재미있겠네요."

"좋아요, 그건 내가 맡죠. 가능해지면 전화할게요."

"그럼 내 번호를 알려줘야 하잖아요."

"불러요." 폴은 수첩을 펼치고 펜을 들었다.

"먼저 내 번호 물어봐도 되냐고 하는 게 순서 아닌가요? 그리고 그런 눈으로 쳐다보지 말죠. 아무리 친구 사이라도 격식은 갖추는 게 좋아요."

"전화번호를 여쭤봐도 되겠습니까?" 폴이 간청하듯 물었다.

미아는 폴의 펜을 빼앗아서 수첩에 적었다. 폴이 깜짝 놀랐다.

"영국 전화번호를 그대로 쓰고 있어요?"

"네." 미아는 당황하면서 대답했다.

"까다롭다는 거 알아요?"

"나요? 아니면 보통 여자들요?"

"보통 여자들요." 폴이 중얼거리듯 대답했다.

"여자들이 까다롭지 않으면 당신은 많이 지루할 텐데요. 이번에는 내가 계산할 거니까 아무 소리 마요."

"웨이터가 받을지 모르겠네요. 나는 이틀 중 하루는 여기서 점심을 먹죠. 웨이터와 나는 죽이 척척 맞는 데다 당신은 신용카드도 영국 거를 갖고 있어서……."

미아는 더 이상 우길 수 없었다.

"그럼 또 봐요." 미아는 폴에게 손을 내밀면서 말했다.

"또 봐요." 폴이 대답했다.

폴은 지하철 입구로 사라지는 미아를 바라봤다.

9

아서가 층계참에서 폴을 기다리고 있었다.

"열쇠를 잃어버려서 걱정했는데." 아서가 말했다.

"가지가지 한다." 폴이 현관문을 열면서 대꾸했다. "좋았어, 옹플뢰르?"

"아름다웠지."

폴은 한마디도 덧붙이지 않고 들어갔다.

"내가 그렇게 원망스러워? 그냥 장난이었어."

"네 여자는 어디 있어?"

"미국 병원에 와서 연수했던 동료 만나러 갔어."

"오늘 저녁에는 또 뭘 계획했지?" 폴이 커피를 준비하면서 물었다.

"그 얘기 안 해주는 거, 그게 네 복수야?"

"내가 시간이 남아도는 것 같아? 철 좀 들어라."

"그렇게 형편없었어?"

"뭘 알고 싶은데? 그 여자가 삼십 분 동안 미친놈이랑 있다고 생각한 거, 아니면 나를 웃음거리로 만든 사람이 너라는 걸 알아차렸을 때의 기분?"

"괜찮은 여자 같았는데, 즐거운 시간 보낼 수도 있었잖아."

폴은 아서에게 다가가서 강제로 커피 잔을 손에 쥐어주었다.

"그 여자가 어떻게 즐거운 저녁을 보낼 수 있었겠어? 같이 저녁 먹고 있는 남자의 절친이라는 알지도 못하는 사람한테 우롱당했는데. 어떤 남자에게도 여자를 그런 식으로 우롱할 권리는 없어."

"마음에 들었구나! 그 여자 감싸는 걸 보니 마음에 들었네, 들었어!"

아서는 박수를 치면서 폴의 책상 앞으로 가서 의자에 앉았다.

"아주 제멋대로야."

"네가 복수를 한다는데 난 언제 어떻게 할지도 몰라. 하지만 알지, 비싼 대가를 치르리라는 거. 나 알고 있으니까 그건 잘 넣어두고, 이제 얘기해주지그래."

"해줄 얘기 없어. 십 분 동안이나 웃음거리가 됐는데. 정상적인 지능을 가진 두 사람이 그런 얼토당토한 일을 당했다는 걸 알아차리는데 시간이 얼마나 걸릴 것 같아? 나는 네 이름으로 사과하면서 내 절친이 원래는 아주 괜찮은 사람인데 완전히 미친 짓을 저질렀다고 해명하고 헤어졌어. 이제 됐냐? 지금은 그 여자 이름도 기억 안 나."

"그게 다라고?"

"그래, 그게 다야!"

"딱 그뿐이고, 그걸로 끝이다?"

"그래, 딱 그뿐이야. 그리고 하나는 맞아. 내가 복수하리라는 거."

*

지하철역에서 나온 미아는 서점으로 향했다. 책 진열대를 따라가면서 훑어봤지만 찾는 것이 보이지 않아 점원에게 물었다. 점원이 컴퓨터로 조회하더니 한 책장으로 다가갔다.

"재고가 한 권 있을 텐데." 점원이 까치발로 서서 확인했다. "아, 여기 있네요. 그 작가의 책은 이거 딱 한 권 있습니다."

"다른 소설들도 주문할 수 있을까요?"

"네, 물론입니다. 하지만 소설을 읽고 싶으신 거면 다른 작가들을 권할게요."

"왜요? 이 작가는 사람들에게 권하고 싶지 않아서요?"

"그게 아니라 더 문학적인 작품이 있다는 뜻입니다."

"이 작가의 소설 중 한 작품이라도 읽어봤어요?"

"제가 모든 책을 다 읽을 수는 없지요." 점원이 말했다.

"그런데 어떻게 이 작가의 글을 평가할 수 있죠?"

점원은 미아를 아래위로 훑어보다 카운터 앞으로 돌아갔다.

"작가의 다른 책도 주문해드릴까요?" 점원이 미아가 들고 있는 책을 봉투에 넣으면서 물었다.

"아뇨, 이 작품부터 읽고 다른 책들은 덜 문학적인 서점에다 주문할 거예요."

"폄하하려던 게 아니라 미국 작가라서요. 대체로 번역 작품은 아무래도 덜 좋거든요."

"내가 번역가인데요." 미아가 양 주먹을 허리에 대고 도전적으로 말했다.

점원은 잠시 멍하니 있었다.

"제가 실수했으니 할인해드리겠습니다."

서점을 나온 미아는 걸어가면서 소설을 건성으로 넘겼고 뒤표지에 실린 글을 읽으려고 책을 뒤집었다가 폴의 사진을 보고 미소를 지었다. 아는 사람이 쓴 책을 손에 들고 있기는 처음이었다. 비록 이제 두 번 만난 사람이지만. 미아는 점원과 나눈 대화를 떠올리다 의문이 들었다. 왜 그렇게 발끈해서 쏘아붙였을까? 평소의 자신답지 않게 생각을 담아두지 않고 직설적으로 내뱉었다는 것이 뿌듯했다. 자신 안에서 뭔가가 달라지고 있었다. 분명하게 표현하라고 떠밀어준 내면의 목소리가 마음에 들었다. 그녀는 택시를 잡았고 기사에게 리볼리 거리, 영국 서점 앞으로 가달라고 했다.

미아는 몇 분 후 미국 출판사에서 발간한 폴의 첫 소설을 들고 서점을 나왔다. 그리고 몽마르트르로 가는 동안 읽기 시작했고, 르픽 거리를 올라가면서도 읽었고, 테르트르 광장의 벤치에 앉아서도 계속 읽었다.

캐리커처 화가가 이젤 앞에서 미아에게 미소를 보냈지만 그녀는 보지 못했다.

*

미아는 늦은 오후 레스토랑에 나타났다. 다이지는 이미 요리하는 중이었다. 다이지는 스튜 냄비를 보조 요리사 로베르에게 맡기고 미아를 카운터 쪽으로 끌고 갔다.

"이런 일 시키면 안 되는 거 아는데 웨이트리스가 돌아오지 않아서 며칠 일손이 필요해. 새로 구할 때까지만. 지난번에 네가 아주 잘해 줬고, 그래도 너한테 무리한 부탁이라는 건 알지만……."

"알았어." 미아는 다이지가 말을 끝내기도 전에 수락했다.

"해줄 거야?"

"방금 대답했잖아."

"케이트 블란쳇*이 화내지 않을까?"

"그녀에게는 그럴 권리가 없을걸. 내가 그녀라면 레스토랑에 투자하겠어. 너는 돈이 문제지만 난 아니야. 이참에 레스토랑을 새롭게

• 여기서는 영화배우인 미아를 빗대서 하는 말이다.

단장하고 믿을 만한 웨이트리스를 채용하는 건 어때? 그만두지 않고 계속 일하게 월급을 좀 올리면……."

"여긴 지금 이 상태로 아주 좋아." 다이지가 말을 끊었다. "현재로 서는 일손이 필요할 뿐이고."

"대답은 지금 당장 하지 않아도 되니까 내 제안을 잘 생각해봐."

"어땠어, 오페라?"

"휴대전화 돌려주고 돌아왔지."

"다른 일은 없었고?"

"전혀."

"그 남자 호모섹슈얼이야?"

"안 물어봤는데."

"폰 돌려주겠다고 파리 시내 일주를 했는데 그냥 고맙다는 말만 듣고 헤어졌다고? 진짜 스웨덴 남잔가, 스웨덴 북쪽 출신의?"

"넌 뭐든 삐딱하게 보는구나."

"내가 뭘 그렇게 삐딱하게 보는데?"

미아는 대답 대신 앞치마를 걸치고 테이블을 세팅하기 시작했다.

*

부르고뉴 거리의 한 비스트로에서 폴은 친구들과 저녁을 먹으면서 이 악동 커플의 장난을 안주 삼아 주거니 받거니 와인을 많이 마셨다. 친구들이 다음 날 프로방스로 여행을 떠나기 때문에 폴은 이 기회에 조언을 듣고 싶었다.

"그녀 말이 맞아." 폴은 앵발리드 광장에 이르렀을 때 툭 내뱉었다.

"누구?" 로렌이 물었다.

"내 편집자."

"남자 아니었나?" 아서가 되물었다.

"물론 남자지." 폴은 말이 헛나간 걸 갖고 뭘 따지고 그래? 하는 얼굴로 어물쩍 넘어갔다.

"뭐라고 했는데 맞는 말이야?" 로렌이 물었다.

"한국에 가서 확실히 파악해야겠어. 비행기 무서워서 못 간다는 말도 안 되는 소리를 할 게 아니라."

"그런 용기라면 샌프란시스코로 돌아오는 것도 괜찮은데." 아서가 은근슬쩍 한마디 했다.

"그냥 좀 내버려둬." 로렌이 끼어들었다. "폴이 서울에 가고 싶다면 우리는 응원을 해줘야지."

아서가 폴의 어깨를 잡았다.

"하긴 그곳에 네 행복이 있다고 해서 우리가 만 킬로미터 이상 멀어지는 것도 아닌데."

"네가 지리에 무식하지 않다는 거 알아. 그래도 서쪽으로는 우리의 거리가 좀 더 가까워진다는 계산까지 벌써 했다니, 참, 어이없다. 그딴 말 아무에게도 하지 마, 지구는 둥그니까!"

집으로 돌아온 폴은 곧장 컴퓨터 앞에 앉았다. 새벽 한 시쯤 메일을 썼다.

경,

벌써 오래전에 의견을 묻지 않고 당신에게 갔어야 했는데. 아침에 눈뜨면서 당신을 생각하고, 낮에도, 저녁에도 문득문득 당신을 생각해. 눈을 감으면 나타나는 당신. 내 책상에서 아무 말도 않고 나를 읽어내면서 동시에 머릿속으로 번역하는 당신. 내가 지켜보고 있다는 걸 알면서도 모른 척하는 당신. 작가와 번역가를 얽어매는 침묵, 마르크스 형제의 코미디 영화를 뚫고 나온 한 장면 같다고나 할까.

가슴앓이가 전염되는 거라면 내가 사랑하는 만큼 당신도 나를 사랑할 텐데.

유례를 찾아볼 수 없는 우리의 감정, 하지만 곧 실체가 드러날 거란 기대를 해. 무르익고 있지만 경험해보지 못해서 생경한, 나의 이 감정은 뭘까? 아름다운 스토리 쓰는 걸 포함해 글로는 모든 걸 할 수 있는데 현실에서는 왜 이토록 어려운 걸까?

나는 도서전 때문이 아니라 당신 때문에, 당신을 만나러 가는 거야. 당신이 원하면 우리는 같이 움직이며 당신이 사는 도시와 당신의 친구들을 알게 될 것이고, 아니면 나는 글을 쓰기 시작하고 이번에는 당신이 나를 지켜보고 있겠지.

어느덧 세월은 많이 흐른 것 같은데 우리의 걸음은 더디기만 하
네.

폴.

편지를 끝내며 생각해보니 경은 이미 일어나 있을 시간이었다. 그
녀는 이 글을 하루 중 언제쯤 읽을까? 이 생각에 폴은 밤을 꼬박 샜다.

*

아서는 노트북을 무릎 위에 올려놨다. 데이트 사이트에 접속해 본
인 인증을 하고 패스워드를 쳤고, 삭제할 목적으로 자기가 작성한 쪽
지를 열었다. 친구의 사진 밑에서 작은 편지 봉투가 깜박이고 있었
다. 아서는 로렌을 돌아봤다. 잠들어 있었다. 아서는 잠시 머뭇거리
다 편지 봉투를 클릭했다.

친애하는 폴,
우리는 전화에 대해서만 말했으니까 메일은 의미가 없는 거예요.
이 메모 끝에 내 메일 주소가 있을 거예요. 데이트 사이트 이외
의 다른 방법으로 연락하면 그 굴욕적이었던 시간을 떠올릴 필
요가 없으니 좋을 것 같아서요.
뜻밖의 점심 고마웠고, 무엇보다 나의 '아'에 대해선 신경 쓰지

마요. 당신 소설을 다시 생각해보니 다음 스토리가 궁금해졌어
요. 그러니까 백지 신드롬에 대해서는 싹 잊어버리고 가능한 한
빨리 글을 써요.

오페라 극장 얘기는 흥미롭네요. 마음에 들어요, 무엇보다도 다
른 사람들에게는 금지된 시간에 들어간다는 것이. 금지라는 건
짜릿한 묘미가 있으니까.

그 레스토랑의 저녁은 견디기 힘들었어요, 사람도 너무, 너무 많
았고. 하지만 그 정도의 대가는 치를 만했어요. 음식이 매혹적이
라서.

좋은 밤 보내요.

또 봐요, 미아.

*

"내 노트북 가져가도 될까?" 다이지가 미아의 방문을 살짝 열어 머
리를 들이밀고 물었다.

"응, 방금 끝났어."

"누구에게 썼어? 키보드 부서져라 두드리는 소리가 들리던데."

"프랑스어 자판에 익숙하지 않아서. 철자 위치가 달라서 헷갈리
네."

"누구에게?" 다이지는 침대 발치에 앉으면서 재차 물었다.

"크레스턴에게. 내 근황 전했어."

"좋은 소식?"

"파리 생활이 아주 좋다고, 레스토랑에서 일하는 것도 재밌다고."

"오늘 저녁에는 손님이 많지 않았어. 계속 이러면 야반도주해야 할지도 몰라."

미아는 다이지에게 집중하기 위해 노트북을 내려놨다.

"경제 상황이 좋지 않아서 그래. 다들 주머니 사정이 빠듯하니까. 이 위기가 영원히 계속되진 않을 거야."

"나도 돈 없는데. 이렇게 가다가는 내 레스토랑도 오래 못 갈 거야."

"나와 동업하는 게 싫으면 돈을 빌려줄게."

"고맙지만 사양할게. 돈은 없어도 자존심은 있어."

다이지는 미아 옆에 누웠다가 베개가 딱딱한 걸 느끼고 베개 밑에 손을 넣어 책을 꺼냈다. 뒤표지에 있는 글을 읽으려고 책을 뒤집었다.

"이 얼굴, 왜 낯이 익지?" 다이지가 저자의 사진을 보면서 말했다.

"아주 유명한 미국 작가잖아."

"난 책 읽을 시간 전혀 없어. 그런데 이 얼굴은 낯설지가 않아. 레스토랑에 왔던 손님인가."

"그럴지도." 미아는 얼굴이 빨개져서 대구했다.

"오늘 샀어? 어떤 내용인데?"

"아직 안 읽었어."

"무슨 내용인지도 모르면서 이걸 샀다고?"

"점원이 추천해줬어."

"그럼 책 읽어, 난 가서 잘게. 아, 피곤하다."

다이지가 일어나서 문으로 향했다.

"책은?" 미아가 소심하게 말했다.

책을 손에 쥐고 있는 걸 알아차린 다이지는 사진을 한 번 더 보고 나서 침대 위로 던졌다.

"내일 봐."

다이지는 나가면서 문을 닫았다가 이내 다시 열었다.

"너 표정이 이상하다."

"뭐가 이상해?"

"몰라. 그 책을 선물한 사람이 휴대전화 주인이야?"

"봤잖아, 스웨덴어로 쓰이지 않은 거?"

다이지는 방을 나가기 전에 미아를 뜯어봤다.

"확실해, 너 이상한 거."

문밖에서 다이지가 중얼거리는 소리가 들렸다.

10

자명종이 울렸다. 로렌은 기지개를 켜고 아서에게 달라붙었다.

"잘 잤어?" 로렌은 아서에게 입을 맞추면서 물었다.

"더할 나위 없이."

"왜 이렇게 기분이 좋아?"

"보여줄 게 있어." 아서가 장난스러운 어조로 말하면서 일어나 앉았다.

아서는 침대 밑에 있는 노트북을 집어 들고 켰다.

"저녁 먹는 데 십 분밖에 안 걸렸다더니 이것 좀 읽어봐! 아무래도 마음에 들었던 모양이야."

로렌은 어이없어했다.

"서로 호감이 있었네. 다행이다, 당신의 짓궂은 장난이 미친 짓으

175

로 끝나지 않아서. 그래도 성급한 결론은 내리지 마."

"읽고 확인하는 것으로 됐으니까 이걸로 끝이야."

"폴은 한국인 번역가를 사랑해. 이 여자로 인해 달라지는 건 아마 없을 거야. 이 여자도 그럴 생각 없고."

"아무튼 난 이걸 인쇄해서 책상에 올려놓을 거야."

"뭐 하러?"

"내가 바보가 아니라는 걸 보여줘야지."

로렌은 쪽지 내용을 다시 읽었다.

"이 여자는 우정이라고 선을 긋고 있어."

"당신이 그걸 어떻게 알아?"

"나 여자잖아. 그리고 글을 보면 아주 명백해. '메일은 의미가 없는 거예요', 이 말은 여자 언어로 번역하면 이런 뜻이야. '난 당신에게 홀리지 않았다.' 또 하나. 이 여자는 그 레스토랑에서의 저녁이 견디기 힘들었다잖아. 인연이 될 남자를 기대하고 나갔던 건데……. 그러니까 폴이 자기 취향이 아니라는 걸 알리는 그녀 나름의 방식이야."

"그럼 '금지라는 건 짜릿한 묘미가 있다'는 말, 이건 유혹 아닌가?"

"당신은 폴이 파리를 떠나지 않길 바라니까 마음만 급해서 12월에서 여름을 보는 거야. 내 생각에 이 여자는 한 발 빼놓고 있어. 진짜 친구를 찾는 것일 뿐 그 이상은 아냐!"

"신경외과가 아니라 심리학과를 가지 그랬어!"

"폴이 이 여자에게 관심을 갖길 바란다면 아무 말도 하지 마."

176

"그래?"

"가끔 보면 당신 절친을 내가 더 잘 아는 것 같아. 아무튼 폴에게는 그래야 해."

이렇게 말하고 로렌은 아침 준비를 하러 나갔다.

거실로 나가다 그녀는 소파침대에서 자는 폴을 발견했다. 폴은 눈을 뜨다 로렌을 보곤 하품을 하면서 일어났다.

"침대에 가지도 못하고 여기서 잤어?"

"늦게까지 일하다 잠시 쉰다고 나왔는데 그냥 잠들었나 봐."

"늘 이렇게 늦게까지 일해?"

"응, 자주."

"안색이 창백해. 건강에 신경 좀 써야지."

"의사로서 하는 말인가?"

"네 친구로서."

로렌이 커피를 따르는 동안 폴은 메일함을 열어봤다. 경이 당장 답장하지 않는다는 걸 알면서도. 폴은 화가 난 것처럼 침실로 들어갔다.

아서가 폴을 따라 들어가려고 하자 로렌이 가까이 오라는 손짓을 했다.

"왜?" 아서가 속삭였다.

"우리 출발을 늦춰야 할 것 같아."

"폴에게 무슨 일 있어?"

"의기소침해 있는 것 같아서."

"어제저녁에는 괜찮아 보였는데."

"그건 어제저녁이었지."

"나 멀쩡해!" 폴이 침실에서 소리쳤다. "둘이 하는 말도 아주 잘 들리고." 폴이 덧붙이면서 나왔다. 아서와 로렌은 잠시 침묵을 지켰다.

"우리랑 같이 프로방스에서 며칠 보내다 오면 왜 안 되는데?" 아서가 물었다.

"소설을 써야 하니까. 한국으로 출발하기 전까지 삼 주 남았어. 최소한 백 페이지는 써서 경에게 보내고 마음에 드는지 알아야 해."

"책에서 벗어난 인생도 살아야 하는 거 아닌가. 동료 작가들 말고 가끔은 다른 사람도 만나면서."

"사인회 하는 동안 많은 독자를 만나고 있어."

"'안녕하세요', '고맙습니다', '안녕히 가세요', 이런 인사말 외에 무슨 말을 나누는데? 외로울 때 그들에게 전화할 수 있어?" 아서가 반문했다.

"없지, 그래서 네가 있잖아, 나한테는. 물론 시차 때문에 아무 때나 통화할 순 없지만. 내 걱정은 그만해. 너희 말을 듣다 보면 나한테 무슨 큰 문제라도 있는 것 같아. 나는 아무 문제없어. 내 삶, 내 일을 사랑해. 내 이야기 속에서 밤을 보내는 것이 좋고, 기분도 몸도 다 괜찮아. 로렌, 네가 수술실에서 밤샘하는 걸 좋아하는 것처럼."

"그래, 나만 밤샘 별로 안 한다." 아서가 한숨지었다.

"로렌의 생활이 그러니까 하는 말이지. 괜히 삐지기는, 그런 로렌을 사랑하면서." 폴이 한마디 했다. "우리 모두 사는 게 비슷비슷해. 너희는 둘만의 오붓한 여행을 만끽해. 한국 여행으로 비행기 공포증이 치유되면 가을에는 내가 샌프란시스코로 갈게, 너희를 만나러. 와, 소설 제목으로 좋겠는데. '가을은 샌프란시스코에서'."

"네가 그 소설의 주인공이면 훨씬 멋지겠다."

아서와 로렌은 짐을 쌌다. 폴은 친구들을 역까지 바래다주었다. 말은 그렇게 했지만 플랫폼에서 기차가 사라졌을 때 고독이 폴의 어깨를 짓눌렀다.

폴은 친구들과 작별 인사한 그 자리에 한동안 서 있다가 호주머니에 손을 찔러 넣고 돌아섰다.

주차장으로 차를 찾으러 간 폴은 조수석에서 쪽지를 발견했다.

네가 서울에 정착하면 가을에 만나러 갈게, 약속해.
'가을은 서울에서.' 이것도 멋진 제목이 될 수 있겠다.
보고 싶을 거야, 친구.

　　　　　　　　　　　　　　　　아서.

폴은 쪽지를 두 번 읽고 나서 지갑에 넣었다.

아침나절을 어떻게 보낼까 궁리하다 팔레 가르니에에 가기로 결정했다. 관장에게 부탁할 것이 있었다.

*

미아는 테르트르 광장, 늘 앉는 벤치에 앉았다. 캐리커처 화가가 그녀를 지켜보고 있었다. 미아가 핸드백을 열고 손수건을 꺼내자 화가는 이젤을 떠나 그녀 옆에 와서 앉았다.

"안 좋은 날이에요?" 화가가 물었다.

"아뇨, 아름다운 소설 때문에."

"그렇게 슬픈 소설이에요?"

"지금까지는 오히려 웃겼는데 주인공이 이미 돌아가신 어머니가 보낸 편지를 받아요. 그 편지에 울컥했어요, 나 우습죠?"

"감정 표현인데 우습고 말고가 어디 있어요. 어머니 돌아가셨어요?"

"아주 건강하게 잘 살고 계시죠. 글쎄요, 우리 엄마가 나한테 이런 편지를 써줄는지⋯⋯."

"언젠가는 그럴지도 모르죠."

"엄마와 내 사이를 생각하면 어림없어요."

"자식 있어요?"

"아뇨."

"어머니가 되면 그때는 당신의 어린 시절을 다른 각도에서 보게 되고, 어머니를 보는 시선도 완전히 달라질 거예요."

"어떡해야 할지 정말 모르겠어요."

"완벽한 부모는 존재하지 않아요. 완벽한 자식도 없고요. 난 이만 갈게요, 관광객이 내 그림 주위를 어슬렁거려서. 참, 초상화 주니까 친구가 뭐래요?"

"아직 못 줬는데. 미안해요, 깜빡 잊었어요. 오늘 저녁에 줄게요."

"몇 달이나 상자 안에 있었는데 급할 거 없죠."

캐리커처 화가는 이젤 앞으로 돌아갔다.

*

폴은 예술가 전용 출입문으로 들어갔다. 오페라 극장 직원들이 무대 소품들을 나르고 있었다. 폴은 그들에게 방해가 되지 않도록 조심하면서 계단을 올라가 관장실 문을 노크했다.

"우리가 만날 약속을 했었나요?"

"아뇨, 부탁할 게 있어서 잠깐 들렀습니다."

"또요?"

"네, 이번엔 정말 아주 작은 부탁입니다."

폴이 용건을 말하자 관장은 그에게만 예외로 한 것이었다면서 거절했다. 오페라 극장이 소설의 배경이라기에 사실적으로 묘사되기를 바라는 마음에서 허락한 것일 뿐 다른 사람에게는 금지된 장소를 공개할 수 없다고 잘라 말했다.

"이해합니다." 폴이 말했다. "하지만 내 조수라서……."

"그럼 처음 내 사무실에 왔을 때 같이 왔어야지요?"

"물론 그래야 하는데 그때는 조수를 채용하기 전이었거든요."

"좀 전에 여자 친구라고 했잖소!"

"여자 친구는 조수가 될 수 없다, 그건 아니잖아요."

관장은 천장을 올려다보면서 잠시 생각했다.

"미안하지만 허락할 수 없습니다. 우겨봐야 소용없어요."

"나중에 오페라 극장을 제대로 묘사하지 않았다고 비난하진 마세요. 나 혼자서 곳곳을 다 살펴볼 수는 없으니까요."

"그럼 여유를 갖고 천천히 살펴보면 되겠군요. 시간이 많이 걸리더라도. 이제 그만 나가보세요, 일해야 합니다."

폴은 더 말해봐야 소용없다고 판단하고 관장실에서 나왔다. 약속은 약속이니까. 하지만 지금까지 살면서 금지 사항을 어긴 게 어디 한두 번인가, 그보다 더한 짓도 했는데. 폴은 그길로 매표소에 가서 저녁 공연을 위한 좌석 두 개를 예매한 다음 작전을 궁리했다.

광장으로 나오자마자 폴은 미아의 전화번호를 누르고 통화하려다 생각을 바꿔 메시지를 보냈다.

우리의 오페라 방문은 오늘 저녁이에요.
스웨터와 레인코트 추천, 절대 굽 높은 구두 신지 마요.

나를 만나러 나올 때 입지 않았던 차림이면 좋겠어요.
자세한 건 현장에서 알게 될 겁니다.
이건 서프라이즈니까.
저녁 여덟 시 삼십 분 다섯 번째 계단에서.
폴.
P.S. 문자메시지는 의미 없는 겁니다.

휴대전화가 진동했다. 미아는 메시지를 읽고 미소를 짓다가 다이지에게 한 약속이 기억났다. 미소가 사라졌다.

*

가에타노 크리스토넬리는 카페 보나파르트의 테라스에서 폴을 기다리고 있었다.

"늦었네요!"

"출판사는 여기서 가깝지만 나는 근처에 사는 게 아니잖아요. 차가 많이 막혀서⋯⋯."

"당신을 막는 건 아무것도 없는 줄 알았더니. 급한 일이라더니, 무슨 문제가 생겼나요?"

"나한테 문제가 있다고 생각하는 게 요즘 유행인가요? 대표까지 이러지 마세요."

"그럼 무슨 일로?"

"세상 반대편의 도서전에 가겠습니다."

"잘 생각했어요. 어쨌거나 선택의 여지는 없었지만."

"선택의 여지는 항상 있지요. 아직은 생각을 바꿀 수도 있고요. 그래서 말인데 사적으로 부탁할 게 있습니다. 내가 일이 년간 서울에서 지내기로 결정하면 자리 잡을 수 있게 선불해줄 수 있습니까? 확신이 설 때까지는 파리의 내 아파트를 처분하고 싶지 않아서요."

"무슨 확신?"

"거기서 사는 확신."

"왜 한국에 가서 살려고 하나……? 한국어 할 줄 모르잖아요?"

"어려운 일이라고 생각하지 않아요. 필요하면 배울 생각이고요."

"한국어로 글을 쓰려고요?"

"난 니카 내 발카라클 파라둘 테가 넘우 조아!"

"뭔 소립니까?"

"한국어로 '나는 네가 내 발가락을 빨아줄 때가 너무 좋아'라는 뜻이죠."

"맞네, 미친 거, 헛소리 하는 걸 보니!"

"나는 정신감정을 부탁하는 것이 아니라 내 저작권에 대한 선인세를 부탁하는 겁니다."

"진담이에요?"

"한국에서 대박이 나면 미국에 이어 유럽에서도 대박이 날 거라고 한 사람이 누구죠? 내가 비행기를 타면 우리가 큰돈을 번다는 말로 이해했는데요. 그렇다면 대표가 지불하는 선인세쯤이야 문제가 되지 않을 텐데요."

"그건 내가 가정을 한 거였고……. 미래는 누구도 장담할 수 있는 게 아니라서."

그렇게 말하고 나서 크리스토넬리는 생각에 잠겨 있다가 말을 이었다.

"당신이 한국 언론에 거기서 살고 싶다는 뜻을 알리면 효과는 굉장하겠죠. 당신이 눌러살겠다고 하면 한국 출판사는 소설의 판매 촉진을 위해 대대적인 홍보를 할 테고."

"이거나 그거나." 폴이 한숨을 내쉬었다. "그럼 오케이입니까?"

"단, 조건이 있어요! 거기서 무슨 일이 일어나든 우리가 주된 출판사로 남아 있어야 합니다. 당신이 한국 출판사와 직접 계약서를 작성했다는 말은 듣고 싶지 않아요, 그건 분명히 해둡시다! 지금까지 당신에게 열심히 후원한 사람은 납니다!"

"알겠어요. 하지만 대표가 나에게 엄청난 배려를 해줬다고 할 수는 없죠."

"이렇게 배은망덕할 수가! 선인세를 원하는 겁니까, 아닙니까?"

폴은 이 정도에서 그치고, 받았으면 하는 금액을 냅킨에다 적었다. 크리스토넬리는 어이없는 듯 천장을 쳐다보곤 숫자에 줄을 찍 긋고 절반으로 깎았다.

두 사람은 악수를 했다. 출판계에서 악수는 계약이나 다름없다.

"당신이 비행기를 타는지 확인하기 위해 공항으로 배웅 나갈 때 수표를 넘기죠."

폴은 크리스토넬리가 계산하게 내버려뒀다.

*

점심 장사를 끝내고 집으로 돌아온 다이지는 목욕 가운 차림으로 소파침대에 누워 있는 미아를 발견했다. 눈 위에 젖은 수건을 올려놓고 한 손으로 크리넥스 통을 잡고 있었다.

"어디 아파?"

"눈이 아프고 머리가 빠개지는 것 같아." 미아가 대답했다.

"의사 부를까?"

"그럴 필요 없어. 가끔 이래서 내가 잘 알아. 한 열 시간쯤 이러다 가라앉아."

"언제부터 이랬어?"

"한두 시간 됐나."

다이지는 시계와 친구를 번갈아 쳐다봤다.

"이 상태로는 일할 수 없겠어. 오늘 저녁 레스토랑 서빙은 잊고 내일 도와줘."

"그럼 안 되잖아." 미아가 말했다. "이따 갈게."

말은 이렇게 해놓고 미아는 두 손으로 머리를 부여잡으며 끙끙거렸다.

"그런 얼굴로? 손님들 다 도망치겠다! 방에 들어가서 누워."

"아냐, 갈게." 미아는 여전히 누운 채로 한술 더 떠서 힘없이 팔을 흔들었다. "너 혼자 힘든데⋯⋯."

"로베르에게 요리 맡기고 내가 서빙하면 돼. 처음 있는 일도 아니고. 넌 어서 들어가서 푹 쉬어, 명령이야."

미아는 크리넥스 통을 들고 수건을 눈에 댄 채 더듬더듬 방으로 들어갔다.

다이지가 아파트를 나가자마자 미아는 냉큼 방에서 나왔다. 그러고는 현관문에 귀를 대고 계단을 내려가면서 점점 작아지는 발소리를 들었다. 이어서 유리방으로 달려가 다이지가 거리 모퉁이로 사라질 때까지 눈으로 좇았다.

곧장 욕실로 뛰어가서 아래 눈꺼풀에 그린 아이라이너를 없애기 위해 얼굴을 씻었다. 배우 생활을 하면서 배운 것 중 써먹기 좋은 것이 있다면 연기를 위한 화장술이었다. 다이지의 옷장에서 레인코트를 찾으면서 어떤 가책도 느끼지 않는 자신에게 놀랐다. 심지어 즐겁기까지 했다. 이렇게 설레는 게 얼마만이람.

미아는 운동화를 신다가 오페라에 가는 데 이런 우스꽝스러운 복장을 하는 이유가 궁금했다. 영국에서는 웬만큼 정도가 아니라 과하다 싶을 만큼 차려입고 가야 하는데.

나가기 전 거울 앞에 서서 찬찬히 뜯어봤다. 오드리 헵번 룩으로 가

볼까, 생각하면서 선글라스를 쓰려다 가방에 집어넣고 나갔다.

아파트 건물의 정문을 빼꼼 열고 아무도 없는지 확인한 다음 건너 편에 서 있는 택시를 향해 빠르게 걸어갔다.

*

폴이 팔레 가르니에의 다섯 번째 계단에서 기다리고 있었다.

"클루조 형사* 같군요." 폴이 다가오는 미아를 맞으며 말했다.

"와우, 친절도 하셔라! 그쪽이 주문했잖아요, 레인코트 입고 납작 한 신발 신으라고."

폴은 미아를 훑어봤다.

"음, 매혹적이네요. 따라와요."

둘은 사람들을 따라 오페라 극장 안으로 들어갔다. 미아는 일렬로 늘어선 원기둥 입구를 통과한 뒤 웅장한 대리석 계단 앞에서 걸음을 멈추고 감탄했다. 그러다 피티아** 동상을 보겠다고 고집했다.

"어쩌면 이렇게 아름다울까!" 미아가 탄성을 질렀다.

"멋지죠. 근데 우리 서둘러야 하는데."

"이렇게 아름다운 곳에 이런 꼴로 오다니. 드레스를 입었어야 하는

• 1960~70년대 코미디 영화 〈핑크 팬더〉 시리즈의 주인공.

•• 아폴론 신의 신탁을 받는 무녀.

데."

"그건 절대 안 돼요! 갑시다."

"이해가 안 되네요. 문 닫혀 있는 시간에 구경시켜준다더니…….
공연 보는 거예요?"

"좀 있다 알게 돼요."

그들은 중이층으로 올라가서 관람석 회랑으로 들어갔다.

"오늘 무슨 공연 하는데요?" 관람석 출입문을 향해 가는 사이 미아
가 물었다.

"몰라요. 안녕하세요?" 폴이 두 조각상 앞을 지나가면서 인사했다.

"누구한테 인사하는 거예요?" 미아가 속삭였다.

"바흐와 하이든, 내가 저 들의 곡을 들으면서 글을 쓰거든요."

"어디로 가는지 좀 알려주죠?" 미아는 계속 앞장서 가는 폴에게 물
었다.

"우리 자리를 찾으러."

안내원이 좌석이 아니라 보조 의자를 가리켰다. 폴은 앞의 의자를
미아에게 내주고 자신은 그 뒤에 있는 의자에 앉았다.

의자는 딱딱하고, 무대는 오른쪽만 보이는 자리였다. 시사회가 있
는 저녁이면 미아는 늘 특석에 앉았는데.

'이 남자, 인색한 것 같진 않았는데.' 미아는 커튼이 올라가는 순간
생각했다.

폴은 십 분을 흘려보냈다. 미아는 불편한 의자에서 몸을 비틀고 있

었다. 폴이 그녀의 어깨를 톡톡 쳤다.

"계속 움직여서 미안한데, 엉덩이가 아파서요." 미아가 속삭였다.

폴은 웃음을 참으면서 귀에 대고 소곤거렸다.

"당신 엉덩이한테 내가 사과한다고 전해줘요. 나갑시다, 따라와요."

폴은 바로 앞에 있는 비상구까지 허리를 구부리고 나갔다. 미아는 의아한 얼굴로 폴을 쳐다봤다.

진짜 미친 거 아냐…….

"이쪽으로 와요!" 폴은 여전히 허리를 구부린 자세로 문 앞에서 나직이 말했다.

미아도 허리를 구부린 자세로 폴에게 갔다.

폴은 문을 조심스럽게 밀면서 미아를 복도로 데리고 나갔다.

"계속 오리걸음 놀이 하는 거예요, 우리?" 미아가 물었다.

"그럼 당신이 원하는 놀이를 해요, 단, 소리만 내지 말고."

폴은 미아의 손을 움켜잡고 복도로 진입했다. 미로 안으로 전진해 갈수록 미아는 점점 더 의아해졌다.

또 다른 좁은 통로 끝에서 두 사람은 나선형 계단을 올라갔다. 폴은 미아가 발을 헛딛을 경우를 대비하는 거라면서 먼저 올라가게 했다.

"여기가 어딘데요?" 호기심이 동한 미아가 물었다.

"앞에 보이는 구름다리를 건널 거예요. 제발 소리 내지 마요. 우리는 지금 무대 바로 위를 걸어가고 있어요. 이번에는 내가 앞에서 가죠."

폴이 성호를 그었다. 미아가 깜짝 놀라자 폴은 귓속말로 고백했다. 현기증이 나서 그런다고.

폴이 건너편에 이르러서 돌아봤다. 미아는 구름다리 한가운데에 서서 무대를 내려다보고 있었다. 그녀 얼굴이 어린애처럼 순진무구해 보이고, 레인코트는 갑자기 너무 커 보였다. 팔레 가르니에의 계단에서 봤던 여자가 아니라 허공에 서서 환상적인 광경에 홀려 있는 소녀였다.

폴은 잠시 기다리다 그녀의 주의를 끌기 위해 위험을 무릅쓰고 조그맣게 헛기침을 했다.

미아가 얼굴 가득 미소를 지어 보이며 다가왔다.

"믿기지가 않아요." 미아가 소곤거렸다.

"알아요. 하지만 이건 아무것도 아니에요."

폴은 미아의 손을 잡고 또 다른 문 앞으로 데려갔는데, 다른 계단으로 이어져 있었다.

"호수 보러 가는 거죠?"

"엉뚱하네요, 당신. 영국에서는 호수를 건물 꼭대기에 만들어요?"

"이 계단으로 다시 내려갈 수도 있으면 좋겠는데."

"아니, 우리는 올라갈 거예요. 호수는 없고 콘크리트로 만든 저수조는 있죠. 호수에 가는 거면 오리발과 잠수 장비를 가져왔겠죠, 내가."

"그럼 레인코트는 왜 입고 오라고 했어요?" 미아가 볼멘소리로 물었다.

"곧 알게 됩니다!"

오래된 나무 계단을 올라가는데 뭔가가 요란하게 굴러가는 소리가 들렸다. 미아가 질겁해서 걸음을 멈췄다.

"무대에서 나는 소리니까 걱정 마요." 폴이 안심시켰다.

마지막 층계참에 이르자 폴이 철문의 빗장을 풀고 먼저 미아를 넘어가게 했다.

미아는 팔레 가르니에의 아연 지붕 위를 걸었다. 파리의 아름다운 전경이 한눈에 내려다 보였다.

그녀가 영어로 탄성을 내지르며 폴을 향해 돌아섰다.

"더 가서 봐요, 위험하지 않으니까." 폴이 말했다.

"당신은 안 오고?"

"아니, 가야죠."

"고소공포증 있는 사람이 왜 나를 여기로 데려왔어요?"

"당신은 그런 거 없을 테니까. 여기서 펼쳐지는 파노라마는 세상 어느 곳에서도 볼 수 없죠. 계속 감상해요, 난 여기서 기다릴게요. 눈에 가득 담아봐요. 빛의 도시를 이렇게 바라보는 행운을 얻는 사람은 손가락으로 꼽을 정도일 텐데. 앞으로 더 가서 봐요, 하나도 놓치지 않게. 잘 기억했다가 어느 겨울 저녁, 영국의 고택 벽난로 앞에 앉아 미래의 당신 손주들에게 오페라 지붕에서 파리를 감상하던 저녁을 얘기해줘요. 그때는 많이 늙어서 내 이름조차 잊을 테지만 파리에 친구가 한 명 있었다는 건 기억하겠죠."

미아는 문손잡이를 꽉 붙잡고 서 있는 폴을 살펴보다 지붕 위를 걸어갔다. 그녀가 서 있는 위치에서 마들렌 성당, 불빛으로 하늘을 수놓는 에펠탑이 보였다. 그녀는 별을 다 셀 수 있다고 믿는 아이처럼 하늘을 바라봤다. 이어서 보그르넬 구역의 고층 건물들에 시선이 머물렀다. 하늘에서 반짝이는 별들보다 약간 커 보이는 저 창문들 너머에서 얼마나 많은 사람이 저녁을 먹고, 웃거나 울고 있을까? 미아는 돌아서다 몽마르트르 언덕 위의 사크레쾨르 성당을 발견하고 다이지를 생각했다. 파리 전체가 한눈에 들어왔다. 이토록 황홀한 아름다움은 본 적이 없었다.

"당신도 놓치면 안 되는데."

"난 진짜 못 가요."

미아는 폴에게 돌아가서 자신의 스카프로 눈을 가려주었다. 그러고는 그의 손을 잡고 지붕으로 이끌었다. 폴은 곡예하듯 아슬아슬하긴 했지만 미아가 이끄는 대로 따라갔다.

"이기적인 사람이 되는 건 싫으니까." 미아는 스카프를 벗겨주면서 말했다. "이렇게 아름다운데……. 파리 친구와 함께 나누지도 않고 내가 어떻게 손주들에게 이 감동적인 순간을 얘기해줄 수 있겠어요."

폴과 미아는 용마루에 앉아서 도시를 감상했다.

이슬비가 내리기 시작했다. 미아는 레인코트를 벗어서 폴의 어깨에도 함께 씌웠다.

"당신은 항상 모든 걸 생각해요?"

"그런 편이죠. 하지만 이번에는 당신이 나를 이끌었는데?" 폴이 스카프를 가리키면서 말했다.

*

계단을 내려가자 경비원 둘이 폴과 미아를 관장실로 데려갔다. 경관 셋이 기다리고 있었다.

"알고 있습니다, 허락하지 않으셨는데 금지 사항을 어겼다는 거. 하지만 우린 나쁜 짓 하지 않았습니다." 폴이 관장에게 말했다.

"아는 분입니까?" 물라르 경관이 물었다.

"아뇨, 이제는 모르는 사람입니다. 연행해가도 됩니다."

물라르 경관이 동료들에게 수갑을 채우라는 손짓을 했다.

"이럴 필요까지는 없잖습니까?" 폴이 항의했다.

"나는 필요하다고 생각하는데요." 관장이 덧붙였다. "이런 무단 침입은 내가 통제할 수 있는 게 아닌 것 같아서요."

미아는 경관에게 손을 내밀면서 손목시계를 힐끔 봤다. 시간을 보고 가슴이 철렁했다.

*

형사가 두 사람의 진술을 받았다. 폴은 저지른 일을 순순히 인정하

194

고 전적으로 책임을 지겠다고 말하면서 사태를 최소화하려고 노력했다. 그리고 내보내주면 다시는 이런 일을 저지르지 않겠노라고 모든 성인의 이름에 대고 맹세했다.

"그래도 설마 경찰서에서 밤을 보내는 일은 없겠죠?"

형사는 한숨을 내쉬었다.

"두 분은 외국인입니다. 영사관을 통해 신원 확인이 되지 않으면 보내드릴 수가 없습니다."

"체류증이 있는데 집에 두고 나왔습니다. 그리고 나는 프랑스 거류 외국인입니다." 폴이 말했다.

"그러시겠죠."

"동업자가 나를 죽이려고 할 텐데." 미아가 중얼거렸다.

"누구한테 위협받고 있습니까?" 형사가 물었다.

"아뇨, 말이 그렇다는 거예요."

"표현에 주의하세요. 여긴 경찰서입니다."

"그녀가 왜 당신을 죽이려고 해요?" 폴이 미아에게 몸을 숙이고 물었다.

"방금 못 들었어요?" 형사가 다시 주의를 줬다.

"이미 알고 있으니까 가르치려고 하지 마세요! 상황이 이렇게 돼서 내 친구가 직업상 곤경에 빠진 건데 융통성을 발휘해줄 수도 있잖습니까?"

"공공건물에 무단 침입하면 어떻게 되는지 생각을 했어야지요."

"하지만 우리는 무단 침입하지 않았습니다. 모든 문이 열려 있었어요. 지붕으로 올라가는 문을 포함해서."

"그러니까 지붕 위를 걸어 다니는 건 무단 침입이 아니라는 겁니까? 댁의 나라에서 내가 같은 짓을 저지르면 정상이라고 생각하겠습니까?"

"한번 해보세요, 형사님. 저는 절대 막지 않을 겁니다. 오히려 전망이 멋진 누세 곳을 추천해드릴 수도 있습니다."

"좋습니다." 형사가 한숨을 쉬었다. "두 분을 유치장에 들여보낼 테니 코미디는 거기서 계속 찍든지 하십시오."

"잠깐만요!" 폴이 간청했다. "프랑스 시민이 와서 내 신원을 증명해주면 우리를 내보내주시겠습니까?"

"제시간에 오면 생각해볼 수도 있지요. 내 업무 시간이 끝나면 두 분은 내일 아침까지 기다려야 합니다."

"전화를 써도 될까요?"

형사가 책상 위에 있는 전화기를 폴 쪽으로 밀어주었다.

*

"농담이죠?"

"진담입니다."

"이 시간에?"

"이런 상황이 시간을 선택해서 일어나진 않죠."

"그래도 이유는 알아야죠?"

"가에타노, 급해서 그럽니다. 지금 사무실로 가서 내 신분 증명서를 복사해 들고 제9 구역 경찰서로 한 시간 내에 와주세요. 아니면 다음 책은 정찬부와 계약할 겁니다."

"정찬부, 그게 누군데요?"

"모르죠. 하지만 한국 출판사에 그 이름으로 불리는 사람이 있는 건 틀림없어요!" 폴이 소리쳤다.

크리스토넬리는 대답 없이 전화를 탁 끊었다.

"온대요?" 미아가 간절한 목소리로 물었다.

"그가 오면 다 해결될 거예요." 폴이 수화기를 내려놓으면서 신중하게 대답했다.

"그렇게 소리를 질렀는데도 그 사람이 댁을 도와주러 올 정도로 멍청하다면 집에 가서 자는 거고, 그 반대라면 담요를 드리죠." 형사가 일어나면서 덧붙였다. "프랑스는 문명국이니까요."

폴과 미아는 유치장으로 끌려갔다. 다행히 취객 두 명이 있는 유치장에 들어가는 건 피했다.

유치장 문이 닫혔다. 미아는 의자에 앉아 두 손으로 머리를 감쌌다.

"친구가 날 절대 용서하지 않을 거예요."

"왜 그렇게 불안해해요? 우리가 그 친구에게 해를 끼친 것도 아닌데? 그리고 우리가 여기 있는 걸 알 턱도 없고."

"같이 사는데 일 끝내고 돌아왔을 때 내가 집에 없고 내일 아침에도 없으면 외박했다는 걸 알게 되잖아요."

"몇 살인데 외박도 못 해요? 혹시 단순한 동업자가 아니라······?"

"아니라, 뭐요?"

"아니, 아무것도 아니에요."

"오늘 저녁 가게 안 나가고 당신 만나러 나오기 위해서 편두통 핑계를 댔거든요."

"핑계가 너무 성의 없었네요."

"아주 고맙네요, 상처 들쑤셔줘서."

폴은 그녀 옆에 앉아서 침묵했다.

"지금 생각나서 하는 말인데······." 폴이 마침내 입을 열었다. "불심검문, 수갑, 경찰서, 이런 건 굳이 들려줄 필요 없겠어요, 미래의 손주들에게."

"장난해요? 애들이 딱 좋아할 이야기인데. 유치장에서 밤을 보낸 할머니라니!"

열쇠 돌아가는 소리가 들리고 철창이 열렸다. 경찰이 둘에게 나오라고 하고 형사에게 데려갔다. 크리스토넬리는 폴의 체류증 복사본을 제출한 뒤 벌금을 내기 위해 수표에 사인하고 있었다.

"됐습니다." 형사가 말했다. "이분은 데리고 나가셔도 됩니다."

크리스토넬리가 돌아서다 미아를 발견하고 폴을 흘겨봤다.

"아니, 이 벌금으로 두 사람 다 데리고 나갈 수 없단 말입니까?" 크리스토넬리가 발끈해서 형사에게 성질을 냈다.

"마드무아젤은 신분증이 없습니다!"

"내 조카예요!" 크리스토넬리가 딱 잘라 말했다. "명예를 걸고 확언합니다."

"본인은 이탈리아인인데 조카는 영국인? 집안이 되게 국제적이십니다!"

"나는 프랑스로 귀화한 사람입니다, 형사 양반!" 크리스토넬리가 응수했다. "그래요, 우리는 삼 대째 유럽인 집안이에요. 프랑스 거류 외국인들이자, 형사 양반의 열린 사고로 표현하자면 아방가르드, 즉 전위적인 사람들이죠."

"모두 나가세요, 그리고 마드무아젤, 내일 오후에 여권 가지고 출두하셔야 합니다. 알았습니까?"

미아는 고개를 끄덕였다.

*

경찰서 밖에서 미아가 고맙다고 말하자 크리스토넬리는 정중하게 인사했다.

"반갑습니다, 마드무아젤. 아무래도 우리 어디서 만난 적이 있는 것 같은데, 얼굴이 낯이 익어요."

"아, 그런가요." 미아가 얼굴이 빨개져서 대답했다. "나랑 닮은 사람이 있나 보죠?"

"뭐, 그럴지도 모르지만 분명히……."

"진부하기는!" 폴이 비아냥거렸다.

"뭐라고요?" 크리스토넬리가 폴을 똑바로 쳐다보면서 말했다.

"'분명히 우리 어디서 본 적이 있는데요.' 이런 식으로 여자에게 접근하는 거 케케묵은 수법이잖아요?" 폴이 거칠게 받아쳤다. "눈물이 다 나려고 하네!"

"멍청한 건 당신이지, 난 지금 그야말로 진지하니까. 마드무아젤을 어디선가 본 적이 있는 게 확실하단 말입니다."

"네, 알았으니까 그만하시죠. 우리는 지금 급합니다. 이 마드무아젤의 마차가 곧 호박으로 변한다고요, 예의에 관한 대화는 다른 날 합시다."

"고맙다는 말은커녕……!" 크리스토넬리가 구시렁거렸다.

"당연한 건데 안 했네요, 내가. 대단히 고맙습니다. 그럼 이제 헤어지죠."

"벌금을 작가 선생 선인세에서 제하는 것도 당연하겠죠?"

＊

크리스토넬리가 쿠페형 세단에 올라타자 미아가 재미있어하는 얼굴로 말했다.

"두 사람, 티격태격하는 게 꼭 오래된 커플 같아요."

"오래된 건 저 사람이죠. 빨리 갑시다. 동업자가 레스토랑에서 돌아오는 시간이 몇 시예요?"

"보통 밤 열한 시 반에서 자정 사이."

"운이 나쁘면 이십 분, 운이 되게 좋으면 오십 분 남았네요. 빨리 와요!"

폴은 자신의 차를 세워둔 데까지 미친 듯이 미아를 끌고 갔다.

그러고는 차 문을 열어주고 안전벨트를 매라고 한 뒤 질풍처럼 내달렸다.

"집이 어디예요?"

"몽마르트르, 풀보 거리."

폴의 사브는 전속력으로 파리를 관통했다. 버스 차선으로 진입해 택시 사이를 지그재그로 몰다가 클리시 광장에서 부딪칠 뻔했던 오토바이 남자한테, 그리고 황색 신호에 지나갔다고 보행자들한테 실컷 욕을 얻어먹었고, 콜랭쿠르 거리를 질주하다 조제프 드 마이스트르 거리로 방향을 틀었다.

"속력 좀 늦추죠, 경찰에 벌금 한 번 물었으면 됐지 또 어쩌려고." 미아가 지적했다.

"동업자가 돌아온 뒤에 도착해도 괜찮다는 뜻이죠?"

"오케이……. 더 밟아요!"

사브가 르픽 거리로 접어들었다. 노르뱅 거리, 미아는 몸을 숙였다.

"레스토랑이 여기예요?"

"방금 그 앞을 지났어요." 미아가 속삭였다.

풀보 거리에서 마지막 커브. 미아가 손가락으로 건물을 가리켰다. 폴은 급브레이크를 밟았다.

"빨리 내려요, 인사는 다음에 하고."

두 사람은 눈짓으로 인사를 대신했다. 미아는 정문을 향해 뛰어갔다. 폴은 그녀가 들어가길 기다리다 좀 더 시간을 두고 건물의 정면을 지켜봤다. 그리고 마지막 층의 창문들이 환해졌다 이내 꺼지는 걸 보면서 미소 지었다. 다시 시동을 걸었을 때 거리를 올라와 건물로 들어가는 여자가 보였다. 폴은 경적을 세 번 울리고 출발했다.

*

다이지가 불 꺼진 집에 들어섰다. 거실은 어둠에 잠겨 있었다. 전등을 켜고 곧장 소파침대에 쓰러지듯 누웠다. 시선이 낮은 탁자로 향하다 그 위에 놓인 책에 머물렀다. 다이지는 책을 집어 들고 또다시 저자의 사진을 유심히 봤다.

일어나서 미아의 방문을 가볍게 노크하고 빠끔히 열었다.

미아는 자다가 깬 체했다.

"좀 어때?"

"한결 나아졌어, 내일이면 괜찮을 거야."

"다행이다."

"오늘 저녁, 너무 힘들지 않았어?"

"비가 오는데도 손님이 좀 있었어."

"비가 많이 왔어?"

"믿어야 하는 건지. 아파트에도 비가 왔었나?"

"아니, 무슨 말이 그래? 왜?"

"아냐, 아무것도."

다이지는 다른 설명 없이 방문을 닫았다.

                    *

폴은 사브를 주차해놓고 집으로 들어갔다. 책상 앞에 앉아서 목소리 잃은 성악가가 오페라 극장의 지붕으로 올라가는 장면을 쓰고 있을 때 휴대전화 화면이 켜졌다.

> 할머니가 경이로운 밤을 보냈더라고,
> 내 미래의 손주들이
> 당신에게 전해달라네요.

> 제때 들어갔죠?

이 분만 늦었어도 끝장났죠.

알려주려고 경적을 울렸는데.

들었어요.

룸메이트가 의심하지 않았어요?

이불 밖으로 삐져나온
레인코트를 본 것 같아요.

레인코트를 입고 자요?

벗을 시간이 없었어요.

경찰서 일은 정말 미안해요.

벌금은 나눠서 내요. 그게 좋겠어요.

아뇨, 내가 초대한 건데.

다음 주 카타콤에 데려가줄래요?

의미 있는 거예요, 아니에요?

의미 없어요.

이유를 모르겠네요.

그거야, 뭐!

그럴 만한 이유야 있겠죠.

그럼 오케이?

전시회 보러 그랑팔레에 가는 건?
죽은 자들이 적은 곳인데.

무슨 전시회?

잠깐, 찾아볼게요.

네.

튜터 왕가.

튜터 왕가는 이제 식상한데…….

오르세 미술관?

뤽상부르 공원은?

오케이.

일해요?

노력하고 있어요.

그럼 이만. 모레 오후 세 시?

귀느메르 거리, 입구에서.

휴대전화 화면이 꺼졌다. 폴은 다시 쓰기 시작했다. 성악가가 지붕 위를 걸어가고 있을 때 화면이 다시 켜졌다.

배고파 죽을 것 같아요.

나도.

하지만 나는 방에 갇혀 있어요.

레인코트를 벗고 살금살금 나가서 냉장고를 뒤져요.

좋은 생각. 이제 진짜 그만. 일해요.

고마워요.

휴대전화를 책상에 내려놨다. 시선은 계속 화면을 힐끔거렸다. 실망한 폴은 휴대전화를 서랍에 넣고 서랍을 살짝 열어놓았다.

미아는 최대한 소리를 내지 않고 옷을 벗었다. 목욕 가운을 걸치고 방문을 살짝 열었다. 다이지가 거실 소파침대에 누워 폴의 소설을 읽고 있었다. 미아는 다시 침대로 돌아가서 꼬르륵거리는 소리를 듣는 것으로 밤을 보냈다.

11

폴은 요 며칠 글을 별로 쓰지 않은 것이 마음에 걸렸다. 그 저녁 식사로 인해 리듬이 완전히 끊어졌다. 폴은 소설의 첫 부분을 경의 마음에 들게끔 다시 쓰고 싶었다. 경에게서 아직 답장이 오지 않는 것도 계속 신경 쓰였다.

폴은 방을 어둠에 잠겨 있게 하려고 커튼을 쳤다. 책상 위 램프만 켜놓고 컴퓨터 앞에 앉았다.

한나절에 글을 많이 썼다. 열 쪽, 커피 다섯 잔, 물 이 리터, 일곱 시간 동안 포테이토칩 세 봉지.

이제는 배가 고팠다. 너무 고파서 잠시 작업을 중단하고 아래층 카페에 가기로 했다. 동네에서 제일 맛있는 가게는 아니지만 그래도 혼자 저녁을 먹는 것보다는 나았다. 폴이 카운터 자리에 앉자 카페 주인이 늘 그렇듯 수다를 걸어왔다. 폴에게 이 동네 소식을 알려주는 사람은 카페 주인이었다. 이웃에 사는 누가 죽었고, 누구는 이혼을 했고, 누가 이사를 왔고, 어느 가게가 새로 문을 열었고, 어느 가게는 문을 닫았고, 날씨 변화, 정치 스캔들 등등 도시에 떠도는 온갖 루머는 '콧수염'(폴은 카페 주인을 이렇게 부른다)의 입을 통해 폴에게 전해졌다.

집으로 올라온 폴은 석양을 보기 위해 커튼을 젖혀놓고 컴퓨터를 켰다. 메일함을 열었는데 경의 답장은 없었고, 다른 메시지가 와 있었다.

폴에게,

모든 일이 잘되고 있겠지. 남프랑스에서 보내는 며칠은 마법에 걸린 것 같았어. 나는 왜 프로방스가 아니라 파리에서 사 년을 살았을까. 친절한 사람들, 그림 같은 풍경, 노천 시장, 기막힌 날씨…… 상상이 될 거야. 행복은 대체로 생각보다 훨씬 우리 가까이에 있어.

우리는 네가 많이 그리웠어. 이탈리아에 방금 도착했는데 여기서 며칠 지낼 거야. 포르토피노는 내가 만난 가장 아름다운 도시 중 하나야. 리그리아 주 전체가 다 매력적이네.

다음은 로마로 갔다가 거기서 샌프란시스코로 곧장 돌아가기로 결정했어.

집에 도착하는 대로 전화할게. 네 소식도 보내주라. 뭐 새로운 일 없어?

로렌이 안부 전하래.

아서.

메일은 몇 분 전에 보낸 것이었다. 폴은 아서가 아직 접속해 있다는 생각에 지체 없이 답장을 보냈다.

친구,

최고의 여행을 하고 있다니 기쁘다. 근데 너희 둘의 여행을 연장 해야겠어. 우연히 부동산 사이트에 들어갔다가 너희 집을 단기간 으로 임대했거든. 부동산에서 아주 비싸게 내놓을 수 있다고 해 서 시험해보고 싶었는데 너희 집이 인기가 있어서 금방 나갔어. 내가 다 알아서 했어. 내가 엄선한 임차인들은 아이가 네 명 있 는 호감 가는 부부고, 월말까지 지낼 거야. 월세는 곧바로 부동 산 계좌로 송금될 거니까 너는 수표로 찾으면 돼. 이것으로 내가 너희 둘의 이탈리아 여행 자금을 조달하는 데 기여하는 것이길 바란다.

이제 이걸로 퉁 치자!

아니면 내 인생에 특별한 일이란 없는 거니까. 나는 글을 많이 쓰고 있어. 서울로 출발하는 날짜가 성큼성큼 다가오고 있어서.
로렌에게 안부 전해줘.

폴.

이내 답장이 왔다.

진짜로 그런 건 아니지?!!!

폴은 다시 소설 작업으로 돌아가 아서를 애타게 만들며 복수를 즐기려다가, 그냥 넘어가지 않고 계속 물고 늘어질 친구란 걸 알기에 답장을 보냈다.

아서,
나의 대자 조가 대모의 집에서 지내는 시간이 더 길어지는 게 걱정되지 않았다면 난 주저하지 않았을 거야. 이번에는 내가 사람이 너무 좋아서 져준다. 그래도 늦게라도 당할 것은 당하게 될 거야.

안녕.
폴.

그러고는 밤새도록 글 쓰는 데 몰두했다.

*

"이 남자 어떻게 만났어?"

"누구?"

"이 남자." 다이지가 카운터에 책을 내려놓으면서 대답했다.

"너 나를 안 믿는구나."

"가방 들고 내 집에 불쑥 나타났을 때, 내 집에 묵게 해달라고 했을 때, 모든 잘못을 네 남편 탓으로 돌리면서 다비드가 결정해놓은 네 운명을 한탄하며 내 품에 안겨 밤새 울었을 때, 내가 너 안 믿어줬어?"

"데이트 사이트에서." 미아가 시선을 피하면서 자백했다.

"어쩐지 이 얼굴 어디선가 봤다 했어." 다이지가 실망한 듯 내뱉었다. "너 진짜 뻔뻔하다!"

"네가 생각하는 그런 거 아니야, 맹세코."

"제발 그놈의 맹세 좀 하지 마. 이딴 거에 써먹으라고 있는 맹세 아니니까."

다이지는 미아를 지나쳐서 테이블 세팅을 하러 갔다.

"놔둬." 미아가 쫓아가서 말했다. "이건 내 일이잖아. 넌 가서 요리해야지."

"내 레스토랑인데 내가 하고 싶은 것도 못 해?"

"나 해고된 거야?"

212

"너 연애하지?"

"절대 그런 거 아냐." 미아가 강하게 부정했다. "그냥 친구야."

"무슨 친구?"

"뭐든 재지 않고 부담 없이 말할 수 있는 친구."

"네 쪽에서, 그쪽에서?"

"둘 다. 첫 저녁을 먹을 때 서로 합의했어."

"같이 저녁도 먹었다고? 언제? 편두통이 있다면서 레인코트 입고
자던 밤?"

"아니, 그날은 오페라 극장에 갔어."

"요것 봐라!"

"내가 영화관에 갔다고 했을 때."

"스웨덴 남자! 그럼 그동안 나한테 거짓말한 거였어?"

"스웨덴 남자라고 한 건 너야."

"그럼 폰은?"

"그건 사실이야. 그 남자가 두고 갔어."

"편두통은?"

"일시적……."

"알 만하다!"

"그냥 친구일 뿐이야, 다이지. 너한테 소개해줄 수도 있어. 둘이 만
나면 서로 마음에 들 거라고 확신해."

"그래서 뭘 어쩔 건데!"

"그는 밤에 일해, 너처럼. 약간 삐딱하지만 아주 재미있어, 너처럼. 미국인이고 파리에 살고 싱글이야, 너처럼."

"네 마음에는 안 들고?"

"난 무늬만 싱글이잖아."

"나는 잊어줘. 가짜 싱글들과 사귀는 짓은 할 만큼 했으니까. 테이블 세팅 할래 아니면 천장에 페인트칠 할래?"

미아는 재빨리 접시들을 가져다가 테이블에 세팅하기 시작했다. 다이지는 주방으로 들어가서 채소를 다듬었다.

"그래도 한번 만나보지그래." 미아가 말했다.

"싫어!"

"왜?"

"첫째, 그런 만남은 결코 잘되지 않으니까. 둘째, 그 남자는 '무늬만' 싱글이니까. 무엇보다도 네가 말하는 것 이상으로 그가 네 마음에 든 거니까."

미아는 다이지 쪽으로 돌아서서 허리에 손을 얹었다.

"아무려면 내가 어떤 감정인지, 그것도 모를까!"

"아, 그러셔? 언제부터? 폰 돌려주러 파리를 일주하고, 사춘기 여자애처럼 거짓말하고 오페라 보러 가고……. 그런 넌 뭐지?"

"아니, 오페라를 보러 간 게 아니라 오페라 극장 위에 있었어!"

"뭐?"

"공연 보지 않았어. 그가 나를 지붕으로 데려갔거든. 파리 야경 보여주려고."

"진짜 순진하거나 스스로를 속이고 있거나. 둘 다라면 그 소설가는 너 가져. 괜히 나 끌어들이지 말고."

미아는 눈살을 찌푸리면서 생각에 잠겼다.

"일하자, 곧 손님 올 시간이야!" 다이지가 소리쳤다.

*

새벽 두 시, 폴은 아직 단락 마지막 줄에서 비틀거리고 있었다. 오늘 밤은 이 정도로 해두는 편이 나을 것 같았다. 다시 메일함을 열었더니 마침내 경의 답장이 와 있었고 폴은 바로 인쇄를 클릭했다. 종이에 빼곡히 인쇄된 글을 읽는 것이 좋았다. 덜 허구처럼 느껴지기 때문이다. 폴은 프린터에서 종이를 뽑아들고 침대에 누워서 읽으려고 참았다.

잠시 후, 폴은 불을 껐고 베개를 끌어안았다.

*

새벽 세 시, 미아는 휴대전화 진동 소리에 잠을 깼다. 머리맡 탁자에서 휴대전화를 집어 들었다. 화면에 다비드의 이름이 깜박이고 있었다.

가슴이 두방망이질치기 시작했다. 미아는 휴대전화를 적당한 데에 내려놓고 나서 다시 길게 누웠고, 베개를 끌어안았다.

12

미아는 조금 늦게 뤽상부르 공원 철책 앞에 도착했다. 그녀는 폴을
찾다가 휴대전화를 꺼내들고 문자메시지를 보냈다.

어디 있어요?

벤치.

어느 벤치?

당신이 알아볼 수 있게
노란색 방수복을 입고 있는데요.

진짜요?

아뇨!

폴이 미아를 발견하고 일어나서 손짓했다.

"오늘은 당신이 레인코트를 입었네요, 비도 안 오는데."

"올지도 몰라서." 폴은 뒷짐을 지고 걸으면서 대답했다.

미아는 그 뒤를 따랐다.

"밤에 또 한 글자도 못 썼어요?"

"아뇨, 심지어 한 챕터 끝냈고, 오늘 저녁에 다음 챕터를 시작할 겁니다."

"한 게임 할까요?" 미아는 페탕크* 하는 사람들을 가리키면서 제안했다.

"할 줄 알아요?"

"그리 어렵지는 않을 것 같은데."

"아니, 아주 어렵죠, 인생은 모든 게 어려운데."

"왜 기분이 안 좋으실까?"

"내가 이기면 저녁은 당신이 만들어주는 걸로!"

"당신이 지면?"

"당신이 희망을 갖게끔 시치미 뚝 떼고 있는 건 정직하지 못하니……. 실은 내가 프로급이에요."

---

* 일종의 구슬치기 게임으로, 프로방스에서 시작된 게이트볼과 비슷한 스포츠이다.

218

"그래도 내 운을 시험해볼래요." 미아가 페탕크 경기장 쪽으로 가면서 대꾸했다.

미아는 벤치에 앉아 얘기하는 두 노인에게 다가가서 게임 용구를 빌려줄 수 있냐고 물었다. 노인들이 망설이자 미아는 그중 나이가 더 많아 보이는 노인의 귀에 대고 뭐라고 속삭였다. 그가 미소를 짓더니 여러 개의 볼과 비트(표적이 되는 공)가 있는 데를 가리켰다.

"가죠?" 미아가 폴에게 말했다.

폴이 먼저 시작했고, 비트를 던졌다. 폴은 비트가 멈추기를 기다렸다가 허리를 숙이고 팔을 흔들다 볼을 던졌다. 볼은 공중에서 아치를 그리며 떨어져 굴러가다 비트 바로 앞에서 멈췄다.

"비트 가까이 붙이는 건 어려운 기술이죠. 당신 차례예요."

미아가 자세를 잡았다. 두 노인이 게임에 관심을 보이며 재미있어 하는 시선을 보내고 있었다. 폴의 볼보다는 덜 높이 날아가다 몇 센티미터 뒤에 떨어졌다.

"꽤 괜찮았지만 약간 못 미쳤네요." 폴이 기뻐했다.

폴은 두 번째 볼을 집어 들고 손목으로 회전을 약간 걸어서 던졌다. 볼이 표적 주위를 빙그르르 돌다 비트 가까이 떨어졌다.

"예스!" 폴이 의기양양한 얼굴로 몹시 기뻐했다.

미아는 자세를 잡고 눈을 가늘게 뜨고 조준하면서 볼을 던졌다. 볼에 맞은 폴의 볼 두 개가 밀려나면서 미아의 볼 두 개가 비트에 더 가까이 있게 되었다.

"오, 한 방에 역전!" 두 노인 중 한 명이 외치자 다른 한 명은 웃음을 터뜨렸다.

"오, 예스!" 미아도 탄성을 내질렀다.

폴은 얼빠진 표정으로 미아를 쳐다보다 홱 돌아서서 멀어져갔다.

미아는 박수를 쳐주는 두 노인에게 인사하고 폴을 향해 뛰어갔다.

"졌다고 성질내는 사람 별론데!"

"당신이 페탕크 처음 해보는 사람처럼 굴었으니까!"

"여름마다 프로방스에서 보냈다고 분명히 말했는데……. 여자가 말할 때 귀담아듣지 않는군요."

"아니, 잘 듣는 편인데 그날 저녁엔 뚜껑이 열려 있었으니까. 그렇다고 우리가 만난 상황을 상기할 것까지는 없었는데."

"무슨 안 좋은 일 있죠?"

폴은 종이 한 장을 꺼내서 내밀었다.

"어젯밤에 받았어요." 폴이 중얼중얼 말했다.

미아는 걸음을 멈추고 읽었다.

친애하는 폴,

당신이 서울에 온다니 기뻐요. 비록 내가 바라는 만큼 우리가 함께할 시간은 없겠지만. 나는 직무상 나설 지위가 아니라서 서울 도서전에는 참여하지 못해요. 하지만 독자들이 당신을 위해 마련한 유쾌한 환영 인사에 놀랄 거예요. 당신은 여기서 유명하고,

사람들이 손꼽아 당신을 기다리고 있어요. 당신에 대해 독자들에게 많은 걸 알려줄 준비를 해요. 나는 가능한 한 시간을 내서 서울 관광을 시켜줄게요, 당신의 편집자가 시간을 허락한다면. 당신을 우리 집에서 지내게 하고 싶지만 그건 불가능한 일이에요. 가족과 함께 살고 있고, 내 아버지는 아주 엄격한 분이거든요. 남자가 찾아와 잔다는 건 예의범절에 어긋나는 일이라서 절대 용납하지 않으실 거예요. 당신이 얼마나 실망할지 알지만, 우리나라 풍습은 파리와 다르다는 걸 이해해야 해요.

당신을 곧 만나게 되어 기뻐요.

좋은 여행되길.

당신의 번역가, 경.

"좀 차갑네요." 미아가 종이를 돌려주면서 말했다.

"그렇죠, 얼음장 같다니까!"

"그래도 속단하지 말고 행간을 읽어야 해요. 편지를 보면 수줍음이 많은 사람인 것 같은데."

"파리에 있을 때는 수줍은 성격이라고 할 수 없는데."

"하지만 거기 가면 그녀 나라에 있는 거니까 다르죠."

"당신이 여자라서 나보다 더 행간을 잘 읽는 것 같군요. 그래서 말인데 그녀가 나를 사랑하는 겁니까, 아닙니까?"

"당신을 사랑한다고 확신해요."

"근데 왜 사랑한다고 쓰지 않죠? 고백이 그렇게 힘든 거예요?"

"수줍음 타는 여자에게는 힘들죠."

"당신은 사랑하는 남자에게 고백 안 해요?"

"반드시 하진 않죠."

"뭐 때문에?"

"두려우니까." 미아가 대답했다.

"뭐가 두려워서?"

"겁먹게 하는 건 아닐까 하는 두려움."

"뭐가 그렇게 복잡한지! 사랑하면 사랑한다고 말하고 아니면 아니라고 말하면 그만이지⋯⋯."

"좀 기다려줘야 해요."

"뭘 기다려요, 너무 늦으면 어쩌라고?"

"너무 일러도 안 되니까요."

"진심을 밝힐 때가 왔다는 건 어떻게 아는데요?"

"확실하다는 느낌이 왔을 때."

"확실하다는 느낌이 온 적 있어요?"

"네, 있었죠."

"사랑한다는 말도 했고?"

"네."

"그럼 그 사람은, 그 남자는 당신을 사랑한다고 했나요?"

"네."

미아의 얼굴이 어두워지자 폴은 얼른 사과했다.

"헤어진 지 얼마 안 된 사람한테 내가 너무 심했네요, 상처를 들쑤시면 안 되는데. 내가 이기적이었어요."

"아뇨, 오히려 감동적이었어요. 상처받을 수 있다고 솔직하게 말하는 용기를 모든 남자가 가졌더라면 많은 게 달라졌을 텐데."

"내가 경에게 답해야 한다고 생각해요?"

"곧 만나러 가니까, 같이 있게 되면 그녀가 당신 매력에 빠질 거라고 생각해요."

"놀리는 거죠? 알아요, 나도. 내가 우습다는 거."

"전혀 아닌데요. 당신은 진중한 사람이에요, 바꿀 생각은 아예 하지 마요."

"누텔라 와플, 어때요?"

"좋죠." 미아가 대답했다.

폴은 공원 매점 쪽으로 미아를 데려갔다. 와플 두 개를 사서 하나를 미아에게 내밀었다.

"그가 돌아온다면," 폴이 한입 베어 물고 말했다. "용서해달라고 하면 기회를 줄 거예요?"

"모르겠어요."

"그 이후로 그에게서 전화도 오지 않았……."

"네." 미아는 폴의 말을 잘랐다.

"저쪽은 아이들이 북적거리네요, 연못에 작은 배를 띄우고 노느라고. 이쪽은 아이들 없는데, 당나귀 타고 산책하는 건…… 내키지 않나요?"

"별로."

"알았어요. 하긴 당나귀들 지겹죠. 이 방향으로 가면 테니스장인데 우리가 뭐 테니스 칠 것도 아니고. 한 바퀴 돌았으니 나갑시다! 이 공원도 지겹고, 키스하는 저 커플도 꼴 보기 싫고."

미아는 보지라르 문 쪽으로 방향을 잡은 폴을 따라갔다. 둘은 보나파르트 거리를 내려가다 골동품 상점이 있는 생쉴피스 광장을 따라 걸었다.

골목길을 누비고 다니다 한 상점 앞에서 멈췄다.

"음, 예뻐라." 미아가 골동품 손목시계를 쳐다보면서 말했다.

"그렇긴 한데 난 누구의 것이었는지 모르는 물건을 지니는 일에 대한 미신을 믿죠. 그래서 그 물건의 주인이 행복했는지도 알아야 하고……. 비웃지 마요, 나는 물건이 지닌 기억을 믿으니까. 물건이 좋은 기운이나 나쁜 기운을 내는 일이 진짜로 있거든요."

"정말요?"

"몇 년 전에 한 골동품 가게에서 크리스털 문진 하나를 샀어요. 점원이 19세기에 만든 거라고 했죠. 그 말을 믿진 않았지만 문진 안쪽에 아름다운 여인의 얼굴이 새겨 있었어요. 그런데 그 문진을 구입한 날부터 더럽게 재수 없는 일이 계속 일어났죠."

"어떤 종류의 더럽게 재수 없는 일이었는데요?"

"가끔 보면, 당신, 상스럽게 말하는 거 잘 어울려요."

"왜 그렇게 생각하죠?"

"모르겠어요. 아마 억양 때문인가, 아무튼 약간 섹시한 느낌이 있어요. 내가 무슨 말하다 말았죠?"

"더럽게 재수 없는 일."

"이것 봐, 잘 어울린다니까! 갑자기 집에 물이 새질 않나, 컴퓨터가 고장 나더니 그다음 날은 내 차가 견인되었죠. 주말에는 독감에 걸렸고, 월요일에는 아래층 이웃이 심근경색이 일어나 병원에 실려 가는 일이 있었고. 책상 위 문진 옆에 찻잔을 놓다가 엎지르질 않나, 어느 날은 찻잔 손잡이가 깨져서 허벅지를 델 뻔했어요. 그래서 문진에 나쁜 기운이 서려 있나 의심하기 시작했죠. 그때도 내가 말한 백지 신드롬이 일어났어요, 온통 다 하얘서 마치 킬리만자로 산에서 글을 쓰고 있는 것 같은 느낌이 들면서. 내 집 양탄자에 발이 걸려 비틀거리다 엎어져서 코가 깨지고 코피 때문에 고개 젖히고 울부짖는 내 모습을 상상해봐요. 그러다 기절했거든요. 동료 작가 중에 투시력이 있는 작가가 있어요. 이 주에 한 번씩 비스트로에서 동료 작가들을 만나 저녁을 먹고 서로 소설 얘기를 하죠. 아, 이제 거기 가는 거 그만둘 거예요. 자꾸 처량해져서. 아무튼 그 작가가 코에 반창고를 붙인 나를 보더니 내 운명을 걱정하기에 내가 문진을 산 뒤로 일어난 일을 말해줬죠. 그가 눈을 감고 나에게 물었어요. 혹시 크리스털에 얼굴이 새겨져 있었느냐고."

"문진에 대해 자세히 말해줬던 건 아니고요?"

"아마 했을지도, 아무튼 기억이 안 나요. 그 친구가 가능한 한 빨리 문진을 없애버리되, 절대로 깨뜨리진 말라고 주의를 줬어요. 물건에 갇혀 있던 악한 기운마저 빠져나와 자유롭게 돌아다닐 수 있다면서."

"그래서 쓰레기통에 버렸어요?" 미아가 입술을 깨물면서 물었다.

"그보다는 잘 싸서 버렸죠. 두꺼운 헝겊으로 싸고 꽁꽁 묶은 다음 차를 몰고 알마 다리에 가서 센강에 던져버렸으니까."

미아는 더는 참을 수가 없었고, 웃음이 터졌다.

"당신, 절대 변하지 마요." 미아는 눈물까지 나서 촉촉해진 눈으로 말했다. "난 당신의 이런 면이 너무 좋아요."

폴은 의아한 표정으로 미아를 쳐다보다 다시 걷기 시작했다.

"편집증이라고 비웃는군요."

"그건 절대 아니에요. 그래서 문진을 강물에 던진 뒤로는 안 좋은 일이 더는 일어나지 않았나요?"

"네, 모든 것이 정상으로 돌아왔죠."

미아는 더 크게 웃다가 폴의 걸음이 빨라지자 매달리듯 그의 팔을 붙잡았다.

두 사람은 고문서 전문 서점 앞을 지나갔다. 진열창 너머에 빅토르 위고의 편지 한 장과 랭보의 시가 적힌 종이 한 장이 놓여 있었다.

미아가 감동한 얼굴로 쳐다봤다.

"시나 편지가 불행을 가져다주진 않겠죠?"

"그렇겠죠." 폴이 대답했다.

미아는 서점 문을 밀고 들어갔다.

"저명한 작가의 편지를 지니고 있으면 작가와 사적으로 친밀하게 지내는 아주 가까운 사이가 된 것 같을 거예요. 백 년쯤 지나 당신이 번역가에게 보낸 편지가 발견되면 우리 같은 평범한 사람들이 경탄 하겠죠. 그 번역가가 당신 아내가 되면 편지는 서신 교환이 시작된 귀중한 자료로 기록될 거고."

"난 저명한 작가가 아니에요. 결코 그렇게 되는 일도 없을 거고."

"내 생각은 다른데요."

"내 소설 한 권이라도 읽어봤어요?"

"두 권. 그리고 첫 소설에 있는 어머니의 편지들을 읽으면서 울었 어요."

"진짜?"

"여기서 내가 또 울면 감당 못 할 일이 일어날 텐데, 그러니까 그냥 믿는 게 좋을걸요."

"당신을 울렸다니 미안하네요."

"미안한 것 같지 않은데요. 오늘 당신이 웃는 거 처음 보는데."

"솔직히 기분은 좋아요, 내 책을 읽었다니까. 당신이 울어서 좋다 는 게 아니라. 아니, 그것도 약간은 나쁘지 않고요. 감동을 줬다는 거 니까. 자축하는 뜻에서 라뒤레로 갑시다. 여기서 가까운데, 라뒤레의 마카롱을 먹어본 적이 없다면 아직 절대적인 쾌락을 경험하지 못한 거예요. 당신은 셰프니까 당연히 먹어봤겠지만."

"좋아요, 하지만 거기 갔다가 난 바로 레스토랑으로 가야 해요. 내가 가지 않으면 쾌락적인 요리가 되질 않아서."

둘은 모퉁이 테이블에 자리를 잡고 앉았다. 미아는 핫초코를, 폴은 커피와 마카롱을 주문했다. 웨이트리스는 주문받은 음료를 준비하면서도 두 사람에게서 시선을 떼지 않았다. 폴과 미아는 웨이트리스가 자신들을 힐끔거리면서 동료와 소곤거리는 걸 봤다.

빌어먹을, 저 여자가 나를 알아봤어. 화장실 어디지? 아니야, 화장실에 가면 안 돼, 내가 없으면 폴에게 말할지도 몰라. 내가 어떤 남자와 같이 라뒤레에 왔다고 저 여자가 소문을 내면 크레스턴이 나를 죽이려고 들텐데. 착각한 거라고 설득력 있게 설명하는 수밖에 없어.

잠시 후 돌아온 웨이트리스가 커피 잔을 내려놓으면서 수줍은 목소리로 물었다.

"죄송한데요, 굉장히 닮으셨는데 혹시……."

"나는 아무하고도 닮지 않았는데요." 폴이 공격적인 말투로 대꾸했다. "난 당신이 생각하는 사람이 아니거든요!"

웨이트리스는 몹시 민망해하며 사과를 하고 멀어져갔다.

얼굴이 빨개진 미아는 선글라스를 끼고 폴을 쳐다봤다.

"미안해요." 폴이 사과했다. "가끔 있는 일이라서."

"이해해요." 미아는 대답하면서도 심장이 벌렁벌렁 뛰었다. "당신, 서울에서만 유명한 게 아니네요."

228

"이 동네에서만 좀 이렇지 다른 데에서는 아니에요. 프낙°에 두 시간을 머물러도 점원조차 나를 알아보지 못해요. 다른 서점은 말할 것도 없고. 이러면 안 되는 건데, 내가 나 소심하다고…… 말했죠?"

방금 당신의 예고가 나를 살렸어요! "괜찮아요. 나중에 책에 사인해서 웨이트리스에게 한 권 줘요. 틀림없이 기뻐할 거예요."

"그거 좋은 생각이네요."

"당신의 성악가는 진도가 어디까지 나갔어요?"

"비평가가 그녀를 집 앞까지 미행했어요. 그러고는 의심을 사지 않도록 조심스럽게 말을 걸었죠. 자신을 작가라고 소개하면서 소설에 나오는 인물과 닮았다고 말해요. 그녀에게 마음이 흔들리기 시작하거든요."

"그럼 그녀는?"

"그걸 말하기에는 아직 너무 일러요. 그녀는 오래전부터 그의 존재를 알아차렸다는 말을 하지 않아요. 두렵긴 해도 덜 외롭다고 느끼거든요."

"그녀는 어떤 결정을 내릴까요?"

"도망치겠죠, 자기 비밀을 지키기 위해. 솔직하게 말할 수가 없어서 계속 거짓말하면서 자기 정체를 숨기죠. 그래서 이쯤에서 그녀의

• 책, 음반, 문구, 전자제품 등을 파는 대형 매장. 프랑스인들의 일상에서 빼놓을 수 없는 곳이다.

전 공연 기획자를 개입시키려고 하는데, 어떻게 생각해요?"

"모르겠어요. 읽어봐야 의견을 낼 수 있을 것 같은데요."

"지금까지 쓴 원고, 읽고 싶어요?"

"허락해준다면 당연히 읽고 싶죠."

"탈고하기 전에는 누구에게도 내 원고를 읽으라고 내어준 적이 없었어요, 경을 제외하고는. 하지만 당신 의견은 나한테 중요해요, 아주 많이."

"좋아요, 준비가 되면 내가 당신의 첫 번째 독자가 되어줄게요. 그리고 솔직히 말하겠다고 약속하죠."

"내 쪽에서는 당신의 요리를 먹어볼 날이 오길 기대할게요."

"아뇨, 싫어요. 셰프는 제대로 갖춰진 주방이 아니면 절대 요리를 하지 않아요. 조리 도구도 손에 익은 것이어야 하고, 땀 냄새도 나고……. 섭섭해 마요. 나 진짜 그러는 거 싫거든요."

"이해해요." 폴이 말했다.

그들은 생제르맹데프레역 앞에서 헤어졌다. 폴은 출판사 앞을 지나가면서 대표실 창문으로 크리스토넬리를 얼핏 본 것 같았지만 그냥 지나쳐서 집으로 갔다.

폴은 비운의 성악가가 앞으로 어떻게 될지 상상하면서 원고에 집중했다. 진도가 나갈수록 성악가는 미아를 닮아갔다. 표정, 걸음걸이, 질문에 다른 질문으로 대답하는 방식, 감동했을 때 금방이라도 빵 터질 것 같은 미소, 깔깔대는 웃음, 멍한 시선, 세련된 매너. 폴은 동틀

무렵 침대에 누웠다.

*

이른 오후, 폴은 출판사에서 걸려온 전화벨 소리에 잠을 깼다. 크리스토넬리가 사무실에서 그를 기다리고 있었다. 폴은 가는 도중 크루아상 한 개를 사 먹으면서 사브 운전대를 잡았고 삼십 분 늦게 출판사에 도착했다.

크리스토넬리는 두 팔을 벌리며 반가이 맞아주었다. 폴은 그런 오버액션이 싫었다.

"좋은 소식이 두 개 있어요!" 크리스토넬리가 소리를 질렀다. "아주 쇼킹한 소식이죠."

"나쁜 소식부터 알려주시죠!"

크리스토넬리는 하여간 독특한 사람이야, 하는 얼굴로 폴을 쳐다봤다.

"한국에서 메시지를 받았는데 당신이 석간신문사의 초청으로 대담을 하게 될 거고, 그 현장이 텔레비전으로 방송될 겁니다."

"좋은 소식은요?"

"방금 말했잖아요!"

"스무 명 남짓한 독자들과의 사인회에서도 울렁증 때문에 기절할 뻔한 사람입니다, 내가. 그런데 어떻게 텔레비전 방송에 나가겠어요? 내가 방송 중에 졸도하는 꼴 보고 싶어요?"

"방송국 스튜디오에 초대된 손님이 두 명이면 공포에 떨 이유는 없지요."

"두 명?"

"무라카미 하루키가 주빈인 방송에 동반 출연하는 거예요. 그게 얼마나 행운인지 알죠?"

"젬젬. 무라카미와 동반 출연? 기절하기 전에 난 아마 사회자의 신발에다 먹은 거 다 토할 겁니다. 뭐, 그게 효과는 더 좋겠네요."

"그거 아주 좋은 생각인데요. 엄청난 화제를 불러일으켜서 바로 다음 날부터 책이 불티나게 팔릴 테니."

"내가 무슨 말했는지 제대로 들었어요? 난 텔레비전에 출연할 수 없어요. 숨 막혀 죽을 겁니다. 생각만 해도 벌써 숨이 막혀오는데. 한국 시청자 수백만 명이 보는 앞에서 내가 죽으면 대표도 살인 공범이 되는 겁니다."

"지금 영화 찍어요? 무대에 나가기 전 코냑 한 잔 마시면 될 걸 가지고."

"술까지 취해서 방송하면 내 꼴이 뭐가 되라고!"

"그럼 그거 한 대 피우든가."

"내 인생에서 딱 한 번 피워봤는데 침실 천장에 보이는 괴상한 환영에 시달리며 이틀이나 해롱거렸어요."

"친애하는 폴, 내 말 잘 들어요. 한 번만 꾹 참아봐요. 그러면 모든 게 잘될 거니까."

"두 가지 소식이 있다고 했는데 또 하나는 뭡니까?"

"방송국 스케줄 사정으로 출발이 앞당겨졌어요."

폴은 크리스토넬리에게 인사도 않고 사무실을 나왔다. 그러고는 출판사 입구 탁자에 놓인 자신의 신간 소설 한 권을 집어 들고 나갔다.

폴은 보나파르트 거리를 걷다가 고서적 서점 진열장 앞에서 걸음을 멈췄다. 서점 안으로 들어가서 제인 오스틴의 친필 쪽지를 삼 개월 할부로 구매했고, 십오 분쯤 후 나왔다.

폴은 계속 걸어가다 라뒤레로 들어갔고, 어제 만난 웨이트리스를 찾아서 이름을 물었다.

"이자벨이에요." 웨이트리스는 어지간히 놀란 얼굴로 대답했다.

폴은 책 표지를 넘기고 첫 페이지에다 적었다.

독자 이자벨에게,

고마움과 어제 일에 대한 사과의 뜻으로 드립니다.

폴 바턴.

폴은 웨이트리스에게 책을 내밀었고, 그녀는 영문을 모른 채 헌사를 읽었다.

웨이트리스는 예의상 일단 고맙다고 인사하고 나서 계산대에 책을 놔두고 일하러 뛰어갔다.

*

폴은 아서에게 전화하고 싶었지만 친구가 아직 로마에 있는지, 이미 캘리포니아로 향하는 비행기 안에 있는지 몰랐다.

자콥 거리, 폴은 형제나 누이를 살 수 있는 상점이 있다면 찾아서 몇 시간만 빌리고 싶은 심정이었다. 아파트에 혼자 우두커니 있는 모습을 떠올리자 벌써부터 공포에 사로잡혔다. 그는 벨아미 호텔 앞에 주차해놓은 차를 찾으러 갔고, 호텔 정문을 쳐다보면서 쓴웃음을 짓다 몽마르트르를 향해 차를 몰았다.

*

"이번엔 운이 있네." 폴은 노르뱅 거리에서 주차할 자리를 발견하고 중얼거렸다.

폴은 차를 세워놓고 걸어서 올라갔다.

"자기 레스토랑으로 저녁 먹으러 오지 말라고 했지만 그녀를 만나러 가는 건 아니잖아. 불쑥 찾아가면 너무 매너 없는 건가? 방해하는 걸지도 모르지만 오래 있진 않을 건데, 뭐. 작은 선물과 내 소설의 앞부분 원고만 건네주고 바로 나올 거야. 아니, 원고와 선물 둘 다 주진

234

말자. 두 가지 의도가 있다고 생각할 수도 있어. 들어가서 선물만 주고 나오자. 그래, 그게 좋겠어. 그러면 완벽해."

폴은 주차해놓은 사브로 발길을 돌려 트렁크에 원고를 도로 넣고 리본으로 묶은 예쁜 봉투를 꺼내 주머니에 넣었다. 봉투 안에는 제인 오스틴의 친필 쪽지가 들어 있었다.

얼마 후, 폴은 라 클라마다 레스토랑 앞을 지나가다 유리창 너머로 보이는 광경에 그대로 멈춰 섰다.

연보라색 앞치마를 걸친 미아가 테이블을 세팅하고 있었다.

레스토랑 안쪽 깊숙한 주방에서 다른 여자가 미아에게 지시를 내리는 것 같았다.

폴은 그렇게 지켜보다 손으로 얼굴을 가리고 빠르게 걸었다. 레스토랑을 벗어나는 즉시 테르트르 광장까지 더 빨리 걸었다.

"왜 그런 거짓말을? 레스토랑의 웨이트리스든 주인이든 그게 뭐 그리 중요하다고? 인간의 에고를 비웃더니…… 그럼 이건 뭔데! 대체 무슨 생각으로? 내가 웨이트리스와는 친구가 되고 싶어 하지 않을 거라고 생각한 건가? 이 여자, 나를 뭐로 본 거야? 그래, 라뒤레의 웨이트리스를 아주 불쾌하게 대한 건 맞아. 하지만 그녀의 거짓말이 먼저였어. 뭐, '내 요리는 쾌락적'이라고? 웃기시네, 그딴 말은 집어치우시지! 근데 그런 게 뭐가 중요해? 상황은 좀 달랐지만 나도 라뒤레에서 소설가가 아닌 체했는데. 그러니까 잘 생각하고 행동하자. 미아의 계획을 좌절시킨다든가…… 재미는 있겠지만 치졸해. 아니면 모르는 척 아무 말도 하지 말고 진실을 고백할 기회를 마련해주든가.
그래, 그게 더 세련된 방법이야."

폴은 벤치에 앉아서 휴대전화를 꺼내 미아에게 메시지를 보냈다.

별일 없죠?

미아는 앞치마 주머니에서 휴대전화가 진동하는 걸 느꼈다. 간밤
에 다비드가 메시지 세 개를 보냈었다. 전화해달라고 간청하는 내용
으로. 이제까지 잘 버텼는데 지금 흔들리면 안 돼. 미아는 냅킨을 정
리하면서 앞치마의 캥거루 주머니를 힐끔거렸다.
"네 배꼽 제자리에 있는지 보는 거야?" 다이지가 물었다.
"아니!"
"또 다비드?"
"그런 것 같아."
"폰을 *끄든가* 메시지를 읽든가, 그러다 내 접시 깨뜨릴라."
미아는 휴대전화를 꺼냈고, 미소를 지으면서 답장을 보냈다.

네, 당신은요?

잠깐 볼 수 있을까요?

요리하는 중이에요.

오래 걸리지 않을 거예요.

싫다고 하고 싶지만, 당신이 부탁하는 거니까. 의미 있는 만남이란 기대는 하지 마요!

테르트르 광장의 한 벤치에 앉아 있어요. 이번에는 방수복 입지 않고.

무슨 일 있는 건 아니죠?

네, 나올 거예요?

오 분만 기다려요.

다이지는 국자를 든 채 미아를 살피고 있었다.

"미안한데 볼일이 있어서 잠깐 나갔다 올게." 미아가 말했다. "넌 뭐 필요한 거 없어?"

"손님 없으면 안 될 거 없지."

"테이블 세팅은 해놨고 지금은 손님 없어. 십오 분 후에 돌아올게." 미아가 앞치마를 벗으면서 말했다.

미아는 카운터 위쪽의 거울을 보면서 머리를 매만진 다음 가방을 들고 선글라스를 썼다.

"크리스프롤* 가져와라." 다이지가 말했다.

미아는 어깨를 으쓱했다.

"그냥 잠깐 나가는 거야."

미아는 발걸음을 빨리하며 캐리커처 화가에게 인사도 않고 지나쳐서 폴이 앉아 있는 벤치를 찾았다.

"여기서 뭐 해요?" 미아는 폴 옆에 앉으면서 물었다.

"당신에게 소설 앞부분 원고를 주려고 왔는데 멍청하게 집에 두고 나왔네요. 그렇다고 여기까지 와서 당신을 보지 않고 가는 것도 웃기는 일 같아서."

"친절하시네요."

"기분이 안 좋은가 봐요…… 받아치지도 않고."

"잠을 못 자서. 간밤에 악몽을 꿨어요."

"악몽은 덜 익은 꿈인데."

미아는 폴을 오래 쳐다봤다.

"나를 왜 그런 눈으로 봐요?" 폴이 물었다.

• 바삭바삭한 스웨덴식 바게트 과자.

그걸 말하면 지금 당신에게 키스하고 싶어지니까……. "그냥."

"천사는 지나갔는데."•
"원고는 두고 왔다니까, 우리의 성악가 소식이나 들려줘요."
"그녀는 괜찮아요. 아니, 사실은 문제가 생겼어요."
"심각한 일이에요?"
"그녀는 비평가와 친구가 되고 싶어 해요. 그런데 비평가는 그녀에 대한 관심이 더 커지고 있거든요."
"그게 왜 문제가 되는데요?"
"비평가는 자신이 누군지 밝히지 않은 것 때문이고, 그녀는 한낱 좌석 안내원이라는 사실을 차마 말하지 못하기 때문이겠죠."
"그게 뭐가 중요해서요?"
"내 말이."
"시대에 뒤진 편견이에요."
"어느 시대부터?"
"그런 편견이 있다고 해도 그는 그녀에게 그럴 자격이 없어요."
"동의해요."
"둘 사이가 아직은 쉽지 않겠네요. 당신이 다른 상황을 만들어줘야 해요."

• '천사가 지나간다'는 말은 이야기가 끊어져서 침묵이 이어질 때 하는 표현이다.

"비평가는 더 이상 그녀의 정체에 대해 의심하지 않아요."

"하지만 그녀는 모르고 있잖아요."

"물론, 하지만 그녀는 그를 진심으로 대한다고 할 수 있나요? 자기는 거짓말을 하면서?"

미아는 폴을 뚫어져라 쳐다보다 선글라스를 코끝으로 내렸다.

"아까 전화했을 때 어디서 오는 길이었어요?"

"생제르맹에서, 왜요?"

"어저께 그 웨이트리스에게 책 선물했어요?"

"당신이 그 질문을 하는 게 웃기지만, 대답은 예스예요."

미아는 심장이 쿵쿵 뛰었다.

"웨이트리스가 뭐래요?"

"마지못해 고맙다고 하는 걸 보면 기분 많이 상했었나 봐요."

"다른 말은 없었고요?"

"네, 손님이 많아서 바쁘기에 내가 바로 나왔어요."

미아는 안도하면서 선글라스를 다시 올렸다.

"오래 있지 못해요." 미아가 말했다. "특별히 무슨 할 얘기 있는 거 아니었어요? 당신도 기분 안 좋아 보이는데."

"생제르맹에 갔었죠, 출판사에서 연락이 와서. 한국 여행이 앞당겨졌어요."

"좋은 소식이네요. 더 빨리 그녀를 보게 되는 거니까."

"여행을 앞당겨야 하는 이유가 나쁜 소식이죠. 텔레비전 방송에 출연하게 됐거든요."

"굉장한데요!"

"진짜 굉장한 건 그 말을 들은 뒤로 심장이 미친 듯이 뛰고 있다는 거예요. 텔레비전 방송에 나가서 무슨 말을 하라고, 끔찍해요!"

"카메라 앞에서 중요한 건 말이 아니라 처신이에요. 미소를 짓고 있는 한 당신이 하는 말은 그리 중요하지 않아요. 그리고 무대공포증은 걱정 마요, 시청자들은 당신에게 호감을 느낄 테니까."

"방송에 대해 어떻게 그렇게 잘 알아요? 텔레비전 스튜디오에 나간 적 없잖아요?"

"네, 없죠." 미아는 헛기침을 하면서 대답했다. "나한테 그런 일이 일어났다면 당신 못지않게 부들부들 떨었겠죠. 난 시청자로서 말한 거예요."

"자, 받아요." 폴이 호주머니에서 리본으로 묶은 봉투를 꺼내면서 말했다. "당신에게 주는 선물이에요."

"이게 뭐예요?"

"열어봐요. 조심해서."

미아는 봉투 안에 있는 쪽지를 꺼내서 읽었다.

"'당근 삼 파운드, 밀가루 일 파운드, 설탕 한 봉지, 달걀 열두 개, 우유 일 파인트……'. 이걸 선물로 주다니 친절도 하셔라. 장 봐달라는 건가요?"

"밑에 서명한 걸 잘 봐요." 폴이 한숨을 내쉬면서 말했다.

"제인 오스틴!" 미아가 외쳤다.

"친필이에요! 이게 그 작가의 가장 유명한 문장이 아니라는 거 알아요. 하지만 당신이 뭔가 가까운 사이가 된 것 같은 걸 원한다고 하기에. 저명한 사람들이라고 먹지도 않고 사는 건 아니니까."

미아가 느닷없이 폴의 뺨에 입을 맞췄다.

"정말이지 감성적이네요, 당신은. 뭐라고 말해야 할지……."

"아무 말도 하지 마요."

미아는 쪽지를 쥐고 집게손가락으로 잉크 글씨를 어루만졌다.

"혹시 또 모르잖아요. 이 쪽지에서 영감을 받아 당신이 어떤 레시피를 만들지도. 당신이 그걸 액자에 넣어서 주방에 걸어놓은 모습을 상상했죠. 아무튼 당신이 요리할 때 제인 오스틴이 당신 곁에 있는 거예요."

"이런 선물은 받아본 적이 없어요."

"제인 오스틴이 쓴 쪽지에 지나지 않는데요, 뭐."

"위대한 영국 작가 중 한 사람이 서명한 친필 쪽지를 받다니."

"정말 그렇게 마음에 들어요?"

"항상 지니고 다닐 거예요."

"그렇게 마음에 든다니 기쁘네요. 어서 가봐요, 요리하고 있었을 텐데. 오늘의 메뉴가 나 때문에 너무 구워지는 건 원치 않아요."

"굉장한 서프라이즈였어요."

"불쑥 찾아온 거 괜찮은 거죠?"

"네, 왜요?"

"그럼 이건 의미 없는 겁니다!"

"그래요, 이 만남은 의미 없는 거예요."

미아는 일어나서 또다시 폴의 뺨에 입을 맞추고 떠났다.

캐리커처 화가는 그 장면을 놓치지 않았다.

폴과 화가는 거리를 내려가는 미아를 바라봤다.

*

미아가 라 클라마다 앞에 이르렀을 때 휴대전화가 또 진동했다.

당신의 레스토랑은 일요일에 문 닫아요?

네.

나를 기쁘게 해주는 게 뭔지 알아요?

아뇨.

당신의 요리를 먹어보는 것.

미아는 입술을 깨물었다.

당신 집에서 점심 먹을 수 있다면
영광일 거예요.

미아는 레스토랑 창문 너머로 다이지를 바라봤다.

내 동업자가 집에 있을 거예요.

그럼 삼 인분 만들면 되죠.

미아는 레스토랑 문을 밀고 들어갔다.

그럼 일요일에 봐요.
주소는 알고 있을 테고, 꼭대기 층이에요.

일요일에 봐요.

고마워요. – 미아 오스틴. :)

"원하는 건 찾았어?" 다이지가 주방을 나오면서 물었다.
"너에게 할 말이 있어."
"드디어!"

다이지는 미아의 계획을 단칼에 거절했다,

"나 좀 봐주면 안 될까? 너도 없는데 나 혼자 그 사람을 네 집에 들일 수는 없어."

"왜 안 되는데?"

"오해할 수도 있으니까."

"내가 있으면 오해 안 하고?"

"아니, 그 사람은 아무 말도, 아니 오해할 만한 행동 하지 않았어."

"난 그가 아니라 너에 대해 말한 거야."

"다시 말하는데 우리는 그냥 우정이 싹트는 단계야. 난 아직 다비드로 인한 상처가 낫지도 않았고."

"나한테 자세히 말해줄 필요 없어. 폰이 울렸을 때 네 얼굴 본 걸로 충분해. 그래도 이건 위험한 장난이야."

"나 장난하는 거 아냐. 그 사람은 재미있고, 나를 홀리려고 하지도 않아. 그 사람도 여자가 있는데 먼 곳에 살아. 우리는 나쁜 짓 하지 않았어. 우린 각자 외로움과 싸우고 있는 거야."

"그럼 내일 점심때 나 없이 둘이 계속 싸우면 되겠네."

"난 오믈렛도 만들 줄 몰라!"

"달걀 몇 개 깨서 크림 약간 넣고 휘저으면 끝이야."

"고약하게 굴 건 없잖아, 좀 도와달라고 한 것뿐인데."

"고약하게 구는 게 아냐. 실패작의 공범이 되기 싫은 거지."

"왜 그렇게 항상 매사를 삐딱하게 봐?"

"나한테 이런 말을 하는 사람이 너라는 게 믿을 수가 없다. 친구라는 그 남자한테 언젠가 진실을 밝히긴 할 거야? 웨이트리스 역에 몰입하다 보니 너 자신이 누군지도 잊었노라고? 네 영화가 개봉될 때, 프로모션에 나설 때는 어떡할 건데?"

"폴은 곧 한국으로 떠나. 어쩌면 거기서 정착할지도 모르고. 그때 편지로 진실을 고백할 거야. 그사이 그 사람은 자신의 번역가를 만나 행복하게 살고 있겠지."

"넌 인생을 시나리오처럼 생각하는구나."

"그래, 알았어, 약속은 취소할게."

"아니, 넌 취소하지 않을 거야, 매너 없다는 소리 듣기 싫어서라도. 그리고 끝까지 연기하겠지, 설사 후회할지라도."

"너 나한테 왜 이래?"

"왜냐하면!" 다이지는 소리치려다가, 방금 들어온 손님들을 맞으러 갔다.

246

13

미아는 방금 세 번째 오믈렛을 쓰레기통에 버렸다. 첫 번째 오믈렛
은 타버렸고, 두 번째 것은 껄쭉했고, 세 번째 것은 스크램블 에그 같
았다.

식탁 차리는 건 재미있었다. 테이블 세팅 세 사람분(미아는 다이지
가 집에 없는 이유를 맨 나중에 설명할 생각이었다), 테이블 중앙에 놓인
비엔나풍 꽃바구니. 최소한 먹을 수 있는 걸 준비해야 할 텐데. 휴대전
화가 진동했다. 미아는 노른자가 묻은 손과 팔뚝을 얼른 씻은 다음 다
시 냉장고를 열면서 폴이 오지 못하게 됐다고 알리는 것이길 바랐다.

밑에 와 있어요.

미아는 마지막으로 방을 둘러본 다음 뛰어가서 창문을 열었다. 식료품점에서 산 사과 소스를 미지근하게 데우려고 불에 올려놨었는데, 냄비의 베이클라이트 소재 손잡이가 약간 눌어붙었는지 매캐한 냄새가 났다.

초인종이 울렸다.

폴이 작은 봉지를 들고 들어왔다.

"뭐 이런 걸. 뭐예요?" 미아가 물었다.

"향초."

"당장 켜놔야겠네요." 미아는 다이지가 보면 경기를 일으킬 거라고 생각하면서 말했다.

"좋죠." 사치스럽지는 않네. 근데 무슨 냄새지, 타이어 그라탱이라도 만들었나.

"지금 뭐라고 했죠?"

"아뇨, 아파트가 예쁘다고요, 아주 고상하고." 허둥대면서 어쩔 줄 모르고 있어. 그럼 나를 초대하지 말았어야지. 날씨도 되게 좋은데 그냥 어느 레스토랑으로 나가서 먹자고 할까, 아냐, 그렇지 않아도 미칠 것 같을 텐데 더 최악일 거야.

"크루아상부터 먹을 거예요." 그래, 아주 좋은 생각이야. 크루아상과

초콜릿 빵을 잔뜩 먹이자, 나중에 청소기 돌리면 되지.

"쉬는 날인데 요리를 하게 했네요, 배려심도 없이. 이러지 말걸. 지금이라도 나갈까요? 어디 레스토랑으로라도?"

"당신이 그러고 싶다면……." **아, 신은 존재하는구나! 주여. 용서하소서, 때때로 당신을 의심했던 것을. 약속합니다, 내일 교회에 가서 촛불 봉헌을 하겠나이다.**

"제안은 했지만 요리하느라 고생했는데 그러면 실례겠죠. 당신의 요리를 무시하고 나가자는 뜻은 아니었어요."

촛불 열 개! 아니, 스무 개 올릴게요!

"편할 대로 해요, 당신 원하는 대로."

"오늘 날씨 진짜 좋은데 발코니에다 차릴 걸 그랬네요." **근데 당신 바보 아냐, 레스토랑으로 나가자는 말은 왜 한 거야?**

"밖에다 차리고 싶어요?"

"어느 레스토랑 생각했는데요?" 미아는 들뜬 목소리로 물었다.

"특별히 생각한 데는 없어요. 근데 나 배고파 죽겠는데."

이 남자 마음 바뀌기 전에 빨리 가방 들고 나서, 미아. 기발한 생각이라고 말하고 층계로 뛰어나가.

그때였다. 현관문이 열렸다. 두 사람이 돌아봤다. 다이지가 커다란 피크닉 바구니 두 개를 들고 들어왔다.

"하나는 네가 들고 갈 수도 있었잖아." 다이지가 바구니 두 개를 조리대에 올려놓으면서 말했다.

다이지는 호일로 싼 접시 세 개를 바구니에서 꺼냈다.

"안녕하세요, 미아의 동업자 다이지예요. 당신은 스웨덴 작가시죠?"

"네, 작가는 맞는데…… 미국인입니다."

"그러게요."

"그건 뭡니까?" 폴이 조리대를 쳐다보면서 물었다.

"브런치! 내 동업자는 솜씨 좋은 요리사지만 서비스는 늘 내가 전문이죠. 일요일까지 하는 건 싫지만."

"과장이 심하다." 미아가 받아쳤다. "덜 익은 상태였잖아, 한 사람은 와서 테이블 세팅을 해야 했고."

다이지는 미아 앞을 지나가면서 발을 밟았다.

"네가 준비한 요리가 뭔지 볼까." 다이지가 호일을 벗기면서 말했다. "피살라디에르,* 근대 파이 그리고 프티 파르시. 그래도 출출하면 다른 요리사가 솜씨 좀 발휘하면 되겠어!"

"음, 냄새가 좋은데요." 폴이 미아를 보면서 칭찬했다.

다이지가 킁킁거리기 시작했다. 한 번, 두 번, 세 번째로 냄새를 맡다가 테이블에 다가와서 향초를 발견하고는 인상을 팍 쓰면서 훅 불어서 불을 껐다. 그러고는 곧장 쓰레기통에 버리다 미아가 망친 오믈렛을 봤지만 못 본 체했다.

---

* 니스식 피자 파이.

"어…….버렸네요……." 약간 놀란 폴이 중얼거리듯 말했다.

미아는 다이지가 보지 못하게 넌지시 폴에게 눈짓을 보냈다. 동업자가 가끔 이상한 행동을 하니까 이해하라는.

"이제 테이블에 앉죠, 우리!" 미아는 시치미 뚝 떼고 말했다.

*

폴은 두 여자가 어떻게 친구가 됐는지 알고 싶었다. 미아는 다이지의 첫 영국 여행을 얘기하기 시작했다. 다이지가 끼어들어 미아의 프로방스 여행과 매미를 무서워하던 얘기를 했다. 그리고 밤중에 몰래 집을 빠져나와 온갖 짓궂은 장난을 치고 돌아다녔던 것도 생생하게 묘사했다. 폴은 아서와 함께 생활하던 기숙사, 카멜에 있는 아서의 어머니 집을 생각하면서 건성으로 듣고 있었다.

커피를 마실 때 폴은 다이지의 질문 공세를 받아야 했다. 왜 파리에 와서 사느냐, 글을 쓰게 된 동기는 무엇이냐, 정신적으로 영향을 받은 사상가는 누구며 소설 쓸 때는 어디서 영감을 얻느냐, 일하는 방식…… 등등. 폴은 성의껏 대답해주었다. 대화가 끊이지 않는 가운데 미아는 내내 입을 닫고 두 사람을 지켜보고 있었다.

미아가 일어나서 빈 접시들을 들고 주방으로 갔다. 잠시 후, 폴이 관심을 끌려고 했지만 미아는 설거지에만 집중했다.

폴은 환대해준 것에 대해 두 여자에게 정중하게 고마움을 표시했고, 미아에게는 훌륭한 식사였다고 칭찬했다. 이렇게 맛있는 걸 먹어보기는 오랜만이라면서. 폴은 집을 나가기 전 소설 속에 프로방스를 넣겠다고 다이지에게 약속했다. 층계참까지 배웅해준 사람은 다이지였다. 미아는 접시를 닦다가 손짓으로 인사했다. 폴은 어이없는 얼굴로 떠났다.

다이지는 현관문을 닫고 잠시 뜸을 들이다 하품하면서 말했다.

"사진보다 실물이 훨씬 낫네. 난 좀 자야겠어, 너무 피곤해. 괜찮았지? 어쨌든 내 요리…… 아니, 네 요리를 좋아하는 것 같더라."

이렇게 말하고 다이지는 자기 방으로 들어갔다. 미아도 자기 방으로 들어갔고, 두 친구는 이날 더는 한마디도 나누지 않았다.

＊

미아는 침대에 누운 채로 휴대전화를 들고 다비드의 메시지를 전부 다시 읽었다.

해질 무렵 미아는 청바지에 얇은 스웨터를 입고 집을 나섰다.

＊

미아는 택시를 타고 가다 알마 광장에서 내렸다. 그녀는 한 브라스리의 테라스에 자리를 잡고 앉아 로제 샴페인 한 잔을 주문했고, 휴대전화에 시선을 고정한 채 단숨에 마셨다. 미아가 웨이터에게 한 잔 더 주문할 때 휴대전화 화면이 켜졌다. 이번에는 문자메시지가 아니라 전화가 걸려왔다. 그녀는 머뭇거리다 받았다.

"그 점심 무슨 요리였어요?" 폴이 물었다.

"니스식 브런치!"

"바보 놀이합시다!"

"누가 바보라는 건지!"

"어디예요?"

"알마."

"알마에서 뭐해요?"

"다리 감상하고 있죠."

"아, 그래요? 근데 왜요?"

"다리를 사랑하니까. 나한테 그럴 권리는 있잖아요?"

"어디서 감상하고 있는데요?"

"쉐 프란시스 테라스에서."

"내가 금방 갈게요."

미아가 샴페인을 다섯 잔째 마셨을 때 폴이 도착했다. 폴은 이중 주차를 해놓고 들어왔다.

"소화는 잘되던가요?" 미아가 물었다.

"당신이 요리할 줄 모르든, 당신이 웨이트리스든 셰프든 나는 개의치 않아요. 근데 내가 받아들일 수 없는 건 당신이 나를 친구에게 소개해주기 위해 그런 일을 꾸몄다는 거예요."

미아는 시무룩한 얼굴로 인정했다.

"내 친구 마음에 들어, 안 들어?"

"말 놓는 건가요, 이제부터?"

"아뇨, 우리는 서로 말을 높이는 게 더 어울리는 사이죠?"

"다이지는 매력적이고 톡톡 튀고 훌륭한 요리사예요." 폴의 목소리가 높아졌다. "하지만 만날지 안 만날지 결정하는 건 나죠. 내 오랜 친구들도 함부로 내 사생활에 끼어들지 않는데 어떻게 너, 아니 당신이……."

"내 친구, 만나고 싶죠?" 미아는 한술 더 떠서 폴보다 더 큰 소리로 말했다.

다투는 사이 둘의 얼굴이 차츰 가까워지다 입술이 스쳤다.

둘은 흠칫 놀라서 잠시 입을 열지 못하다가 다시 시작했다.

"당신 집에서의 그 시간, 아주 싫었어요." 폴이 차분한 목소리로 말했다.

"나도요."

"우리는 멀어져 있었어요."

"네, 그랬죠."

"오늘 밤, 다툼과 화해의 장면을 쓸 거예요. 페이지를 새까맣게 채울 거리가 생겼으니까."

"그럼 그 점심이 아주 쓸데없는 건 아니었네요. 내 의견을 듣고 싶다면, 그는 오해했다고 말하고 사과하는 게 좋을 거예요."

폴은 미아의 잔을 움켜잡고 단숨에 비웠다.

"당신은 충분히 마셨고, 나는 목이 마르니까. 그렇게 순진한 표정으로 쳐다보지 마요. 당신 눈이 반짝이는 게, 티가 팍팍 나는데. 내가 바래다줄게요."

"아뇨, 택시 타고 갈 거예요."

폴은 테이블에 놓인 계산서를 집어 들었다.

"그래도 여섯 잔이나 마셨는데!"

"취하지도 않았는데!"

"매번 따지지 말고 내 말 좀 들어요. 내가 데려다줄 거니까, 이건 명령이에요."

폴은 차를 세워놓은 데로 미아를 데려갔다. 미아는 약간 비틀거렸다. 폴은 미아를 사브에 앉혀놓고 출발했다.

둘은 풀보 거리에 이를 때까지 아무 말도 하지 않았다. 폴이 아파트 건물 앞에서 차를 세우고 먼저 내렸다.

"괜찮겠어요?" 폴은 차 문을 열어주면서 걱정했다.

"좀 팽팽했지만 서로 얘기 나눴으니까 괜찮겠죠."

"난 계단 올라가는 거 괜찮겠냐고 물은 건데."

"샴페인 좀 마신 거 갖고, 나 그렇게 술 약하지 않거든요!"

"주말에 파리를 떠나요." 폴이 시선을 내리고 말했다.

"벌써?"

"출발이 앞당겨졌다고 말했는데. 당신은 남자가 말할 때 귀담아듣지 않는군요."

미아는 팔꿈치로 폴을 툭 쳤다.

"당신 집에서의 점심, 그건 우리 잊읍시다." 폴이 말했다.

"주말 언제?"

"금요일 아침."

"몇 시?"

"비행기 출발 시간은 오후 한 시 삼십 분. 그 전에 같이 저녁은 먹을 수 있지만 당신은 일해야 하니까……."

"출발 전날은 좀 슬프니까 수요일 어때요?"

"좋아요, 수요일 괜찮겠네요. 레스토랑은 어디로?"

"당신 집에서 저녁 여덟 시에."

미아는 폴의 뺨에 입을 맞추고 정문을 밀고 들어가다 돌아서서 미소를 지어 보이고는 건물 안으로 사라졌다.

*

아파트는 어둠에 잠겨 있었다. 안락의자에 부딪친 미아는 욕을 내뱉으면서 더듬더듬 들어가다 낮은 탁자는 가까스로 피했지만 벽장문을 열고 들어갈 뻔했다. 그래도 겨우겨우 자기 방을 찾아 들어갔고 이불 속으로 기어들어가서 잠이 들었다.

폴도 집에 들어가서 벽장을 열었다. 잠시 망설이다 가방 두 개 중 작은 걸 골라서 침대 발치에 놨다. 밤이 이슥하도록 컴퓨터 앞에 앉아 뭐라고 쓸까 궁리했다. 새벽 세 시쯤, 경에게 메일을 보내면서 항공편 번호와 도착 시간을 알렸다. 그러고 나서 잠자리에 들었다.

*

다이지는 식탁에 앉아 아침을 먹고 있었다. 미아가 방에서 나오자 다이지는 차를 따라주면서 앞에 와서 앉으라고 했다.

"어떻게 된 거야, 어제?"

"내가 물어보려고 했는데."

"내가 왜 너를 구해주러 왔는지, 내가 왜 일요일 오전 내내 요리를 해서 너를 아주 멋진 여자, 못 하는 게 없는 대단한 미아로 보일 수 있게 해주었는지 알고 싶지?"

"부탁인데 그렇게 위선 떨지 마. 넌 그 사람을 대놓고 유혹했어. 너한테 그런 면이 있을 줄은 몰랐다."

"재능 있는 배우의 입에서 나온 말이니 칭찬으로 들을게. 너, 그 사람한테 날 소개해주려는 거 아니었어?"

"그래, 맞아. 하지만 네가 그렇게 나올 줄은 몰랐어. 좀 지나치다고 느껴질 정도였으니까."

"아무리 영화 찍으며 살더라도 세상이 네 중심으로 돌아간다고 생각하진 말아야지."

"바로 이런 태도. 네가 다 옳다는 태도, 질린다. 다른 사람은 틀리고 너는 항상 옳다는 거잖아."

"적어도 하나는 내가 옳아. 이걸 장난이라고 우길 만큼 순진한 것과 넌 거리가 멀다는 것. 넌 이미 즐기고 있었어."

"나 무시하는구니, 다이지."

"너도 나 무시하잖아, 미아."

"알았어, 그래, 우리 서로 무시하고 있네. 가방 싸서 나갈게, 호텔에서 지내면 되니까."

"너 언제 철들래?"

"너만큼 늙으면!"

"다비드가 나한테 전화했어."

"뭐라고?"

"나는 너보다 석 달 더 늙었지만 귀가 먹은 건 너야."

"언제 전화했는데?"

"어제 아침 너의 스웨덴 남자를 위해 근대 파이 만들고 있을 때."

"그 얘기 좀 그만해! 다비드가 너한테 뭐랬는데?"

"자기 메시지에 답을 보내고 한 번만 기회를 주게끔 널 설득해달라고."

"그래서 넌 뭐라고 대답했는데?"

"난 집배원이 아니라고, 그가 너를 많이 아프게 했다고. 너를 되찾으려면 획기적인 노력이 필요할 거라고."

"내가 왜 다비드한테 또 기회를 줘야 하는데?"

"네 남편이니까. '난 다비드로 인한 상처가 낫지 않았어.' 넌 분명히 말했어, 며칠 전 나한테 심정을 토로하면서. 그래, 다비드는 바람을 피웠어. 하지만 그건 지나가는 사랑이었고, 그가 사랑하는 사람은 너야. 내 가게에 불쑥 나타났던 날, 너는 너만을 위한 현재를 원한다고 했어. 그리고 그 현재를 살았지. 며칠 후 네 미국 친구가 애인 만나러 한국으로 떠나고 나면 넌 뭐할 건데? 몽마르트르에 있는 한 비스트로에서 웨이트리스 일이나 하면서 계속 도망치듯 살아갈 거야? 그게 얼마나 갈까?"

"난 런던으로 돌아가고 싶지 않아. 지금은 싫어. 난 준비가 되지 않았어."

"그러지 말고 잘 생각해. 네 인생 구하고 싶으면, 다비드가 미련 없이 돌아선 다음 후회하지 말고 기회를 줘. 미아, 고독과 너는 전혀 어울리지 않아. 그 반대라고 우길 생각하지 마, 그러기에는 내가 너를 너무 잘 아니까. 다른 사람의 잘못 때문에 힘들어하는 것도 볼 수가 없는데 너 자신의 잘못 때문에 힘들어하는 꼴은 진짜 보고 싶지 않아. 난 네 친구야. 아무 말도 하지 않으면 내가 죄책감을 느낄 것 같아서 그래."

"가서 레스토랑 문 열자. 넌 요리하고 나는 테이블 정리하고. 바캉스 얘기나 하자. 둘이서 며칠 그리스 여행 갈 수 있을까, 9월에……."

"9월은 너무 멀어. 싸우지 않았으면 주말에 얘기하려고 했는데."

"엊그저께?"

"웨이트리스 채용했어. 수요일부터 출근해."

"왜 그랬어?"

"너를 위해서."

14

파리를 떠나기 전전날, 자정 무렵 폴은 잠자리에 들면서 자명종을 맞춰놓았다. 아침 아홉 시에 집을 나와 콧수염의 카페에서 커피 한 잔을 마시고 나서 장을 보러 갔다. 제일 먼저 채소 가게에 들렀고, 정육점에 이어서 생선 가게, 치즈 가게, 제과점에 들르는 것으로 장 보기를 끝냈다. 집 앞에 이르렀을 때 폴은 다시 걸음을 돌리고 와인 가게로 향했다. 보르도산 와인 두 병을 샀고, 빠트린 게 없는지 목록을 확인한 뒤 마침내 집으로 들어갔다.

나머지 시간은 전부 요리하는 데 보냈고, 오후 네 시쯤 테이블 세팅을 했고, 다섯 시에 샤워를 했고, 여섯 시에 옷을 갈아입고 소파침대에 앉았다. 한쪽 눈으로는 원고를 다시 읽으려고 애를 쓰면서 다른 눈으로는 힐끔힐끔 손목시계를 봤다.

미아는 오랜만에 늦잠을 잤다. 전날 저녁 레스토랑에서 마지막 서비스를 축하하는 뜻에서 다이지와 야식을 먹으며 술을 잔뜩 마셨다. 얼근히 취한 두 여자는 술을 깨려고 테르트르 광장으로 나갔다. 둘은 벤치에 앉았고 각자 다른 세상을 생각하고 있었다. 그러다 미아는 다이지에게서 9월 말에는 라 클라마다를 닫고 함께 그리스 여행을 가겠다는 약속을 받아냈다.

다음 날 정오, 미아는 산책을 하러 나갔다. 테르트르 광장으로 올라가서 캐리커처 화가에게 인사했다. 그녀는 한 카페의 테라스에서 늦은 아침을 먹었고, 헤어숍에 들렀다. 그리고 옷가게에 들어가서 봄 원피스를 사들고 나왔다. 오후 다섯 시쯤 아파트로 돌아가서 목욕물을 받았다.

저녁 일곱 시 반, 폴은 오븐의 온도를 확인한 뒤 랍스터를 노릇해지도록 구웠고, 신선한 허브를 잘게 잘라 샐러드에 섞었다. 파르마산 치즈 껍질로 새끼 양의 갈비살을 꾸며놓은 다음 식탁에 빠진 게 없는지 확인했고, 공기를 빼놓기 위해 와인 마개를 땄다. 원고를 읽으려고 거실로 갔다가 십오 분 후에 다시 주방으로 돌아가 양고기를 오븐

262

에 넣었고, 다시 거실로 돌아와 창가에 서서 밖을 내다보고 나서 거울을 봤다. 셔츠 자락을 허리춤 안으로 넣었다가 다시 뺐고, 오븐 온도를 낮추고 또다시 창밖을 내다보다 이번에는 머리를 쭉 빼고 거리를 내다본 다음 방을 환기시켰고, 소파침대에 다시 앉아 손목시계를 보고 첫 번째 문자메시지를 보냈다. 다시 원고를 읽다가 밤 아홉 시에 두 번째 메시지를 보냈고, 아홉 시 삼십 분에 양초를 껐고, 열 시에 세 번째 메시지를 보냈다.

*

"왜 그렇게 계속 폰을 봐?"

"그냥 습관이야."

"미아, 내 눈 좀 봐, 당신 만나려고 영불해협을 건너왔는데."

"당신 눈 보고 있어, 다비드."

"아까 내가 다이지네 집 초인종 눌렀을 때 어디 가려고 했는데?"

"아무 데나."

"화장하고 머리도 했잖아. 머리는 왜 그렇게 짧게 잘랐어?"

"헤어스타일 바꾸고 싶어서."

"대답 안 하는 거 보니 누구랑 약속 있었구나?"

"애인의 품에 안기러 나가는 중이었어. 당신이 듣고 싶은 말이 그거야? 그래서 그걸로 퉁 치자고?"

"난 화해하자고 온 거야."

"그 여자 다시 만났어?"

"아니. 다시 말하지만 당신이 떠난 뒤로 혼자 런던에서 지냈어, 당신만 생각하면서. 메시지를 수십 통 보냈는데 한 번도 답장을 안 해줬잖아, 그래서 내가 온 거야. 당신을 사랑해. 내가 바보 같은 짓 했지, 나도 날 용서 못 하겠어."

"그런데 내가 당신을 용서해주길 바라는구나."

"나에게 한 번만 더 기회를 달라는 거야. 당신도 알잖아, 이렇게 떨어져 있는 것으로는 결론이 나지 않는다는 거."

"당신에게는 그렇겠지."

"내가 나빴어. 그 촬영이 우리를 시련에 빠뜨린 거야. 당신은 다가가기 어려웠고, 나는 무기력해 있었지. 용서를 받기 위해서라면 뭐든 할 각오가 되어 있어. 다시는 상처 주지 않겠다고 약속할게. 당신이 그 잘못에 줄을 찍찍 긋고 그녀의 존재를 잊어준다면……."

키보드에 손가락 올리고 버튼 한번 눌러서 삭제되는 문장처럼 아주 간단하게 과거를 지우자고……? 미아가 중얼거렸다.

"뭐라고 했어?"

"아냐, 아무것도."

다비드가 미아의 손에 입을 맞췄다. 다비드를 지켜보던 미아는 울컥했다.

당신이 왜 나를 이렇게 만들어? 당신이랑 있으면 왜 내가 더 이상 나

자신이 아닌 것 같지?

"무슨 생각해?"

"우리."

"당신도 나에게 기회를 주고 싶잖아. 이 호텔 기억나, 미아? 파리로 도망쳤을 때 우리 여기서 잤잖아. 방금 만난 사이였는데."

미아는 다비드가 예약한 스위트룸을 살펴봤다. 응접실에 놓인 루이 16세 양식의 책상, 리라 문양 의자와 안락의자, 돔 형태 닫집이 달린 폴로네즈 침대.

"그때는 작은 룸에서 잤는데."

"우리의 시작은 그때부티였어." 다비드가 그녀를 껴안으면서 말했다. "내일은 우리 여느 관광객처럼 바토무슈 타고 센강을 유람하고, 시테섬으로 아이스크림도 먹으러 가자. 거기 이름이 뭐였더라, 당신이 좋아하던 곳인데."

"생루이섬이었어."

"그래, 생루이섬으로 가자. 미아, 오늘 저녁은 나랑 같이 있어, 부탁이야."

"아무것도 안 가지고 왔어."

다비드는 미아를 옷장 쪽으로 이끌었다. 원피스 셋, 스커트 둘, 블라우스 둘, 마직 바지 둘, 브이넥 스웨터 두 장이 옷걸이에 걸려 있었다. 다비드가 열어 보인 서랍 안에는 속옷 네 벌이 정돈되어 있었다. 이어서 다비드는 번쩍번쩍한 대리석 욕실로 미아를 데려갔다. 세면

대 선반에 화장품 세트와 칫솔이 놓여 있었다.

"오늘 아침 첫 비행기로 도착했고, 당신을 생각하면서 쇼핑했어."

"피곤해, 누워야겠어." 미아가 말했다.

"아까 레스토랑에서 음식을 입에 대지도 않던데 룸서비스에 뭐 시켜줄까?"

"아니, 배고프지 않아. 그냥 자고 싶어, 생각도 좀 하고."

"뭘 더 생각해, 이미 결정 났는데." 다비드는 그녀를 껴안으면서 결론지었다. "오늘 밤 함께 지내고 내일은 제로에서 다시 시작하자."

미아는 다비드를 침실 쪽으로 부드럽게 밀어내고 욕실 문을 잠갔다.

그러고는 수돗물을 틀어놓고 휴대전화를 꺼내 저녁에 들어온 문자 메시지를 훑어봤다.

준비 다 됐는데 서둘러요.

뭐해요? 음식이 너무 구워지는데.

레스토랑에 붙잡혀 있는 거면
괜찮아요. 이해하니까.
별일 없다는 것만 알려줘요.

미아가 마지막 메시지를 세 번째 읽고 있을 때 손 안에서 휴대전화가 진동했다.

266

> 이제부터 글 쓸 거라 폰 꺼요.
> 내일 얘기합시다, 안 해도 상관없고.

거의 자정이었다. 미아도 휴대전화를 껐다. 그리고 옷을 벗고 샤워 부스로 들어갔다.

*

폴은 층계를 한달음에 내려가서 정문을 밀고 나가 저녁 공기를 깊이 들이마셨다. 콧수염이 카페 셔터를 내리다 발소리를 듣고 돌아봤다.

"이 시간에 뭐해요, 폴 씨? 괴로워서 헤매는 사람처럼."

"개 산책시키려고요."

"개 키워요? 어디 있는데요? 암캐 쫓아갔어요?"

"배고파요?"

"나는 항상 속이 허하죠. 우리 가게 음식은 끝났어요."

"내 음식은 아직 안 끝났는데 우리 집으로 올라갑시다."

콧수염은 폴의 아파트로 들어가면서 흰색 식탁보까지 씌운 테이블을 발견하고 깜짝 놀랐다. 멋지게 차려놓은 테이블 중앙에 촛대가 놓여 있었다.

"랍스터 채소 샐러드, 파르마산 치즈 껍질로 장식한 새끼 양 갈비

살, 디저트로 생토노레……. 아, 깜빡했네요, 모둠 치즈, 2009년산 사르제 드 그뤼오 라로즈, 마음에 들어요?" 폴이 물었다.

"이건 좀 의심이 가는데요, 폴 씨. 촛불까지 준비한 식탁이라, 나를 위해 준비한 음식은 아니고. 왜냐하면……."

"당신을 위한 음식 아닌 거 맞아요. 근데 양고기가 너무 구워졌어요."

"괜찮아요." 콧수염이 냅킨을 펼치면서 말했다.

두 남자는 밤늦도록 먹었다. 콧수염은 정육점을 하기 위해 스무 살 때 떠나온 고향 오베르뉴에 대해 말했다. 결혼, 이혼, 보보스족*이 그 동네를 장악하기 전까지 바스티유에서 운영했던 첫 번째 카페(팔지 말았어야 했는데!), 그놈의 보보스족이 또 장악하기 전까지 벨빌에서 운영했던 두 번째 카페, 그리고 이 동네로 이사 오기까지, 구구절절 사연이 많았다.

폴은 아무 말도 않고 생각에 잠겨서 콧수염의 얘기를 들었다.

새벽 두 시, 콧수염이 폴의 요리를 칭찬하면서 일어났다.

현관문에서 폴의 어깨를 톡톡 치며 한숨을 내쉬었다.

"폴 씨, 당신은 멋진 남자예요. 당신의 책은 읽지 않았지만, 독서는 내 취향이 아니라서. 동네 사람들이 말했어요, 아주 재미있다고. 거기 갔다 돌아오면 밤에 일하는 사람들이 다니는 곳으로 데려가서 저녁 살게요. 그 이동식 비스트로는 가이드북에 나와 있지 않지만 주방

---

* 부르주아와 보헤미안의 합성어.

장 솜씨가 장난이 아니죠. 마음에 꼭 들 겁니다."

폴은 언제 돌아올지 모르겠다고 말하면서 콧수염에게 집 열쇠 하나를 맡겼다. 콧수염은 폴의 집 열쇠를 자기 열쇠 꾸러미에 끼우고는 아무 말 없이 나갔다.

15

목요일은 날씨가 선선했다. 바토무슈를 타고 센강을 유람하면서 다비드는 처음 파리에서 머물 때 있었던 몇 가지 일을 떠올렸다. 한 번 흘러간 물은 다시 돌아오지 않거늘. 미아와 다비드는 생루이섬에서 아이스크림 하나를 나눠 먹고 호텔로 돌아갔다. 사랑을 나누고 침대에 누워 늑장을 부렸다.

정오에 다비드는 인터폰을 들고 프런트 직원에게 현재 공연하는 연극 중 가장 볼만한 작품의 좌석 두 장과 내일 런던행 항공권 두 장 예매를 부탁했다. 그는 인터폰을 끊으면서 미아에게 집으로 돌아갈 때가 되었다고 말했다. 그러고는 몽마르트르에 같이 가서 짐을 가져오자고 제안했다.

미아는 혼자 짐을 싸고 싶다고 대답했다. 다이지에게 작별 인사한 다음 제시간에 돌아오겠다고 약속하고 스위트룸을 나갔다.

호텔에서 불러준 고급 승용차가 미아를 풀보 거리에서 내려주었다. 미아는 운전기사에게 잠시 기다려달라고 부탁했다. 그러고는 난간 위에 손을 미끄러뜨리면서 천천히 층계를 올라갔다.

가방을 다 싼 다음 벽장에서 다이지의 초상화를 꺼내놓고 아파트를 나섰다.

*

폴은 인쇄한 원고를 홀더에 끼워 넣은 다음 가방에 집어넣었다.

냉장고를 비우고 창문의 겉창을 닫고 수도꼭지들을 확인했다. 마침내 집 안을 쭉 둘러보고 나서 쓰레기를 들고 내려갔다. 그리고 크리스토넬리를 만나러 출발했다.

*

미아는 몽마르트르를 떠나면서 운전기사에게 브르타뉴 거리로 가달라고 부탁했다.

"여기서 잠깐 세워주실래요?" 38번지 앞이었다.

미아는 차창을 내리고 머리를 내밀었다. 오 층의 창문 겉창들이 닫혀 있었다.

차가 다시 출발했을 때 미아는 휴대폰을 꺼내 들고 오전이 끝나갈 즈음 받았던 메시지를 다시 읽었다.

미아,
화가 나지만 당신에게 굳이
알리고 싶진 않아요.
간밤, 나는 성악가를 버스 밑으로
확 떠밀어버렸어요. 그녀는 잎으로 길을
건널 때 조심해야 할 거예요.
레스토랑에 전화를 걸었더니 다이지가
무슨 심각한 일이 일어난 게 아니라
당신에게 중요한 일이 있다고 했어요.
나는 당신의 침묵을 이해해요.
어쩌면 이게 더 나을지도 모르죠.
작별 인사는 아무 의미 없는 거니까.
함께한 소중한 순간들, 고마워요.
건강 조심해요.
아무 의미 없는 말이겠지만.
폴.

미아는 호텔에 도착하면서 두통이 일어난 것처럼 꾸몄다. 다비드는 프런트 직원에게 연극 좌석을 취소한다고 알리면서 룸으로 식사를 올려달라고 했다.

*

밤 열한 시, 다이지는 마지막 손님들을 배웅했다. 아파트로 돌아간 다이지는 주방 조리대 위에 쪽지와 함께 놓인 자신의 초상화를 발견했다.

다이지,
영국으로 떠나. 레스토랑에 들를 용기가 나지 않았어.
새로 채용한 웨이트리스에게 질투가 나서.
농담이고, 너를 보면 생각이 바뀔지도 몰라서.
파리에서 네가 나에게 선사한 날들이
새로운 인생을 그리게 해주었어.
사랑하기 시작한 인생이라고 할까.
하지만 네 충고를 이해했기에 나의 삶으로 돌아가.
네 삶을 살도록 너를 놓아주고.
며칠 지난 뒤 런던에서 전화할게, 내 낙인을 회복했을 때.
다비드가 나를 데리러 오는 걸 너는 알고 있었는지 모르겠지만
나에게 알리지 않은 건 잘한 거야.
필요할 때마다 늘 그 자리에 있어주는 너,
우리 사이가 틀어질 위험을 무릅쓰고 나 자신을
속이지 말라고 나무라준 내 친구에게
뭐라고 고맙다는 말을 할지 모르겠어.

너에게 거짓말했어. 너는 뭔지 알 거야. 사과할게.

너를 그린 초상화, 이건 광장의 캐리커처 화가가 그린 거야.

그 남자는 쉽게 알아볼 수 있을 거다. 미남이니까.

너를 바라보는 시선만큼이나 아름다운 남자야.

벌써 네가 그립다.

                    너를 아주 많이 사랑하는 네 친구 미아가.

P. S. 약속 잊지 마. 9월 말, 우리, 우리 둘만의 그리스 여행.

모든 건 내가 알아서 준비할게.

다이지는 휴대전화를 꺼냈다. 미아가 전화를 받지 않아서 문자메시지를 보냈다.

내가 너를 그리워하는 만큼 너도
나를 그리워하길 바란다.
새로 들어온 웨이트리스는 멍청해.
벌써 접시를 두 개나 깨트렸어.
가능한 한 빨리 전화해주면 좋겠어.
분별력을 좀 잃었지만 내 충고를
들어야 할 정도는 아니었어.
부탁인데 다시는 그러지 마.
너의 절친은 요리만 빼고, 모든 면에서
형편없어, 특히 인생에 관해서는.
나도 너를 사랑해. 아주 많이.

*

운전기사는 공항으로 이르는 도로로 접어들었고, 보도를 따라가다 차를 세웠다. 다비드가 먼저 내려 문을 열어주고 미아에게 손을 내밀었다. 그녀가 내리려고 할 때 터미널 출입문들이 열렸다. 미아는 파파라치들을 알아보는 데 이골이 나 있었다. 파파라치들이 대놓고 활개 칠 때는 특히. 그녀는 탑승 수속 데스크 앞에도 두 명이 버티고 있는 걸 발견했다.

치졸한 인간! 당신 아니면 누가 저 인간들에게 알렸겠어! 당신의 파리 방문은 우리가 같이 있는 모습을 보여주려는 수작이었어, 이거 당신 특기잖아. 차라리 바토무슈에서 속셈을 드러내지 그랬어. 공항에서는 우연이라고 우길 수도 있는데. 나를 바보로 알았구나, 당신…….

"갈까?" 다비드가 재촉했다.

"먼저 들어가서 잠깐만 기다려. 다이지에게 전화하고 갈게, 여자들끼리 나눌 얘기가 있어."

"가방들은 내가 가져갈까?"

"아니, 그냥 가, 기사에게 부탁할게. 오 분 후에 갈게."

"알았어. 신문 몇 개 고르고 있을 거니까 늦지 마."

다비드가 돌아서서 멀어지자마자 미아는 차의 문을 다시 닫고 운전기사 쪽으로 몸을 숙였다.

"이름이 뭐예요?"

"모리스입니다, 부인."

"모리스 기사님, 이 공항 잘 아시죠?"

"하루에 평균 대여섯 번은 손님들을 모시고 오죠."

"아시아행 비행기 출발하는 터미널 아시나요?"

"터미널 2E."

"기사님, 서울행 비행기가 사십오 분 후에 이륙해요. 오 분 이내에 데려다주면 팁을 두둑이 드릴게요." 미아는 가방을 뒤지면서 말했다.

운전기사는 전속력으로 달렸다.

"신용카드로 계산해도 될까요?" 미아가 물었다. "현금 갖고 있는 게 없어서요."

"그 비행기, 타시려고요?"

"그래보려고요."

"팁 잊지 마세요." 운전기사는 택시와 버스 사이를 지그재그로 빠져나가면서 말했다. "좀생이 같더라고요, 아까 그 남자분은."

전속력으로 달린 차는 삼 분 후 터미널 2E에서 멈춰 섰다.

운전기사는 재빨리 트렁크를 열고 미아의 가방을 꺼내 보도에 내려놨다.

"그 남자분 가방은 어떡할까요?"

"캐시미어 스웨터와 실크 셔츠 들인데 기사님이 방금 땡잡은 거예요. 고마워요, 모리스."

미아는 여행 가방을 들고 탑승 수속 데스크로 뛰어갔다.

데스크에는 승무원 한 명만 남아 있었다.

"안녕하세요, 급히 서울로 가야 하는데요."

승무원은 회의적인 표정을 지었다.

"탑승 수속을 마감하는 중이었습니다. 만석이라서 곤란한데요."

"어쩔 수 없다면 화장실에 있으라고 해도 타고 갈 각오가 되어 있어요."

"열한 시간 동안인데요?" 승무원이 고개를 들면서 말했다. "내일 항공편은 예약해드릴 수 있습니다."

"부탁해요." 미아는 선글라스를 벗으면서 간청했다.

"혹시……?"

"네, 맞아요! 좌석을 구해주실 수 있어요?"

"진작 말씀하시지요. 퍼스트클래스 한 자리가 남아 있지만 요금은 할인되지 않아요."

미아는 신용카드를 꺼내서 데스크에 올려놨다.

"돌아오는 날짜는 언제로 해드릴까요?" 승무원이 물었다.

"아직 정하지 않았어요."

"꼭 기입해야 되거든요."

"일주일 후, 아니 열흘 후, 아니 보름 후……."

"일주일, 열흘, 보름, 어느 것으로 할까요?"

"보름! 부탁해요, 빨리."

승무원은 키보드를 빠르게 치기 시작했다.

"고객님, 수하물은 너무 늦어서 수속이 불가능……."

미아는 쭈그리고 앉아 가방을 열고 화장품 파우치와 몇 가지 물건을 꺼내 백팩에 쑤셔 넣었다.

"나머지는 당신 가져요, 선물이에요!"

"안 됩니다. 그럴 수 없어요." 승무원이 데스크 너머로 몸을 숙이고 내려다봤다.

"괜찮아요, 가져도 돼요."

"어느 호텔에 묵으세요?"

"전혀 몰라요."

이제는 놀랍지도 않은지 승무원은 담담한 얼굴로 미아에게 탑승권을 내밀었다.

"이제 뛰어가세요. 트랩 마스터에게 문 닫는 걸 조금 늦춰달라고 연락했어요."

미아는 탑승권을 쥐고 구두를 벗어서 손에 들고 뛰었다.

숨을 헐떡이며 좁은 통로에 이르는 순간 비행기 문이 보이자 미아는 기다리라고 소리쳤고 트랩에 발을 들여놓고 나서야 뛰는 걸 멈췄다.

기내로 들어가기 전 미아는 애써 태연한 얼굴로 탑승권을 내밀었고, 승무원이 함박 미소를 지으며 맞아주었다.

"한 좌석이 비어 있는데, 2A에 앉으시면 됩니다." 승무원이 좌석을 가리키면서 말했다.

미아는 퍼스트클래스를 지나쳐서 계속 들어갔다.

승무원이 불렀지만 그녀는 아랑곳없이 전진했다.

미아가 갑자기 걸음을 멈추더니 한 승객에게 탑승권을 내밀면서 퍼스트클래스에서 편히 가라고 말했다. 남자는 두말없이 수락하고 좌석을 양보했다.

미아는 수하물함을 열어 두 가방 사이에 백팩을 올려놓고 좌석에 앉아서 깊은 한숨을 내쉬었다.

폴은 신문을 뒤적이면서 고개를 들지 않았다.

승무원이 기내 방송으로 비행기 문이 닫혔음을 알리면서 승객들은 안전벨트를 채우고 전자기기는 모두 꺼달라고 당부했다.

폴은 앞에 있는 좌석 포켓에 잡지를 집어넣고 눈을 감았다.

"열한 시간 동안 입을 열까요, 닥치고 있을까요?" 미아가 불쑥 말했다.

"지금은 입 다물고 죽은 듯이 갑시다. 삼십 톤짜리 쇳덩어리가 육지를 떠나려고 애를 쓰고 있는데 무슨 말을 하든 자연에 어긋나는 거니까. 비행기가 하늘 높이 날아오를 때까지는 호흡을 가다듬고 마음을 진정시키는 것 말고는 아무것도 하지 맙시다."

"오케이." 미아가 대답했다.

"퍼스트클래스가 얼마짜리 티켓인데?"

"입 다물고 있자는 걸로 알았는데요?"

"마취제 없어요?"

"없어요."

"신경안정제는?"

"없어요."

"그럼 야구 배트는? 당신이 나를 기절시켰다가 도착한 뒤에 깨어 나게 해주면 좋겠는데."

"진정해요, 아무 일 없을 거예요."

"당신이 기장이에요?"

"손 줘봐요."

"싫어요, 땀으로 젖어서."

미아는 폴의 손목을 잡았다.

"저녁 식사로 뭐 준비했었는데요?"

"그거 알려고 이렇게 달려올 수도 있는 사람이군요, 당신은."

"내가 왜 안 갔는지 안 물어볼 거예요?"

"네. 근데 이거 무슨 소리죠?"

"제트엔진 소리예요."

"이렇게 소리가 나는 게 정상이에요?"

"이륙하려면 소리가 나죠."

"이렇게 소리가 크게 나게 만들었다고요?"

"필요한 만큼의 소리는 나야겠죠."

"쿵쿵거리는 소리가 들리는데 이건 뭐죠?"

"당신 심장 소리."

*

    비행기가 공중으로 올라갔다. 이륙 후 얼마 되지 않아 난기류에 기체가 흔들렸다. 폴은 이를 악물었고, 이마에서 땀이 줄줄 흘렀다.

    "두려워할 이유, 전혀 없어요." 미아가 안심시켰다.

    "두려워하는 데 이유 같은 건 없어요." 폴이 대꾸했다.

    폴은 공항으로 배웅 나온 크리스토넬리가 선물로 건네준 것을 피우지 않은 게 후회되었다. 크리스토넬리 말에 따르면 코담배는 몇 시간 동안 불안을 진정시켜주는 성분이 있다고 했는데. 폴은 두통이 일어나도 출혈이 걱정돼서 아스피린조차 먹기를 꺼릴 정도로 심기증*이 심했다. 가뜩이나 불안해 죽을 지경인데 불안한 요소를 하나 더 추가하고 싶지 않았던 건데.

    비행기는 순항 고도에 도달했고, 승무원이 돌아다니기 시작했다.

    "저 사람들이 안전벨트를 풀었다는 건 좋은 신호네! 괜찮으니까 일어난 거겠죠?"

    "이륙하면서부터 순조로웠고, 착륙할 때까지 아무 일 없을 거예요. 하지만 당신이 열한 시간 동안 계속 팔걸이에 매달려 있으면 도착했을 때 수술 기구를 사용해서 당신을 떼어내야 할까 봐, 난 그게 걱정이네요."

---

*   자기 건강에 대해 필요 이상으로 염려하고, 기능의 이상을 병적으로 의심하는 증상.

폴은 자신의 하얘진 손을 살펴보면서 손가락을 풀었다.

승무원이 음료수를 권했을 때 뜻밖에도 폴은 물을 부탁했다.

"높은 고도와 술은 궁합이 안 맞는다고 해서."

미아는 진을 더블로 부탁했다.

"영국인들에게는 아닌 모양이군요." 폴은 진을 단숨에 비우는 미아를 쳐다보면서 말했다.

미아는 눈을 감고 심호흡을 했다. 폴은 말없이 그녀를 지켜보고 있었다.

"우리 말하지 않기로 한 것 같은데." 미아가 여전히 눈을 감은 채 말했다.

폴은 다시 잡지를 읽었다.

"지난 이틀 밤, 작업을 많이 했어요. 내 성악가에겐 여러 일이 있었죠. 전 애인이 오랜 공백 끝에 다시 나타났고, 그녀는 잠적했죠. 이제는 이게 의미가 있는지 아닌지 아는 일만 남았어요." 폴은 잡지를 건성으로 넘기면서 말을 이었다. "하지만 알고 싶지 않아요, 나와는 상관없는 일이니까. 그냥 물어보고 싶었어요. 이제 됐으니까 다른 얘기합시다."

"그런 생각은 어디서 영감을 얻어 생겨난 거예요?"

"나 소설가잖아요. 내가 무슨 생각인들 못하겠어요."

폴은 잡지를 덮었다.

"그녀의 불행한 모습을 보는 게 우울해요. 이유는 모르겠는데 내 마음이 그래요."

승무원이 와서 식사를 권하는 바람에 두 사람의 대화는 거기서 멈췄다. 폴은 식사를 거절하면서 옆자리 여자도 배고프지 않다고 말했다. 미아는 반박하려고 했지만 승무원은 이미 다음 열로 가고 있었다.

"왜 나까지? 난 배고파 죽을 지경인데." 미아가 원망했다.

"아, 나도 배고파 죽겠어요. 기내 음식은 우리 먹으라고 만든 것이 아니라서. 그래서 말인데 기분 전환을 위해 도시락 안에 들어 있는 음식 알아맞히기 게임이나 합시다."

폴은 안전벨트를 풀고 일어나 수하물함에서 자기 가방을 꺼냈다. 이내 좌석으로 돌아와서는 가방에서 작은 밀폐 용기 열 개를 꺼내 미아의 식탁에 올려놨다.

"이게 뭐예요?" 미아가 물었다.

"내가 뭘 준비해놨었는지 알고 싶다면서요?"

미아는 뚜껑을 열었다. 훈제 연어 샌드위치 네 조각, 채소를 곁들인 테린 두 개, 푸아그라 두 개, 검정 송로를 넣은 감자 샐러드 두 개, 마지막 용기에는 커피 에클레르 두 개가 들어 있었다. 미아는 놀란 얼굴로 폴을 쳐다봤다.

"맞아요. 가방을 싸면서 생각했죠. 먹고 죽은 귀신은 때깔도 곱다는데."

"항상 이렇게 이 인분을 먹어요?"

"내 옆 사람이 자살할 것 같은 눈으로 자기 기내식을 보고 있으면 내가 맛있게 먹을 수가 없으니까. 내 즐거움이 날아가버리는데."

"정말 별걸 다 생각하는군요."

"중요한 것만."

"당신 번역가는 공항에 나와요?"

"그러길 바라야죠." 폴이 대답했다. "왜요?"

"그냥. 혹시 모르니까…… 내가 출판사에서 파견한 당신의 동반자라고 알려야 할 것 같아서."

"아뇨, 그냥 친구 사이라고 말하면 돼요."

"좋을 대로 해요."

"우리는 친구니까. 근데 레스토랑에 있어야 할 사람이 왜 이 비행기를 탔는지 이제 설명해줘야죠."

"이 푸아그라, 진짜 맛있네요. 어디서 샀어요?"

"그렇게 빠져나가지 말고."

"멀리 떠나고 싶었어요."

"무엇으로부터?"

"나로부터."

"그가 돌아왔어요?"

"잠수하고 있었는데 이내 공기가 부족해졌어요." 미아가 대답했다.

"당신이 여기 있어서 기뻐요."

"진짜?"

"아니, 예의상 한 말이죠."

"나도 여기 있어서 기뻐요. 서울에 가볼 꿈을 꾸면서부터."

"진짜?"

"아니, 예의상 한 말이죠."

식사가 끝나자 폴은 밀폐 용기들을 정리해서 가방에 넣고 일어났다.

"어디 가요?"

"설거지하러."

"농담이죠?"

"진담인데. 이것들을 버리지 않을 거거든요. 돌아갈 때 필요해서."

"한국에서 살 생각 아니었어요?"

"두고 봐야 알겠죠."

둘은 영화 프로그램을 살펴봤다. 미아는 로맨틱 코미디를, 폴은 스릴러를 골랐다. 십 분 후, 폴은 미아의 화면에 나오는 영화를, 미아는 폴의 화면에 나오는 영화를 보고 있었다. 둘은 서로 쳐다보다 이어폰을 교환했고, 결국 자리를 바꿔 앉았다.

*

마침내 폴이 잠들었고, 미아는 비행기가 하강하는 동안 일부러 폴을 깨우지 않았다. 비행기 바퀴가 지상에 닿았을 때 폴이 눈을 떴다. 기장이 제트엔진 추진력을 역순으로 바꾸는 사이 폴은 몹시 긴장했고, 몸이 뻣뻣해졌다. 미아가 안심시켰고, 악몽은 끝났다. 얼마 후 두 사람은 비행기에서 내렸다.

*

입국 심사대를 통과한 뒤 폴은 수하물 벨트컨베이어에서 가방을 찾아 카트에 실었다.

"당신 가방은 아직 안 나왔어요?" 폴이 걱정되는 얼굴로 물었다.

"난 이게 다예요." 미아는 어깨에 멘 백팩을 보여주면서 대답했다.

폴은 꼬치꼬치 묻지 않았다. 그는 자동문을 응시하면서 문을 넘어서는 순간에 어떻게 행동할지 궁리했다.

서른 명쯤 되는 독자들이 플래카드를 펼쳐들고 있었다. '환영합니다, 폴 바턴!'

미아는 얼른 검은색 선글라스를 썼다.

"들러리들까지 동원하다니 이들의 환영 방식, 알아줘야겠네요." 폴은 미아에게 속삭이면서 수많은 얼굴 사이로 경을 찾았다.

폴이 어깨 너머를 힐끔 쳐다봤을 때 미아는 사라지고 없었다. 자동 개폐문을 넘어 승객들이 나오길 기다리는 군중 속에 섞여드는 미아가 얼핏 보였다.

수첩과 펜을 손에 든 무리가 폴을 향해 몰려와 사인을 청했다. 폴은 처음에는 어색해서 머뭇거렸지만 한국 편집자가 와서 그 무리를 해산시킬 때까지 기꺼이 사인을 해주었다. 편집자가 악수를 청했다.

"서울에 오신 것을 환영합니다, 바턴 작가님. 이렇게 만나 뵙게 되어 영광입니다."

"저야말로 영광입니다." 폴은 여전히 군중을 살펴보면서 대꾸했다. "이럴 필요는 없었는데요."

"무슨 말씀인지요?" 편집자가 물었다.

"이 사람들……."

"제지하려고 애를 썼지만 워낙 작가님 인기가 엄청나고, 다들 기대를 많이 하고 있거든요. 독자들은 세 시간 넘게 작가님을 기다렸습니다."

"왜요?"

"당연히 작가님을 만나기 위해서죠." 편집자가 설명했다. "가시죠, 묵으실 호텔까지 차로 모시겠습니다. 긴 여행에 피곤하실 텐데."

미아는 터미널 밖까지 그들을 따라갔다.

"일행이신가요?" 편집자가 물었다.

미아는 자기소개를 했다.

"저는 바턴 씨의 어시스턴트 미스 그린버그입니다."

"반갑습니다, 미스 그린버그." 편집자가 말했다. "크리스토넬리 씨께서 어시스턴트가 동행한다는 정보는 주지 않았거든요."

"저에 대해서는 바턴 씨 사무실에서 직접 진행한 일이라서……."

폴은 잠자코 있었다. 편집자는 세단 앞자리에, 미아와 폴은 뒷자리에 앉았다. 폴은 보도 쪽으로 마지막 눈길을 던졌다.

폴은 멍한 시선으로 차창 밖 서울의 외곽 풍경을 응시하고 있었다.

"오늘 저녁, 협력자들과 저녁 식사를 할 예정입니다." 편집자가 말했다. "우리 출판사의 마케팅 부장, 작가님의 홍보를 담당하는 미스 박, 작가님이 사인회를 하게 될 서점의 점장 등이 함께할 겁니다. 걱정 마십시오, 오래 걸리지 않을 겁니다. 작가님께서는 휴식이 필요한 테니까요. 머무시는 동안 스케줄이 빡빡하게 짜여 있어요. 이게 작가님의 일정표입니다." 편집자가 설명하면서 봉투 하나를 미아에게 내밀었다. "미스 그린버그, 바턴 작가님과 같은 호텔에 묵으십니까?"

"물론이죠." 미아가 폴을 쳐다보면서 대답했다.

폴은 그 대화에 관심이 없었다. 경이 공항에 나오지 않았다. 폴은 고용주가 있는 자리가 부담스럽기 때문이었을 거라고 생각했다.

미아가 폴의 무릎을 톡톡 쳤다.

"폴." 미아가 끼어들었다. "장시간 비행기를 탔는데 괜찮았느냐고 묻잖아요."

"그렇겠죠. 살아 있는 걸 보면."

"저희는 작가님께서 내일 출연하실 텔레비전 방송을 아주 중요하게 생각하고 있습니다. 또 하나의 중요한 이벤트로, 작가님을 축하하기 위해 미국 대사께서 주최하는 리셉션이 월요일에 있습니다. 서울에 있는 대학교의 저명한 교수들과 기자 몇 명이 그 자리에 참석합니다. 작가님의 어시스턴트도 동행한다고 대사의 비서실에 연락하겠습니다."

"아니, 그러지 마세요." 미아가 말했다. "나는 동석하지 않고 바턴 씨 혼자 가도 되니까요."

"그러시면 안 됩니다, 우리와 함께해주시면 기쁠 겁니다. 그렇지 않습니까, 바턴 작가님?"

폴은 차창에 얼굴을 댄 채 대답하지 않았다. 경은 저녁 식사 자리에 어떤 모습으로 올까? 고용주 앞에서 그녀가 불편하지 않게 하려면 어떤 태도를 취해야 할까?

미아는 슬그머니 폴을 팔꿈치로 쳤다.

"네?" 폴이 반응했다.

작가가 피로에 지쳐 있다고 여긴 편집자는 호텔까지 가는 동안 침묵을 지켰다.

세단이 호텔 정문 앞에 멈춰 섰다. 젊은 여자가 다가와서 그들을 맞았다.

"미스 박이 여러 가지 수속을 도와드리고, 오늘 저녁에 만날 레스토랑으로 안내해드릴 겁니다. 저는 도서전 준비로 아직 할 일이 많아서 여기서 인사드리겠습니다. 푹 쉬시고, 이따 뵙겠습니다."

편집자는 차에 다시 올랐고 멀어져갔다.

박은 폴과 미아에게 여권을 달라고 하고 프런트까지 안내했다. 벨맨이 폴의 가방을 들었다.

프런트 직원은 폴을 보고 얼굴이 빨개졌다.

"영광입니다, 미스터 바턴. 작가님의 책은 다 읽었습니다." 프런트 직원이 속삭였다.

"고맙습니다." 폴이 대답했다.

"미스 그린버그, 고객님은 예약되어 있지 않습니다." 직원이 난처한 얼굴로 말했다. "확인해보셨습니까?"

"아뇨, 안 했는데요." 미아가 대답했다.

컴퓨터를 다시 조회하던 직원은 박이 바턴 작가님은 장거리 비행으로 많이 피곤한 상태라 빨리 쉬게 해드려야 한다고 주지시키자 더욱 난감한 얼굴을 했다.

폴은 정신을 차리고 데스크 쪽으로 몸을 숙였다.

"무슨 착오가 있나 보네요. 흔히 일어나는 일이죠. 다른 방을 하나 주세요."

"미스터 바턴, 빈 방이 없습니다. 다른 호텔을 알아봐드릴 수는 있지만 애석하게도 서울 도서전 때문에 주변의 다른 호텔도 사정은 마찬가지일 겁니다."

미아는 딴 데를 쳐다보고 있었다.

"그렇다면 됐습니다." 폴이 유쾌한 어조로 말했다. "미스 그린버그와 나는 몇 년 전부터 함께 일하고 있으니까 트윈 룸이면 됩니다."

"트윈 룸이 없습니다. 스위트룸으로 예약해드렸는데 침대는 하나지만 아주 널찍합니다. 킹사이즈라서……."

박은 기절하기 직전이었다. 폴이 그녀를 옆으로 끌어당겼다.

"비행기 타본 적 있습니까, 미스 박?"

"아뇨, 한 번도. 작가님, 왜 그러십니까?"

"나는 고도 만 미터 상공을 날아가는 밀폐된 곳에서 열한 시간을 보내고 내려왔으니까요. 비행기라는 게 격벽과 원창으로 구름과 격리된 공간이잖아요. 하지만 여기 지상에서 나는 불안할 게 전혀 없죠. 그래서 스위트룸을 같이 쓸 건데 출판사 대표에게는 아무 말도 하지 마세요. 다른 어느 누구에게도. 당신은 이 직원이 미스 그린버그의 존재를 잊게 신경 써주세요. 이 일은 비밀에 부치는 겁니다, 우리."

박은 침을 삼켰고, 얼굴에 혈색이 돌아오는 것 같았다.

"키는 두 개 주세요." 폴이 직원에게 돌아와서 말했다. "갈까요, 미스 그린버그?" 폴이 미아를 돌아보며 비아냥거리는 투로 지시했다.

둘은 엘리베이터에서도, 객실로 이르는 복도에서도 아무 말 하지 않았다. 벨 맨이 폴의 가방을 내려놓고 나갈 때까지.

"미안해요." 미아가 말했다. "이런 일은 생각도 안 했어요, 단 일 초도……"

폴은 소파베드에 길게 누웠다. 다리가 팔걸이 밖으로 걸쳐졌다.

"이건 안 되겠는데." 폴이 도로 일어나 앉으면서 중얼거렸다.

폴은 바닥 카펫에 방석을 놓고 누웠다.

"이것도 아닌데." 폴이 등 아랫부분을 문지르면서 말했다.

그러고는 옷장을 열더니 까치발을 해 베개 두 개를 꺼내고는 길게 늘어놓는 것으로 침대를 둘로 나눴다.

"왼쪽, 오른쪽?" 폴이 물었다.

"설마 서울 시내에 싱글베드가 있고 아침 식사가 나오는 빈 방 하나 없겠어요?" 미아가 받아쳤다.

"물론 있겠죠. 그럼 나가서 한국어로 알아보든가요? 그러니까 몇 가지 규칙을 정하자는 거예요. 아침에는 당신이 먼저, 저녁에는 내가 먼저 욕실을 쓰는 걸로. 그리고 텔레비전 방송 프로그램을 선택하는 문제는 당신에게 리모컨을 맡기죠. 단, 스포츠는 안 되고. 당신은 자기 전에 귀마개를 해요. 내가 코를 골지는 않지만 혹시 모르는데 체면 구기면 안 되니까. 혹시 내가 자면서 뭐라고 주절거리더라도 난 기억도 못 하니까 신경 쓰지 말고요. 이런 조건이 지켜진다면 우리는 이 상황에 적응할 수 있을 거예요. 스트레스 요인은 많지만 더는 덧붙이지 않을게요. 그리고 무슨 생각으로 내 어시스턴트라고 말한 거예요? 내가 어시스턴트 필요한 얼굴이던가요?"

"어시스턴트 필요한 얼굴이 따로 있는지는 미처 몰랐네요."

"당신은 이미 그런 적이 있었는데? 아닌가? 그럼 됐고! 당신 백팩 안에 칫솔은 있겠죠? 그건 같이 쓸 수 없으니까. 치약은 괜찮지만 칫솔은 안 돼요." 폴은 침실을 왔다 갔다 걸어 다녔다.

"그렇게 예민하게 굴지 마요. 저녁 식사 자리에서 그녀를 볼 텐데."

"열다섯 명이나 되는 사람들 앞에서! 이 여행은 시작부터 조짐이 아주 좋네요. 크리스토넬리 말마따나 쇼킹할 일이네."

"고마워요." 미아가 침대에 길게 누우면서 대꾸했다.

"뭐가?"

"당신의 애인…… . 많은 생각을 하게 만드네요."

미아가 두 손을 목덜미 밑으로 넣고 천장을 응시했다. 폴은 그녀를 관찰했다.

"왼쪽에서 자기로 결정한 거예요?"

미아는 방석을 넘어와서 침대 오른쪽 부분에서 몇 번을 펄쩍펄쩍 뛰어보고는 왼쪽으로 돌아갔다.

"왼쪽이 낫네요."

"그래가지고 침대 부서지겠나."

"그게 아니라 기뻐서 뛴 건데. 오후니까 욕실 쓰는 건 제비뽑기로 정하나요?"

폴은 그녀가 욕실을 써도 된다는 뜻으로 어깨를 으쓱했다. 미아가 욕실에 들어간 사이 폴은 짐을 풀었다. 옷장을 열고 옷가지를 정돈하면서 차곡차곡 갠 셔츠 밑으로 팬티와 양말을 감추었다.

미아는 삼십 분 후 수건으로 머리를 싸매고 목욕 가운 차림으로 나타났다.

"욕조의 타일 수를 세보셨나?" 폴이 이죽거렸다.

폴이 욕실로 들어가려는데 미아가 말하는 소리가 들렸다.

"열한 시 호텔 출발, 정오에 도서전 개회식, 한 시에 사인회, 두 시 십오 분에서 삼십 분까지 점심, 두 시 반부터 다섯 시까지 사인회, 여섯 시 반에 텔레비전 방송국으로 출발, 일곱 시에 메이크업, 일곱 시

반에 스튜디오 플로어 도착, 아홉 시에 방송 끝, 저녁 식사, 그리고 끝……." 나도 영화 프로모션 촬영할 때 스케줄에 대해 불평깨나 하는데, 이건 뭐 엄청 빡세네.

"뭐라는 거예요?" 폴이 소리쳤다.

"훌륭한 어시스턴트로서 내일 당신 스케줄을 읽어주고 있잖아요."

폴이 수건을 허리에 두른 채 욕실에서 튀어나왔다.

미아가 깔깔대고 웃었다.

"뭐가 그렇게 웃긴다고!"

"당신, 인도 승려 같아요."

"점심 먹는데 십오 분? 이 사람들이 나를 뭐로 보고?"

"저명인사로 보죠. 공항에서의 환영 인사는 인상적이었어요. 프런트 직원은 말할 것도 없고. 당신이 아주 자랑스러워요."

"공항에서 나를 기다리는 사람이 프랑스 서점에서 사인회할 때보다 더 많았어요. 돈 받고 동원된 사람들이 틀림없어요."

"그렇게 겸손해하지 않아도 돼요. 그리고 부탁인데 옷 입으시죠, 허리에 타월 두른 차림은 당신에게 유리하지 않은데."

폴은 드레스룸 문을 열고 거울을 봤다.

"동의하지 않아요, 아주 잘 어울리는데. 이 차림으로 방송에 나가버릴까 보다. 어떻게 되나 보게. 겁나서 죽겠는데."

미아는 폴에게 다가가서 옷장 안을 훑어보다 회색 바지, 검은색 재킷을 꺼냈고 선반에서 흰색 셔츠를 집었다.

"자요." 미아가 옷을 폴에게 내밀면서 말했다. "이렇게 입으면 잘 어울릴 거예요."

"파란색 셔츠가 더 낫지 않아요?"

"당신 얼굴색에 파란색은 아니죠. 그 셔츠는 당신 얼굴을 더 창백해 보이게 해요. 하루 이틀 쉬고 나면 파란색 셔츠도 잘 어울리겠지만."

미아는 자기 백팩을 열고 옷가지가 구겨져 있는 걸 확인했다.

"나는 여기 있다가 저녁은 방에서 먹어야겠네." 미아는 한숨을 내쉬었다.

"저녁 식사 전까지 시간이 얼마나 남았죠, 미스 그린버그?" 폴이 거드름 피우는 어조로 물었다.

"두 시간입니다, 미스터 바턴. 시작하기 전이니까 나 해고해도 돼요. 싫으면 이 게임, 굳이 안 해도."

"옷 입어요."

"어디 가는데요?"

"서울 관광하러. 빌어먹을 저녁 식사 때까지 잠들지 않으려면 이 방법밖에 없다는 생각이 들어서요."

둘은 로비로 내려갔다. 엘리베이터에서 나오는 그들을 보고 박이 뛰어와서 차렷 자세를 취했다.

폴이 박의 귀에 대고 계획을 설명했다. 박은 정중히 인사하면서 길을 안내했다.

미아는 관광객의 눈을 사로잡을 만한 게 하나도 없는 대로를 걸어가는 것에 놀랐고, 박이 쇼핑센터로 들어갔을 때는 또 한 번 놀랐다. 폴은 얌전히 박을 따라 에스컬레이터를 탔다.

"지금 뭐하는 건지 알아도 될까요?" 미아가 물었다.

"아뇨." 폴이 대답했다.

사 층에서 박이 한 쇼윈도를 가리켰다. 박은 부티크 입구에 서서 필요하면 자기를 부르라고 폴에게 말했다. 폴이 과감하게 부티크로 들어가자 미아가 따라갔다.

"경에게 옷 선물하는 거 세심하게 신경 써주는 것이긴 한데, 파리에서 사가지고 왔으면 분명히 더 좋아했을 텐데."

"알죠, 내가 그 생각을 못 했네!"

"그 실수를 바로잡아보죠. 키나 몸 사이즈 알아요?"

"당신과 거의 비슷한 것 같은데."

"아, 그래요?" **나보다 키는 더 작고 약간 통통할 거라고 생각했는데.**

미아는 옷들을 쭉 둘러보다 한 진열대 앞으로 갔다.

"이 스커트 아주 예쁘네. 이 바지도. 이 블라우스는 세련됐고, 이거 괜찮네. 이 스웨터들 셋 다 완벽하고. 와, 이 이브닝드레스 완전 끝내주는데."

미아가 옷 고르는 속도에 놀란 폴이 물었다.

"전생에 의상 코디네이터였어요?"

"아뇨." 미아가 대답했다. "내가 옷에 대한 센스가 좀 있죠."

폴은 미아가 고른 옷가지를 재빨리 집어 들고 피팅룸 쪽으로 갔다.

"귀찮지 않다면……." 폴이 피팅룸 문을 열면서 말했다.

"귀찮다고 하면 좋은 어시스턴트가 아니겠죠!" 미아는 옷가지를 받아들면서 내뱉었다.

그녀는 피팅룸으로 들어갔다가 얼마 후 잘 맞춰 입은 앙상블 차림으로 나왔다. 어색한 미소를 띠고 빙 돌아주기까지 하며 마네킹 놀이를 했다.

"완벽해요." 폴이 말했다. "다른 것도 입어봐요."

미아는 마지못해 받아들였다.

미아는 당황하는 폴의 얼굴을 쓱 쳐다보고는 돌아서서 피팅룸으로 들어갔다가 스웨터를 입고 다시 나타났다. 폴이 또다시 마음에 쏙 드는 검은색 드레스를 들고 와서 건네주었다.

"너무 꼭 끼는 거 아닌가?"

"일단 입어봐요, 보면 알겠지."

"와, 멋진데요." 미아가 피팅룸을 나오면서 말했다.

"알아요, 내가 센스가 좀 있죠."

폴이 고른 이브닝드레스는 완벽했다. 미아가 다시 옷을 갈아입는 동안 폴은 계산을 하고 나서 부티크 입구에 서 있는 박에게 갔다. 피팅룸을 나온 미아는 멀찍이서 둘을 지켜봤다.

공항에 나온 팬들을 보고 나더니 자기가 뭐나 된 줄 착각하나 본데. 아, 저 남자, 아무것도 모르면서 누구 앞에서 스타 행세하는 거야! 미아가 중얼거리면서 그들에게 합류했다.

"호텔로 돌아갈까요?"

"고맙다고 말하면 어디가 덧나요?"

"고마워요." 폴이 에스컬레이터를 타면서 말했다.

"드레스로 당신의 번역가를 유혹하려고요?" 미아가 내뱉었다.

"그리고 또 있죠. 스커트 하나, 스웨터 셋, 바지 둘, 블라우스 둘."

"미니어처 에펠탑 한 개면 충분했을 텐데. 이걸로 파리를 떠나는 마지막 순간까지도 당신이 그녀를 생각하지 않았다는 증거가 되어 버렸네."

그들은 잠자코 호텔로 돌아왔다. 폴은 침대 오른쪽에 길게 누워서 두 손으로 목덜미를 받쳤다.

"당신, 구두!" 미아가 기겁했다.

"이불에 스치지도 않는데."

"그래도 벗어요."

"그들이 몇 시에 데리러 오죠?"

"일어나서 로드맵을 확인하면 되잖아요."

"당신이 그런 용어를 사용하니까 재미있네요. 로드맵은 무슨, 홍보 스케줄이지."

"웨이트리스 주제에 의외였나 봐요."

"예민해 있는 사람은 나예요, 당신이 아니라."

"나, 나! 나는 그림자인가요? 여기 도착한 뒤로는 당신밖에 없죠. 그럼 계속 그렇게 혼자 예민하게 굴다가 저녁 식사 자리에도 혼자 가요. 어쨌든 나는 입고 나갈 옷도 없으니까."

"너무 많아서 선택하기 힘들 텐데. 이 옷들 다 당신 거예요. 진짜로 내가 이런 선물 세례로 경을 유혹할 거라고 생각했어요? 저속하게! 나를 누구랑 착각하는 거예요?"

"다비드……. 고맙지만 그건 말도 안 돼요, 그럴 이유도 전혀 없고……."

"아니, 당신 방금 이름 말했는데. 당신의 짐은 파리에 있잖아요. 여기 머무는 동안 내내 같은 옷만 입을 것도 아니면서."

"내일 나가서 살 거예요."

"그 비싼 비행기 티켓을 산 것으로도 이미 미친 짓을 했어요. 이번에는 내가 당신을 도와줄 차례예요. 당신은 내 손, 축축한 손을 잡아줬고, 차 안에서도 입 다물 줄 모르는 편집자를 나를 대신해 상대해줬어요. 그것에 비하면 옷 몇 벌쯤이야 아무것도 아니죠. 당신이 여기 없었다면 세상 끝에 있는 이 도시, 이 썰렁한 호텔, 이 썰렁한 스위트룸에서 나는 한낱 빵 부스러기만도 못한 존재로 처박혀 있었을 텐데. 그러니까 내 성의를 봐서 그 옷들은 옷장에 걸어둡시다. 그리고 검은색 드레스는 대사관 파티를 위해 남겨두라고 제안할게요."

"옷값은 주고 싶은데……. 돈을 너무 많이 썼어요."

"내가 아니라 크리스토넬리의 돈이에요. 이 여행을 받아들이기에 앞서 천문학적인 선인세를 우려냈거든요."

미아는 쇼핑백 하나를 들고 욕실로 들어갔다.

"나머지는 당신이 정리해줘요. 나는 준비해야 하니까."

삼십 분 후 미아가 나왔을 때 폴은 부티크에서 입어봤을 때보다 훨씬 아름답다고 생각했다. 화장도 거의 하지 않았는데.

"어때요?" 미아가 물었다.

눈이 부시네……! "……나쁘지 않아요, 잘 어울려요."

"스커트 너무 짧지 않아요?" ……뭐, '나쁘지 않아'?

정말 우아하군. "아니, 스커트 길이는 딱 좋아요."

이런 스위트룸에서 나랑 지낼 수만 있다면 지옥에라도 가겠다고 할 남자가 얼마나 많은지 알아? 근데 뭐, 그냥 '나쁘지 않아'? "이 블라우스, 가슴 부분이 너무 많이 드러나는 것 같은데."

일 센티미터만 더 파였더라면 레스토랑에서 폭동이 일어날걸……. "아니, 딱 됐어요. 솔직히 말하는데 당신에게 아주 잘 어울려요."

당신의 번역가가 나를 보고 어떤 얼굴을 할지 기대되네. 그때도 당신이 '나쁘지 않아'라고 말할지, 어디 두고 보자고. "당신이 그렇다니까 믿을게요."

폴, 너 왜 이래? 유치하게.

"뭐라고 했죠?"

"아니, 아무 말도."

폴은 엄지손가락을 치켜세우고 나서 옷 갈아입으러 갔다.

*

폴은 레스토랑으로 들어가면서 심장이 두방망이질치는 걸 느꼈다.
호텔을 나서기 전 미아는 이런저런 상황에서 해야 할 행동에 대해 몇
가지 조언을 해주었다. 고용주 앞에서 경의 기분을 상하게 할 수 있
는 행동은 일체 하지 말고 적당한 때를 기다렸다가 알은체 할 것. 나
란히 앉게 될 경우 그녀의 손을 만질 수 없는 상황이면 무릎을 스쳐
주는 것만으로도 그녀를 안심시키기에 충분하니까. 그리고 의심을
살까 봐 경에게 가까이 갈 수 없으면 자기에게 쪽지를 달라고, 그러
면 식사가 끝났을 때 경에게 전해주겠다고 했다.

참석자들이 모두 테이블을 중심으로 둘러앉았을 때 폴과 미아는
시선을 주고받았다. 경은 초대되지 않았다.

폴은 축하를 받았고 축배가 이어졌다. 한국 출판사 마케팅 부장은
학생들을 위한 총서에 폴의 작품들을 넣을 계획을 세우고 있었다. 그
는 폴이 민감할 수 있는 문제를 다룬 이유에 대해 설명하는 서문을
덧붙여주길 바라고 있었다. 폴은 이 사람이 나를 바보 취급하는 건가
하고 의문이 들었지만, 완벽하지 않은 영어 구사력의 문제일 수도 있
다고 생각하고 대답 없이 그냥 넘어갔다. 홍보부장은 폴의 신간 표지
를 보여주며 빨간색으로 '500,000부 판매'라고 인쇄된 띠지를 가리
켰다. 편집자는 한국에서 외국 작가의 소설이 오십만 부나 나가는 건

독보적인 일이라고 덧붙였다. 서점 점장도 하루도 빠짐없이 폴의 소설을 찾는 주문이 쇄도하고 있다며 맞장구를 쳐주었다. 박은 차례를 기다리고 있다가 폴이 하게 될 인터뷰 목록을 열거했다. 텔레비전 뉴스에 독점 출연하는 것까지 협의되었지만 그건 안 하기로 했고, 「조선일보」, 한국어판 『엘르』, KBS 라디오 방송 한 시간, 『무비위크』 기자와의 대담, 보수적이지 않은 입장에서 정부의 대북 개방 정책을 지지하는 유일한 일간지로 이름난 「한겨레신문」과의 인터뷰가 예정되어 있었다. 폴이 「한겨레신문」에서 자신과 인터뷰하려는 이유를 물었을 때 참석자들은 웃음을 터뜨렸다. 폴은 웃을 기분이 아니었고, 그의 멍한 표정은 옆 사람들의 쾌활한 모습과 대조를 이뤘다. 미아가 구원투수로 나섰다. 그녀는 서울에 대해 몇 가지 질문을 했다. 계절에 따른 날씨, 추천해주고 싶은 관광지에 대해 물었고, 자연스럽게 편집자와 한국 영화에 관한 대화로 이어갔다. 미아는 영화에 대한 해박한 지식이 인상적이었다고 말하면서, 내친 김에 편집자의 귀에 대고 바턴 씨가 몹시 지쳐 있으니 빨리 끝내는 게 좋겠다고 넌지시 말했다.

호텔로 돌아온 폴은 곧장 침대에 누우러 갔다. 그는 침대를 갈라놓은 베개들을 정돈한 다음, 미아가 욕실에서 나오기 전에 머리맡 램프를 껐다.
미아는 이불 속으로 기어들어갔고 잠시 기다렸다가 말했다.

"자요?"

"아뇨, 당신이 자기 전에 던질 질문을 기다리고 있었어요."

"그녀는 내일 전화할 거예요, 확신해요."

"당신이 그걸 어떻게 확신해요? 경은 호텔에 메시지도 남겨놓지 않았는데."

"정신 못 차릴 정도로 일이 많다고 메일로 알렸다면서요? 당신도 다른 건 아무것도 할 수 없을 정도로 작업에 붙잡혀 있을 때가 있잖아요."

폴은 일어나 앉아 베개 너머로 머리를 들이밀었다.

"쪽지 하나 바라는 건데 그게 그렇게 지나친 요구예요? 뭐, 문화부 장관으로 취임이라도 했대요? 그리고 당신이 왜 그녀의 변명을 해주는 건데요?"

"당신이 불행해 보이는 게 짠해서요. 이유는 모르겠는데 내 마음이 그래요." 미아도 일어나 앉으면서 대답했다.

"당신한텐 대단한 재주가 있어요, 내 말에 찔려 뜨끔하게 만드는."

"입 다물어요."

침묵 속에서 둘의 얼굴이 가까워졌고 아주 긴 키스로 이어졌다.

*

"내가 불쌍해서 키스해준 건 아니죠?" 폴이 물었다.

303

"키스한 직후에 따귀 맞아본 적 있어요?"

"아뇨, 아직."

미아는 입을 맞추면서 잘 자라고 말했다. 그러고는 베개들을 정돈하고 머리맡 램프를 껐다.

"이거 의미 있는 거, 없는 거?" 폴이 어둠 속에서 물었다.

"그만 자요!" 미아가 대답했다.

16

완벽한 어시스턴트 놀이에 푹 빠진 미아는 폴에게 말을 건넬 때마다 철저하게 '미스터 바턴'이라고 불렀다. 그때마다 폴은 섹시한 눈빛을 보냈다.

도서전 개회식이 진행되는 동안 연신 터지는 플래시 때문에 미아는 멀찍이 물러서 있었다.

개회식에서의 헌사 낭독은 폴의 인생에 한 획을 긋는 일이었다.

서점 출입문 너머에 팬 삼백여 명이 줄을 서 있었다. 미아는 자신의 직업과 크레스턴을 생각했다. 그에게는 오래전에 연락을 해줬어야 했는데. 어디 있는지 밝히지 않으려면 뭐라고 둘러댈지 궁리했다.

바로 옆, 폴은 테이블 앞에 앉아서 독자들이 불러주는 이름을 알아듣지 못해 철자를 쓰는 데 애를 먹으면서도 미소 지으며 인사하고 있었다. 서점 점장이 몸을 숙이고 폴의 귀에 대고 미안하다고 말했다. 폴의 번역가가 몸이 편치 않아서 오지 못한 것에 대해 유감스럽다면서.

"경이 아픕니까?" 폴이 속삭였다.

"아뇨, 작가님의 번역가가 아픕니다."

"내가 방금 한 말이 그 말인데요."

"작가님의 번역가 이름은 은정입니다."

별안간 소동이 일어나 그들의 대화가 중단되었다. 경비가 팬 몇 명을 강제로 내보내고 나서 단상 앞으로 줄을 다시 서라고 외쳤다.

'바턴 씨는 숨 돌릴 시간이 필요하다'는 미아의 요청으로 점심시간이 연장되었다. 폴은 호위를 받으며 그를 위해 아무도 들어오지 못하도록 서점에서 마련해준 카페테리아로 들어갔다. 폴은 서점을 눈으로 훑어보면서 여유를 가지려 해봤지만 소용없었다.

"표정이 왜 그래요?" 미아가 물었다.

"이렇게 사람들이 많은 데 있는 것에 익숙하지 않아요. 공포가 밀려오고 완전 초죽음이에요."

"여긴 사람들이 들어오지 않을 거예요. 음식을 입에 대지도 않았잖아요. 어서 먹어요, 두 번째 스케줄을 소화하려면 힘이 있어야 하니까. 당신에게 경이로운 일이 일어난 거예요. 독자들이 당신을 만나는 걸 얼마나 행복해하고 있는데, 놀랍고도 벅찬 감동이 밀려오지 않아요? 피곤하다는 거 알아요. 하지만 힘을 내고 좀 더 미소를 지으려고 노력해봐요. 대중의 사랑을 받으면 그만한 보상은 해야죠. 이게 당신의 일, 우리의 존재, 우리가 타인에게 주는 모든 것에 대해 얼마나 의미 있는 일인데. 사람들과 나누는 이 기쁨보다 더 큰 행복이 있을까요?"

"사인회를 많이 해본 모양이네요?"

"내 말은 그런 뜻이 아닌데."

"아무튼 나는 이런 걸 경험해본 적이 없어요."

"익숙해져야 해요."

"그럴 생각 없어요. 내 취향도 아니고. 난 외국에서 이렇게 살려고 캘리포니아를 떠난 게 아니에요. 이게 즐겁지 않다는 건 아니에요. 감동받았지만 난 스타 기질이 없어요."

"스타 기질이 따로 있나요. 곧 몸에 밸 거고 당신도 즐기게 될 거예요. 내 말 믿어요."

"나는 그 반대라고 확신하는데요." 폴이 뿌루퉁한 어조로 대꾸했다.

"여전히 소식 없어요?" 미아는 담담한 어조로 물었다.

"아직."

"곧 소식 줄 거예요."

폴이 얼굴을 들었다.

"어제저녁 일……."

"당신을 초조하게 기다리는 독자들에게 돌아갈 시간이에요." 미아는 말을 끊으면서 일어났다.

경비들이 폴을 사인회장 테이블로 안내했다. 미아는 카페테리아에 남았다. 잠시 후 그녀가 카페테리아 문을 열기가 무섭게 젊은 여성 팬이 뛰어들더니 폴이 입을 댔던 잔을 손에 넣었다.

당신이 아무리 이런 성공에 무력한 태도를 취해도, 아무리 진지한 얼굴로 유명세를 원치 않는다고 단언해봤자 당신은 나를 만나야 했던 거야. 나는…… 아니, 어쩌면 우리는 어울리지 말아야 했을지도……. 미아는 중얼거렸다.

*

서점에서 팬들이 차츰 빠져나가고 있었다. 마지막 독자가 폴과 셀피 몇 장을 찍었다. 폴은 그날의 마지막 미소를 지어 보였다. 그는 기진맥진했고 의자에서 일어나기도 힘들 정도였다.

"유명세를 치르는 겁니다." 서점 점장이 와서 고맙다고 인사했다.

미아는 출구에서 박과 함께 폴을 기다리고 있었다.

"아까 나한테 말했던 종크가 누굽니까?" 폴이 물었다.

"종크가 아니라 은정입니다." 점장이 말했다. "아까 말씀드린 대로 작가님의 책을 번역한 사람은 은정입니다. 그리고 이렇게 성공을 거둔 것은 약간은 그 번역가 덕분이기도 하고요. 나도 아직 만난 적은 없지만 뛰어난 번역가로 인정받고 있지요."

"내 번역가 이름은 경인데요. 설마 내가 그것도 모르겠어요?" 폴이
반박했다.

"이름의 영어 철자가 잘못됐나 봅니다. 서양인들은 우리 언어의 발
음을 알아듣기 힘들어하죠. 하지만 번역가의 이름이 은정이라는 건
확실합니다. 작가님의 책 표지에도 한국어로 은정이라고 쓰여 있고
요. 오늘 번역가가 참석하지 못한 게 아쉽습니다. 작가님과 한자리에
있는 걸 자랑스러워했을 텐데요."

"번역가에게 무슨 일 있습니까?"

"독감에 걸린 것 같습니다. 이제 출발하셔야 합니다. 오늘 일정이
끝나려면 아직 멀었고, 작가님을 더 오래 붙들고 있으면 편집자에게
내가 원망 들을 겁니다."

*

리무진이 그들을 호텔로 데려갔다. 박은 앞좌석에 앉아 있었다. 폴
은 입도 뻥긋하지 않았고, 미아는 불안했다.

"무슨 일인지 이제 말해요." 미아가 속삭였다.

폴이 버튼을 누르자 운전기사와 박이 있는 앞좌석과 두 사람을 차
단하는 유리 칸막이가 올라왔다.

"즐기라면서."

"폴!"

"그녀가 아프다네요. 독감에 걸린 것 같다는데."

"그럼 오히려 좋은 소식이잖아요. 아니, 감기에 걸린 게 좋다는 게 아니라 나타나지도 않고 침묵했던 이유가 설명되는 거니까. 가만있어봐, 독감에 걸리면 며칠 가죠? 일주일 이상? 언제 걸렸을까요?"

"내가 그걸 어떻게 알겠어요?"

"당연히 걱정되겠죠. 그래도 당신이 걱정을 많이 하니까 그녀가 아프다는 것도 알았잖아요."

"천만에, 서점 점장이 알려준 거예요. 그녀는 오늘 여기 오지 않을 거라면서."

"또 뭐라고 했는데요?"

"아무 말도, 전혀."

"좋게 생각하자고요. 감기는 며칠 지나면 털고 일어나는 거니까……." **그 여자는 발이 클 거야, 되게 클 거야…….**

"또 중얼거리네요!"

"나는 절대 중얼거리지 않아요. 중얼거리는 건 내 성격이랑 맞지도 않고."

미아는 차창 쪽으로 고개를 돌리고 풍경을 바라봤다.

"경을 잊어요, 적어도 오늘 저녁까지는……." **그냥 잊어, 그녀를.** "중요한 방송이 남아 있으니까 집중해야 해요."

"가기 싫은데, 진저리가 나. 호텔로 가서 식사 올려달라고 하고 누워 있고 싶어!"

그럼 나는 어떻겠어……. "어린애처럼 굴지 마요. 당신의 작가 인생이 걸려 있는 문제인데 프로 의식을 갖고 좀 참아요."

"어시스턴트 놀이라면서요, 독재자가 아니라."

"내가 장난하는 거라고 생각해요?" 미아가 정색하면서 화를 냈다.

"미안해요, 나는 두려울 때면 아무 말이나 막 해서……. 입 다물고 있는 게 낫겠어요."

"사라 베르나르*가 두려움 같은 거 모른다고 자부하는 젊은 여배우에게 뭐라고 했는지 알아요? '얘, 걱정 마, 두려움도 재능이 있어야 오는 거니까.'"

"그걸 칭찬으로 받아들여야 하나요?"

"당신 마음대로요. 호텔에 도착하면 목욕해요. 뜨거운 물에 푹 담그고 있으면 한결 나아질 거니까. 그다음 옷 갈아입고 당신의 소설 속 인물들, 당신의 친구들, 당신을 안심시켜주는 것들만 생각해요. 그 두려움, 그걸 무시할 수는 없겠지만 극복할 수 있어요. 무대에 오르는 순간 두려움이 사라질 거예요."

"그걸 당신이 어떻게 알아요?" 폴은 얼이 빠진 목소리로 물었다.

"그냥 아니까 나를 믿어요."

---

* '황금의 소리'라 불리는 목소리와 몸짓으로 관중을 매료시킨, 19세기 후반 프랑스의 대표적 여배우. 빅토르 위고의 「뤼 블라스」, 라신의 「페드르」에서 호평을 받았다.

폴은 거품 덮인 물속에 한동안 누워 있었다. 그리고 미아가 골라 준 흰색 셔츠를 입고 양복을 입었다. 카메라는 파란색을 싫어한다면서 파란색 차림을 한 남자는 화면 속에서 당당함이 떨어져 보인다고 미아는 덧붙였다. 그러고 나서 그 정도는 상식이라며 저녁 여섯 시에 가벼운 식사를 주문했다. 폴은 익지로 먹어야 했다. 미아는 한국 독자들에게 고맙고, 아직 관광할 시간은 없었지만 서울이라는 멋진 도시에 와서 기쁘다는 짤막한 인사말을 외우게 했다. 폴은 텔레비전 시계에 시선을 고정하고 그녀의 조언을 되새기고 있었다. 시간이 흐를수록 가슴을 죄는 불안이 점점 커졌다. 속이 뒤틀릴 정도로.

두 사람은 일정에 맞춰 저녁 여섯 시 삼십 분 정각에 리무진에 올랐다. 가는 도중, 폴이 갑자기 유리 칸막이를 내리고 운전기사에게 차를 세워달라고 했다.

폴은 황급히 차에서 내려 먹은 걸 토했다. 미아가 다가와 어깨를 잡아주자 차츰 진정이 되었다. 그녀는 손수건과 껌을 건넸다.

"체면이 말이 아니네." 폴이 일어나면서 말했다. "비행기 안에서는 손이 축축해지더니 이제는 길에다 토하기까지. 이런 거 본 적 있어요? 지루한 일상에서 구해줬으니, 나 슈퍼히어로로 맞죠? 당신, 로또 맞았네요."

"중요한 건 옷에 묻지 않았다는 거죠. 괜찮아요?"

"날아갈 것처럼 좋아요!"

"그래도 유머는 살아 있는 거 보니까 됐네요. 이제 갈까요?"

"네, 모름지기 도살장에는 지각하면 안 되니까."

"내 눈 봐요⋯⋯. 내 눈 보라니까요! 당신 어머니가 한국 방송 보실까요?"

"어머니 돌아가셨어요."

"미안해요. 여자 형제는?"

"외아들이에요."

"한국 친구들 있어요?"

"아뇨, 내가 아는 한 없는데."

"됐어요, 그럼! 당신의 경은 감기 때문에 침대에 꼼짝없이 누워 있어요. 감기 걸렸을 때는 전등 불빛에도 머리가 깨질 듯이 아프잖아요. 오늘 저녁 경을 비롯해 당신이 사랑하거나 아는 사람이 텔레비전 보는 일은 없을 거예요. 그러니까 그냥 방송만 하면 돼요. 그들은 당신의 말솜씨가 뛰어난지 아닌지, 그런 건 안중에도 없어요. 어차피 당신의 말은 보충이 되어 통역될 거니까."

"근데 뭐 하러 가죠?"

"쇼를 위해, 당신의 독자들을 위해, 언젠가 당신의 소설 중 하나에서 이 일을 이야기하기 위해. 스튜디오 플로어로 나가면서 당신의 소설 속 인물 중 한 사람이 되는 거라고 생각하고 닮으려고 노력해봐요. 그럼 멋지게 해낼 거예요."

폴은 미아를 한참 쳐다봤다.

"그럼 당신은, 당신이 보잖아?"

"안 볼게요!"

"거짓말."

"이제 껌 뱉죠, 도착했는데."

*

미아는 폴이 화장하는 동안 곁에 있다가 두 번 참견했다. 분장사에게 눈 주위의 잔주름을 감추지 말라고.

폴을 데리러 온 조연출을 따라 미아는 출연자 대기실까지 갔고, 그가 스튜디오 플로어로 들어가기 직전 마지막 조언을 했다.

"잊지 마요, 가장 중요한 건 당신이 무슨 말을 하느냐가 아니라 당신이 말하는 방식이라는 거. 텔레비전에서는 말보다 음향 기술이 우선이에요. 토크쇼 팬으로서 해주는 말이니까 나를 믿어요."

조명이 켜지자 조연출이 폴의 등을 떠밀었다. 폴은 무대로 나갔다.

사회자가 폴을 마주 보는 자리로 안내했고, 한 기술자가 와서 폴의 귀에 이어폰을 끼워주었다. 장비 시험 중이라는 소리가 들렸고 음향

기사가 장난치듯 장비를 세 번 흔들었다.

"됐네." 출연자 대기실에서 미아는 폴의 혈색이 돌아온 걸 보면서 안도의 숨을 내쉬었다.

폴은 이어폰을 통해 자기소개를 하는 통역사의 목소리를 들었다. 통역사는 동시통역으로 진행될 것이니 문장을 짧게 끊어서 말해달라고 부탁했다. 폴이 고개를 끄덕이자 스튜디오에 있는 사회자가 인사로 받아들인 것 같아서 폴은 통역사를 돌아봤다.

"곧 시작됩니다." 통역사가 음향조정실에서 속삭였다. "절 보지 마시고 앞을 보세요. 저는 모니터로 작가님을 보고 있습니다."

"알았어요." 폴은 심장박동이 빨라지기 시작했다.

"작가님, 저한테는 대답하지 말고 태훈 씨의 입술을 보면서 귀로 제 목소리를 들으면 됩니다. 텔레비전 시청자들에게는 작가님 목소리가 안 들릴 거예요."

"누가 태훈 씨입니까?"

"사회자입니다."

"알겠어요."

"텔레비전 방송 처음이십니까?"

폴은 태훈을 보면서 재빨리 고개를 끄덕였다.

"이제 방송 시작됐습니다."

폴은 태훈의 얼굴에 집중했다.

"안녕하세요, 미국 작가 폴 바턴 씨를 스튜디오에 모시게 되어 기뽑니다. 유감스럽게도 무라카미 씨는 감기에 걸려 이 자리에 참석하지 못하셨습니다. 빠른 쾌유 바랍니다."

"꼭 쾌유하기 바랍니다." 폴이 얼른 덧붙였다. "나한테 중요한 사람은 현재 모두 감기에 걸려 있군요. 이 말은 통역하지 말아주세요."

미아는 귀에 꽂고 있던 이어폰을 빼고 출연자 대기실을 나왔다. 그녀는 조연출에게 바턴 씨의 분장실까지 안내해달라고 부탁했다.

"바턴 씨." 사회자가 잠시 머뭇거리다 말했다. "작가님의 소설은 우리나라에서 대성공을 거두고 있습니다. 북한 국민의 실상을 주제로 선택하신 이유에 대해 말씀해주시겠습니까?"

"뭐라고 하셨죠?"

"제 통역을 이해하지 못하셨습니까?" 이어폰 속 목소리가 물었다.

"아뇨, 통역은 이해했지만 방금 들은 질문을 이해하지 못했어요."

사회자가 헛기침을 하고 나서 계속했다.

"작가님의 신간은 아주 놀라운 작품입니다. 독재자의 속박에 신음하는 한 가정, 다시 말해 김정은 체제의 탄압에서 힘겹게 살아가는 가정의 생활을 묘사하셨는데 외국 작가로서는 놀라울 정도로 구체적이고 사실적입니다. 자료 수집은 어떻게 하셨습니까?"

"문제가 좀 있는 것 같군요." 폴이 통역사에게 나직하게 말했다.

"무슨 문제가 있습니까?"

"아직 무라카미의 신간을 읽어보지 않아서 잘은 모르겠지만, 태훈 씨가 작가를 착각한 것 같아요. 이 말도 통역하지 마시고요."

"네, 통역하지 않을 겁니다. 그런데 작가님이 무슨 말씀을 하시는 건지 제가 이해가 안 됩니다."

"나는 북한 독재자에 대한 글을 전혀 쓰지 않았어요, 빌어먹을!" 폴이 얼굴에는 미소를 유지하면서 말했다.

사회자의 이어폰으로는 아무 소리도 전달되지 않았기 때문에 사회자는 이마의 땀을 닦으면서 기술적인 사고가 일어났는데 곧 해결될 거라고 알리며 사과했다.

"지금은 농담할 때도 장소도 아닙니다, 바턴 씨." 통역사가 말했다. "지금 생방송 중입니다. 질문에 대해 좀 더 진지하게 답변해주시길 부탁드립니다. 제 일자리가 걸려 있습니다. 계속 이러시면 작가님 때문에 제가 잘릴 수도 있어요. 태훈 씨와 잠시 얘기를 나눠야겠습니다."

"알았어요, 그에게 내 인사와 함께 실수를 알려주세요. 그것만 지적해주면 됩니다."

"저도 작가님의 작품을 좋아하는 독자 중 한 사람인데, 작가님의 행동을 이해할 수가 없네요."

"아, 알겠어요. 이거 몰래카메라군요!"

"카메라는 작가님 바로 앞에 있습니다. 혹시…… 술 드셨습니까?"

폴은 빨간색 불빛을 깜박이는 카메라를 응시했다. 태훈이 인내심을 잃어가는 것 같았다.

"한국 독자들에게 고맙다는 말씀드립니다." 폴이 말했다. "그리고 독자들의 환영에 몹시 감동했다는 말을 꼭 전하고 싶습니다. 서울은 멋진 도시입니다. 비록 관광할 시간은 아직 없었지만 서울에 와서 기쁩니다."

폴은 통역사가 지체 없이 그 말을 전하고 나서 내쉬는 안도의 숨소리를 들었다.

"고맙습니다." 태훈의 사회가 다시 시작되었다. "음향 문제가 해결된 것 같습니다. 그럼 이제 작가님에게 드린 두 가지 질문에 대한 답변을 듣겠습니다."

사회자가 말하는 동안 폴이 통역사에게 속삭였다.

"나는 사회자가 하는 말이 전혀 이해가 안 되고, 당신은 내 책을 읽은 독자라니까, 나는 파리식 포토푀*레시피를 주절거리고 있을 테니 태훈 씨의 질문에 대한 대답은 나 대신 당신이 하면 되겠어요."

"저는 그럴 수 없습니다." 통역사가 이어폰 속에서 속삭였다.

"일자리 지키고 싶은 거 아니에요? 텔레비전에는 말보다 음향 기술이 더 중요한 거 같은데 걱정 마요, 나는 억지로라도 미소를 지어 보일 거니까."

방송은 이렇게 진행되었다. 사회자는 폴이 쓰지 않은 책에 관해 끈질기게 질문했고, 통역사는 그 질문을 폴에게 통역해주었다. 주제는 줄곧 북한 주민의 인권에 관한 것이었다. 폴은 미소를 잃지 않은 채

---

* 소고기와 뼈를 채소 등과 함께 고아서 만든 스튜.

통역사의 짧은 문장이 끝날 때마다 머릿속에 떠오르는 말을 했고, 통역사는 폴이 내뱉는 관념적인 말을 그대로 옮길 수 없어서 폴을 대신해 이날의 작가가 되어 유창하게 답변했다.

그렇게 한 시간 동안 악몽이 계속되었지만 아무도 알아차리지 못했다.

스튜디오를 나가면서 폴이 미아를 찾자 스텝이 분장실까지 안내했다.

"아주 잘했어요, 당신." 미아가 단언했다.

"의심의 여지가 없죠. 고마워요, 약속 지켜줘서."

"무슨 약속?"

"방송을 보지 않겠다고 한 약속."

"위트 있었어요, 감기에 대한 당신의 짧은 코멘트. 그리고 무라카미에 대해서는 유감이에요. 당신이 무라카미와의 만남을 기대한 거 아는데."

"나는 생각하고 한 말이 없어요."

"돌아갈까요? 당신만 녹초가 된 게 아니에요." 미아가 분장실을 나가면서 말했다. "난 내일 사직할게요."

폴이 뛰어가서 미아의 팔을 잡았다.

"난 그럴 생각 전혀 없었는데."

"하지만 그런 뜻으로 들렸어요."

"내가 바보 같은 말을 했네요. 오늘 저녁, 내가 바보가 되었기 때문에……."

"당신은 훌륭했어요, 분명히."

"내가 살아남은 건 당신 덕분이에요. 진심으로 고마워요. 그리고 이건 헛소리 아니에요."

"알겠어요."

미아는 팔을 빼고 단호한 걸음걸이로 출구까지 갔다.

*

호텔로 돌아오자 미아는 곧바로 잠들었다. 베개 건너편의 폴은 눈을 부릅뜨고 왜 이런 황당한 상황이 벌어졌는지 골똘히 생각했지만 아무리 생각해도 답을 찾지 못했다. 내일은 또 무슨 일이 일어날지 불안했다.

17

미아는 문이 삐걱거리며 열리는 소리에 잠을 깨 눈을 떴다. 폴이 이동식 테이블을 밀고 들어와 침대로 다가와서는 아침 인사를 했다.

"커피, 오렌지 주스, 빵, 삶은 달걀, 시리얼, 아침 대령했습니다." 폴이 잔에 커피를 따르면서 말했다.

미아는 일어나 베개로 등을 받치고 앉았다.

"무슨 바람이 불어서 나에게 이런 대접을 하실까?"

"어시스턴트를 어제 해고했으니 이젠 내가 다 하는 수밖에." 폴이 대답했다.

"거 참 이상하네요, 나는 어시스턴트가 사직했다는 걸로 들었는데."

"그녀가 사직한 건 우리 생각이 서로 어긋났기 때문이죠. 난 조수를 잃고 내 친구를 되찾아서 훨씬 좋은데. 설탕?"

"한 개 부탁해요."

"혼자 일하는 관계로 당신이 자는 동안 내가 나서서 일을 처리했죠. 오늘 스케줄들은 취소됐어요. 우리는 대사관 파티에만 참석하면 되고 나머지는 자유 시간이에요. 저녁때까지 우리 둘만의 시간이니 서울을 만끽합시다."

"스케줄을 다 취소했어요?"

"내일로 연기했어요. 내가 감기 기운이 있다고 하고. 무라카미만 감기 걸리게 내버려둘 수 없죠."

미아는 이동식 테이블에서 접어놓은 신문을 발견하고 재빨리 집었다.

"당신 사진이 일 면에 났어요!"

"네, 사진 진짜 별로라니까. 못생기게 나왔어요, 삼 킬로그램은 더 쪄 보이고."

"아니, 잘 나왔어요. 이 기사 번역해달라고 홍보 담당에게 전화했어요? 사진이 일 면에 실린다는 거, 이거 보통 일 아닌데."

"한국어는 좋다고 하는지 싫다고 하는지 알기 어렵다는 정도는 알아요, 나도. 아무튼 내 생각에 이 기사를 쓴 기자는 무라카미의 신간을 칭찬한 게 틀림없어요."

"감기보다 무라카미에 대한 강박관념 있는 거 아니에요? 벌써 무라카미를 두 번이나 언급하는 걸 보면."

"전혀. 어제저녁에 있었던 일을 생각하면 내가 이럴 만한 이유는 충분하니까."

"무슨 일이 있었는데요?"

"내 인생에서 가장 황당한 순간을 경험했죠. 내 책을 펼쳐본 적도 없는 기자들한테서 인터뷰 받는 일이 종종 있긴 해요. 하지만 내 책이 아닌 다른 작가의 책을 읽은 사람한테서 인터뷰를 받기는 진짜 처음이에요."

"무슨 말하는 거예요?"

"어제의 실패에 대해서! 그 멍청한 사회자가 계속 다른 작가에게 해야 할 질문을 하는 바람에……. 당신이 집착한다고 또 뭐라고 할까 봐 이름은 말 안 하겠는데, 누군지는 알 테죠. 스튜디오 플로어에서 사회자와 마주 보고 앉아 있는데 정말 고독했어요. 어떻게 북한 주민의 운명에 대해 관심을 갖게 되었는지? 김정은 체제의 탄압에 신음하는 주민들의 생활에 대한 그 많은 정보를 어디서 수집했는지? 정치 참여를 하게 된 이유는? 그 독재자의 시대가 계속될 거라고 생각하는지? 김정은을 과두정치가 내세운 지도자라고 보는지, 아니면 북한을 지배하는 실제적인 지도자라고 보는지? 소설 속 인물들은 실제 인물에서 착상한 것인지, 아니면 전적으로 만들어낸 인물들인지? ……기타 등등."

"농담이죠?" 미아는 재미있어해야 할지, 안타까워해야 할지 머뭇거리며 물었다.

"나도 통역사에게 똑같은 질문을 했어요. 그 빌어먹을 이어폰으로

들으려니까 귀가 왜 그렇게 가려운지. 솔직히 난 몰래카메라라고 생
각했는데 그들은 끈질기게 북한에 관한 소설로 밀어붙였어요. 그래
서 논리적으로 생각하면서 그렇게 쉽게 함정에 빠져주지 않기로 했
죠. 이십 분쯤 지나니까 지루해져서 약간 무거운 농담을 시작했어요.
하지만 몰래카메라가 아니었어요. 그 멍청한 사람들이 작가와 소설
을 착각했는데 통역사는 그 사실을 알리는 걸 두려워했죠."

"말도 안 돼." 미아가 터져 나오려는 웃음을 손으로 막았다.

"참지 말고 미음껏 비웃어도 돼요. 어제저녁 돌아온 뒤로 내가 제
일 먼저 한 게 나 자신을 비웃은 거니까. 이런 일은 왜 나한테만 일어
나는 건지."

"하지만 어떻게 그런 실수를 저지를 수 있었을까요?"

"바보 같은 짓에 한계가 있다면 벌써 오래전에 다들 각성했겠죠."
폴이 미아의 손에서 신문을 빼앗아 멀리 던져버리면서 말했다. "하
루를 이렇게 보낼 순 없지. 아침 먹고 산책 나갑시다."

"당신, 진짜 괜찮아요?"

"네, 아주 괜찮죠, 수백만 텔레비전 시청자들 앞에서 바보가 됐는
데. 그중에는 틀림없이 채널을 돌린 사람도 있을 거예요. 그것도 이
기사에 실려 있을 거고. 뭐, 그건 그렇고 거리에서 마주치는 사람들
이 내가 지나갈 때 웃더라도 우리는 마치 아무 일도 없었다는 듯 품
위 있게 행동합시다."

"정말 미안해요, 폴."

"…… 아름다워요."

"좋아요, 칭찬으로 받아들이죠."

삼십 분 후, 리무진이 미국 대사관저 앞에 둘을 내려주었다.

대사는 손님을 맞이하려고 현관에 나와 기다리고 있었다. 폴과 미아가 제일 먼저 도착했다.

"바턴 씨, 대사관저에 모시게 되어 반갑고 영광입니다." 대사가 말문을 열었다.

"제가 영광이지요." 폴이 인사하면서 미아를 소개했다.

대사는 허리를 숙여 미아의 손에 입을 맞췄다.

"무슨 일을 하십니까?" 대사가 물었다.

"미아는 파리에서 레스토랑을 경영하고 있습니다." 폴이 대신 대답했다.

대사가 그들을 커다란 응접실로 안내했다.

"시간이 없어서 아직 작가님의 신간을 읽지 못했습니다." 대사는 폴의 귀에 대고 말했다. "한국어를 조금 하지만 소설을 읽을 정도는 아니라서요. 하지만 제 파트너는 뜨거운 눈물을 흘렸지요. 일주일 전부터 작가님 얘기만 합니다. 작가님이 자신의 심금을 울렸다고요. 가족의 일부가 북한에 살고 있는데, 작가님이 묘사한 북한의 실상이 너무나 정확하다고 했어요. 글 쓰는 사람의 자유가 얼마나 부러운지 모르겠습니다. 우리는 외교적 의무 때문에 입 다물어야 하는 것을, 작가님은 기탄없이 표현할 수 있으니까요. 제가 말씀드리고 싶은 것은 작가님이 소설 속에서 미국의 생각을 대변하고 있다는 겁니다!"

폴이 회의적인 얼굴로 대사를 한참 쳐다봤다.

"좀 더 자세히 말씀해주시겠습니까?" 폴은 아주 조심스럽게 물었다.

"제 파트너는 한국인이에요. 아, 저기 오는군요! 저보다 훨씬 달변이죠. 저는 이만 물러갈 테니 그와 얘기를 나눠보세요. 작가님과 대화하길 꿈꿔온 사람이에요. 그사이 저는 다른 손님들을 맞으러 가겠습니다. 그리고 그 임무를 위해 작가님의 아름다운 친구를 잠깐 실례하지요. 아, 저에 대해서는 걱정하지 않으셔도 됩니다." 대사가 익살스럽게 덧붙였다.

미아는 폴에게 간청하는 눈짓을 보냈지만 소용없었다. 대사가 이미 그녀를 잡아끌고 있었다.

폴이 정신을 차릴 겨를도 없이 호리호리한 체격에 깔끔한 외모를 가진 남자가 와락 끌어안으면서 머리를 어깨에 기댔다.

"고맙습니다, 고맙습니다, 고맙습니다." 대사의 파트너가 말했다. "이렇게 만나 뵙게 되어 정말 감개무량합니다."

"저도 그렇군요." 폴이 포옹에서 빠져나오려고 애를 쓰며 대답했다. "그런데 뭐가 고맙다는 건지요?"

"전부 다요! 작가님의 존재, 작가님의 말, 북한 주민의 운명에 관심을 가져준 것, 전부 다 고맙습니다. 요즈음 누가 이렇게 관심을 갖겠습니까? 제 눈에 작가님이 어떻게 보이는지 상상도 못 하실 겁니다."

"나는 아무것도 상상하지 않는데요. 나를 놀리려고 작당질을 꾸민 거 아니었습니까?" 폴이 물었다.

"무슨 말씀이신지 이해가 안 되는데요?"

"나도 이해가 안 됩니다!" 폴이 화가 나서 응수했다.

두 남자는 서로 훑어봤다.

"헨리와 내가 커플을 이룬 것에 대해 충격 받은 것이 아니길 바랍니다, 바턴 씨. 우리는 십 년 동안 진지하게 사랑했고, 어린 아들까지 입양해서 소중하게 키우고 있어요."

"천만의 말씀! 나는 샌프란시스코에서 성장한 민주주의자입니다. 당신이 누구를 사랑하고 누구한테 사랑을 받든 나와 무슨 상관입니까? 난 지금 내 책을 두고 당신이 한 말에 대해 얘기하는 겁니다."

"제가 실례되는 말을 했나요? 그랬다면 사과드립니다. 작가님의 소설은 제게 아주 중요합니다."

"내 소설요? 내 소설 맞습니까? 내가 쓴 소설이 맞아요?"

"네, 작가님의 소설 맞습니다." 대사의 파트너가 손에 들고 있는 책을 보여주면서 대답했다.

폴은 한글을 모르지만 그저께 편집자가 보여주었던 책의 표지 뒷면에 실린 자신의 사진은 알아볼 수 있었다. 영문을 모르겠다는 얼굴로 서 있는 남자를 보면서 폴은 의문에 사로잡혔다. 의문이 점점 커지면서 발밑의 바닥이 꺼지는 듯이 어지러웠다.

"책에 사인을 해주시겠습니까?" 대사의 파트너가 간곡히 부탁했다. "제 성은 '신'입니다."

폴이 그의 팔을 잡았다.

"친애하는 신, 여기 어디 단둘이 조용히 얘기할 수 있는 방이 있습니까?"

신은 폴을 데리고 복도를 지나 한 방으로 들어갔다.

"여기서는 조용히 얘기할 수 있습니다." 대사의 파트너가 폴에게 안락의자를 가리켰다.

폴은 심호흡을 하면서 어디서부터 시작할지 궁리했다.

"영어를 유창하게 하시는데 한국어도 잘하십니까?"

"물론입니다, 한국인인데요." 신이 폴과 마주 보는 안락의자에 앉으면서 대답했다.

"아주 잘됐군요. 그러니까 내 소설을 읽으셨단 말이죠?"

"두 번 읽었고, 깜짝 놀랐습니다. 게다가 밤마다 잠들기 전에 한 구절씩 다시 읽고 있습니다."

"그렇다면 더 잘됐습니다. 신, 도움을 청하겠습니다."

"원하는 건 모두 말씀하세요."

"걱정 마요, 정말 아주 작은 겁니다."

"뭘 도와드릴까요, 바턴 씨?"

"내 소설에 대해 얘기해주세요."

"네?"

"내 말 알아들으셨잖아요. 어떻게 할지 모르겠으면 첫 챕터부터 요약해주세요."

"진담이세요? 왜 그래야 하죠?"

"작가는 자기가 모르는 언어로 번역된 글이 원문을 제대로 전한 건지 판단할 수가 없습니다. 2개 국어를 하니까 당신에게는 쉬울 겁니다."

신은 폴의 청을 받아들였다. 그는 소설의 내용을 챕터 별로 이야기했다.

폴은 첫 챕터부터 북한에서 자란 소녀가 등장하는 걸 알았다. 소녀의 가족은 마을의 모든 주민과 함께 말로 표현할 수 없을 정도로 비참한 생활을 하고 있었다. 독재 체제의 속박에 전 주민이 신음하고 있었다. 휴일은 지도자들을 숭배하는 데 바쳐졌다. 대부분은 밭에 나가서 일하고 소수의 아이들만 다닐 권리가 있는 학교는 순진한 학생들의 머리에 고문을 신성하게 여기도록 세뇌시키는 선전 도구에 지나지 않았다.

두 번째 챕터에는 서술자인 소녀의 아버지, 문학 교수가 등장한다. 그는 저녁마다 몰래 우수한 제자들에게 영문학을 가르치면서 스스로 생각하는 법을 터득할 수 있도록 위험천만한 훈련을 시켰고, 자유가 얼마나 경이로운 힘을 가졌는지 마음에 새기게 했다.

세 번째 챕터에서 소녀의 아버지는 제자 중 한 명의 어머니에게 고발당한다. 그는 모진 고문을 받고 나서 가족이 보는 앞에서 처형되었다. 그것으로도 모자라 그의 시신은 말에 매달린 채 끌려 다녔고, 제자들도 같은 최후를 맞았다. 교수를 배신한 제자는 죽음을 면했지만 죽는 날까지 수용소에 감금되는 징역형을 받았다.

다음 챕터들에서는 주인공의 오빠가 옥수수 몇 알 훔쳤다는 이유로 모질게 얻어맞고 감옥에 갇혀 있다가 서 있지도 눕지도 못하는 불구가 된 상황이 이어졌다. 고문자들은 그의 살을 불로 지졌다. 일 년 후, 주인공의 고모는 재봉틀을 망가뜨렸다는 이유로 고용주로부터 엄지손가락 두 개를 잘리는 벌을 받았다.

여섯 번째 챕터에서는 여주인공의 나이가 열일곱 살이 됐다. 생일 저녁, 그녀는 가족을 떠나 북한을 탈출했다. 낮에는 숨어 있다 밤에만 걸어서 골짜기를 넘고 강을 건넜다. 잡초와 풀뿌리로 연명하면서, 국경을 따라 순찰하는 경찰의 감시를 따돌리는 데 성공했고 남한에 들어왔다.

신은 소설을 쓴 저자가 자신 못지않게 놀라는 모습을 보면서 이야기를 중단했다. 폴은 갑자기 자신이 쓴 글인지 아닌지는 중요하지 않다는 생각이 들었다.

"그다음, 다음 챕터도 얘기해주세요." 폴이 간청했다.

"하지만 작가님의 소설이니 아실 텐데, 왜 이러시는지!"

"계속해주세요, 부탁합니다." 폴은 애원하는 목소리로 말했다.

"서울에 사는 아버지의 옛 친구가 주인공을 거둬주었죠. 아버지의 친구 역시 탈북자였고요. 그 사람이 친딸처럼 보살피면서 공부도 시켰어요. 대학을 졸업한 뒤 그녀는 직장을 얻었고, 시간 나는 대로 동족의 상황을 알리는 네트워크 작업에 몰두했어요."

"무슨 일을 하는 직장이었습니까?"

"한 출판사에 취직해서 처음에는 인턴으로 일하다 정식 편집자가 되었고, 머지않아 출판사 대표가 될 겁니다."

"계속해보세요." 폴이 이를 악물고 말했다.

"그녀는 돈을 벌어서 북한 탈출을 돕는 안내인들을 지원하고, 외국에서 활동하는 조직에도 자금을 대고 있어요. 서양 정치인들에게 북한 문제에 관심을 갖게 만들고 김정은 체제에 반하는 운동을 부추기는 임무를 맡은 조직이지요. 그녀는 일 년에 두 번 비밀리에 조직과 접촉하러 떠나고요. 가족이 무자비한 독재의 볼모로 붙잡혀 있으니 그녀가 가족과 연락할 경우 그 대가는 어머니와 오빠 그리고 그녀가 사랑하는 남자가 치를 겁니다."

"이제 충분히 이해가 된 것 같습니다." 폴은 말을 중단시키면서 시선을 내렸다.

"바턴 씨, 괜찮으세요?"

"모르겠어요."

"뭘 도와드릴까요?" 신이 손수건을 건네면서 물었다.

"내 여주인공······." 폴이 눈물을 닦으면서 물었다. "그녀의 이름이 경입니까?"

"네, 맞습니다." 신이 대답했다.

*

폴은 응접실에서 미아를 발견했다. 미아는 창백하고 초췌해진 폴의 얼굴을 보고 얼른 샴페인 잔을 내려놓았다. 그러고는 얘기를 나누던 옆 사람에게 실례하겠다고 말하고는 폴에게 다가갔다.

"무슨 일이에요?" 그녀가 걱정스러운 얼굴로 물었다.

"이 관저 어딘가에 비상구가 있겠죠. 아니, 인생에도 비상구가 있으면 좋겠는데."

"얼굴이 창백해요."

"나한테는 지금 술 한 잔이 필요해요, 아주 독한 걸로."

미아는 웨이터의 쟁반에서 마티니 한 잔을 집어 폴에게 내밀었다. 폴은 단숨에 잔을 비웠다.

"저쪽으로 가서 무슨 일인지 나한테 말해요."

"지금은 안 돼요." 폴이 대꾸하는데 턱이 일그러졌다. "이대로 쓰러질 것 같아서. 그리고 대사의 인사말이 곧 시작될 텐데."

*

케이크와 푸아그라 토스트가 풍성하게 차려진 응접실에서 식사하는 동안, 폴은 불과 몇 백 킬로미터 떨어진 곳에서 굶주림으로 죽어가는 한 가정을 떠올리지 않을 수 없었다. 국경으로 분단된 두 세계……. 그의 세계는 한 시간 전에 멈춰 있었다. 미아는 폴에게서 시선을 떼지 않았지만 폴은 그녀를 보지 않았다. 그가 식탁에서 일어나자 미아도 쫓아갔다. 그는 대사에게 초대해줘서 고맙다고 인사하면서 몸이 좋지 않아 이만 가보겠다고 양해를 구했다.

신이 현관까지 그들을 배웅했다. 그는 관저의 현관 앞 층계에서 폴의 손을 오래 잡고 있었고, 그의 온화하면서도 슬픈 미소에서 폴은 신이 상황을 알아차린 거라고 확신했다.

"경에게 무슨 문제가 생겼군요. 그래서 이러는 거죠?" 리무진이 출발하자 미아가 물었다.

"경과 나에게 문제가 생겼어요. 한국에서 성공한 책은 내 소설이 아니었어요. 내 소설은 존재하지도 않았고, 경도 번역가가 아니었어요."

미아의 놀란 표정을 보며 폴은 말을 이었다.

"그녀가 내 이름을 사용했고, 소설 표지에 내 이름만 있는 거였어요. 그녀가 자신의 이야기와 투쟁을 써서 출판한 거죠. 어제의 사회자와 통역사는 실수한 게 아니었는데……. 그 사람들에게 사과할 생각이에요. 진짜 내 소설의 주제는 이렇게 드라마틱하지 않았으니 한국어로 번역되었다면 아마 웃음거리가 되었겠죠. 나는 몇 년 동안 내가 쓰지도 않은 소설의 로열티로 살아온 거예요. 당신, 사직하길 잘했어요. 사기꾼을 위해 일할 뻔했으니. 지금까지 전혀 모르고 있었다는 것 말고는 변명할 말도 없어요, 나는."

미아는 운전기사에게 차를 세워달라고 했다.

"내려요." 그녀가 폴에게 말했다. "당신은 지금 신선한 공기가 필요해요."

두 사람은 나란히 걸었고, 폴이 다시 입을 열 때까지 침묵했다.

"황당한 배신이 원망스럽지만 그녀를 미워할 수가 없어요. 그녀가 자기 이름으로 책을 냈다면 가족이 처형됐을 테니까."

"어떡할 생각이에요?"

"모르겠어요. 고민해봐야죠. 저녁 내내 그 생각만 했어요. 여기 있는 동안 원칙에 따라야겠지만 그녀가 위험해질 수도 있어요. 일단 파리로 돌아가서 그녀에게 돈을 보내주고 계약을 취소하겠다고 알릴 거예요. 크리스토넬리가 카페 레 되마고에서 뒷목 잡고 쓰러지는 모습이 벌써 눈에 선하네요. 그런 다음 먹고살 궁리를 해야죠."

"당신이 그럴 필요는 전혀 없어요. 로열티는 한국 출판사의 돈이었고, 출판사가 당신의 소설로 돈을 많이 번 건 틀림없으니까."

"내 소설이 아니라 경의 소설이에요."

"그렇게 하면 어쨌든 이유를 밝혀야만 할 거예요."

"두고 보면 알겠죠. 아무튼 이제는 경이 모습을 드러내지 않은 이

유를 확실히 알았어요. 그녀를 찾아야겠어요. 터놓고 얘기를 해봐야
지, 그녀를 보지 않고 떠날 수는 없어요."

"그녀를 사랑하잖아요?"

폴은 걸음을 멈추고 어깨를 으쓱했다.

"호텔로 돌아갑시다, 나 추워요. 정말 끔찍한 파티였어요, 안 그
래요?"

*

스위트룸으로 올라가는 엘리베이터 안에서 미아는 폴 앞에 버티고
섰다. 그녀는 폴의 얼굴에 손을 살짝 댔다가 찰싹 때렸다. 폴은 무기
력 상태에서 벗어났다. 미아는 그를 엘리베이터 벽면으로 밀어붙이
고 키스했다.

키스는 엘리베이터 문이 다시 열렸을 때도, 복도에서도, 비틀비틀
걸어가면서도, 벽에 등을 기대고서도, 문에서 문으로 침실에 이를 때
까지도 계속되었다.

그들이 옷을 벗는 동안에도 그리고 침대에 쓰러질 때까지도 키스
는 계속되었다.

미아가 속삭였다.

"이건 전혀 의미 없는 거예요. 오롯이 현재일 뿐."

그리고 둘의 키스는 다시 시작되었다. 뺨, 입, 목덜미, 가슴, 배, 허리,

다리, 허벅지, 엉겨 붙은 살갗. 격렬한 포옹에 섞이는 거친 숨결. 둘은
힘이 다 빠질 때까지 키스를 했고 축축한 시트에서 잠이 들었다.

18

폴과 미아는 전화벨 소리에 잠을 깼다.

"빌어먹을!" 폴이 소리치면서 텔레비전 시계를 봤다. 열 시였다.

박이 몹시 당황해 있었다. 첫 번째 인터뷰가 삼십 분 전에 시작됐어
야 했다면서.

폴은 커튼 밑에 떨어져 있는 팬티를 주웠다.

"「조선일보」 기자가 기다리고 있습니다."

그리고 안락의자에서 바지를 찾아 다리 하나를 끼면서 한쪽 발로
만 껑충껑충 뛰어서 서랍장까지 갔다.

"로비에 앉아서 지루해하고 있어요."

셔츠는 찢어져 있었다. 미아가 옷장 앞으로 뛰어가서 새 셔츠를 잡
아채 던져주었다.

"한국판『엘르』의 기자가 방금 도착했습니다."

"이거 파란색인데!" 폴이 속삭였다.

"그리고 KBS 라디오 방송국에 가려면 늦지 않게 출발해야 합니다."

"기자 만나는 자리에는 그게 잘 어울릴 거예요!" 미아가 소곤거렸다.

"양해를 구하고『무비위크』의 시사평론 담당자와의 대담 시간을 「한겨레신문」과 만난 이후로 변경했습니다."

폴은 이제 셔츠 단추를 채웠다.

"「한겨레신문」은 정부의 대북 개빙 정책을 지지하는 일간지입니다."

미아가 단추를 풀어서 제 구멍에다 다시 채워주고 있었다.

"이어서 도서전이 열리는 컨벤션 센터에서 학생들과……."

"내 구두 어디 있지?"

"한 짝은 서랍장 밑에, 또 한 짝은 입구에!"

"……공개적으로 만나는 자리가 마련되어 있습니다."

박은 숨도 못 돌리고 오늘 일정을 말하는 데 성공했다.

"진정해요, 나 엘리베이터 탔어요!"

"거짓말쟁이, 빨리 뛰어요, 나는 이따가 합류할게요."

"어디서?"

"당신이 라디오 방송국으로 출발하기 직전에."

스위트룸의 문이 닫혔다. 복도에서 와장창 부서지는 소리와 욕설을 내뱉는 폴의 목소리가 들렸다.

미아는 얼굴을 내밀고 복도에 가로놓인 이동식 테이블과 내용물이 바닥에 엎어진 걸 발견했다.

"다쳤어요?" 미아는 넘어졌다 일어나는 폴을 보면서 물었다.

"괜찮아요. 옷에 묻지 않았고 거의 아프지도 않아요."

"얼른 가요!" 미아가 소리쳤다.

스위트룸으로 들어온 미아는 창가에 서서 잿빛 하늘과 도시를 응시했다. 그녀는 백팩에서 휴대폰을 꺼내서 켰다. 화면에 메시지 열세 개가 표시되어 있었다. 크레스턴의 메시지 여덟 개, 다비드의 메시지 네 개, 다이지의 메시지 한 개. 미아는 휴대폰을 침대에 던져놓고 룸서비스에 아침 식사를 주문하면서 복도에 치울 게 있다고 알렸다.

*

로비에서 기다리던 박이 빠른 걸음으로 폴을 별실로 안내했다.

"커피 한 잔 부탁할게요." 폴이 말했다.

"테이블에 준비해놨습니다, 작가님. 식었다고 원망하진 마세요."

"먹을 건 없어요?"

"입에 음식을 넣은 채로 말씀하시면 실례가 될 텐데요."

박은 폴을 별실로 들여보냈다. 폴은 기자에게 늦어서 미안하다고 사과했다. 인터뷰가 시작되었다.

폴은 경의 이야기로 번 돈을 부당하게 쓰고 있었다는 걸 알게 된 뒤로 기분이 이상했다. 그런데 더 이상하게도 한 번에 사천 킬로미터를 갈 수 있는 장화라도 신은 듯 기자의 질문에 여유롭게 답변하고 있었다. 깊고 진지한 성찰로 이야기를 윤색하는 자신에게 스스로 놀랄 정도였고, 그 결과 기자로부터 이 만남에 깊은 감동을 받았다는 말을 들었다. 한국판 『엘르』의 기자도 마찬가지였다. 폴은 인터뷰하는 동안 마구 찍어대던 사진기자를 위해 기꺼이 포즈를 취해주기까지 했다. 사진기자는 온갖 요구를 했다. 테이블에 앉아라, 팔짱을 껴라, 풀어라, 손을 턱에 올려라, 미소 지어라, 미소 짓지 말라, 허공을 봐라, 오른쪽으로, 왼쪽으로. 보다 못한 박이 나서서 다른 약속이 잡혀 있다고 알리는 것으로 폴을 구해냈다.

박이 폴을 리무진 쪽으로 데려갈 때였다. 폴이 갑자기 프런트를 향해 뛰어갔다.

"내 방에 인터폰 해주세요." 폴이 직원에게 부탁했다.

"바턴 씨, 미스 그린버그가 메시지를 남겨놨습니다. 바턴 씨가 나가신 후 바로 잠이 들었고……."

폴은 데스크 위로 몸을 숙이고 인터폰을 가리켰다.

"지금, 연결해주세요, 빨리!"

박이 발을 동동 굴렀다. 미아는 여전히 인터폰을 받지 않았다.

"욕실에 계시다면서 이따 도서전으로 가겠다고 하셨습니다." 직원이 말했다. "제가 강연 시간표를 알려드리기로 했고요."

홍보 담당자인 박이 필요한 조치를 취하겠다고 폴에게 약속했다.

그녀는 어시스턴트에게 차를 보내겠다고 말하면서 헛기침을 했다.

폴은 인터폰을 내려놓고 마지못해 박을 따라갔다. 그러다 갑자기 획 돌아서서는 프런트에 놓인 바구니에서 사탕을 한 움큼 집어 호주머니에 넣었다.

KBS 라디오 방송국 스튜디오에서 보낸 시간이 아주 길게 느껴졌지만 인터뷰가 진행되는 동안 폴은 점점 자신감이 생겼다. 폴의 답변은 설득력이 있었고, 소설 속 인물들의 삶에 감정이입이 된 듯 어찌나 절절하게 얘기하는지 듣는 사람들의 심금을 울렸다. 심지어 박도 눈물을 흘렸다.

방송국을 나온 박이 리무진에 오르기 전 폴에게 말했다.

"정말 감동적이었습니다."

폴은 컨벤션 센터의 입구에서부터 연단까지 경호를 받았고, 연단 앞에 마련된 이백 개 좌석에는 그의 강연을 듣기 위해 모인 학생들이 앉아 있었다.

진행자가 작가를 소개했을 때 기립 박수가 터져 나오자 폴은 혼란에 빠졌다. 그가 청중석을 한 줄 한 줄 훑어보면서 미아를 찾고 있을 때 질문이 쏟아졌다.

폴은 거의 전투적으로 열변을 토하면서 맡은 역할을 멋지게 해냈다. 그는 전체주의 체제의 괴물들을 고발하고 규탄하고 비난하면서 민주주의 국가들의 소극적인 대처에 대해 목소리를 높였다. 폴은 여러 번 박수를 받았다.

주체할 수 없는 격정에 사로잡혀서 열변을 토하던 폴이 갑자기 말을 중단했다. 그의 시선이 은정, 일명 경의 시선과 마주쳤다. 끝줄에 앉은 경이 지어 보이는 미소에 생각의 실마리를 놓쳤던 것이다.

미아도 멀찌감치 떨어진 기둥 뒤에서 부드럽고 평온한 미소를 짓고 있었다.

폴에게서 시선을 떼지 않고 있던 미아는 청중이 환호할 때 가슴이 뭉클했고, 학생들이 사인을 받으려고 몰려가자 폴을 시야에서 놓쳤다.

이런 경험을 수없이 해본 미아는 뜨겁게 호응해주는 군중 속에서 폴이 얼마나 행복할지 짐작이 갔다.

경이 맨 마지막으로 연단에 다가갔다.

*

간신히 빠져나온 폴이 컨벤션 센터 입구에서 기다리고 있는 박에게 물었다.

"미아는 아직?"

"작가님의 어시스턴트는 강연에 참석하셨다가 다시 호텔로 데려다달라고 하셨어요." 박이 미아가 있던 자리를 가리키며 대답했다.

"그게 언제죠?"

"한 시간 좀 넘었어요. 작가님이 은정 씨와 얘기하는 동안."

344

이번에는 폴이 빠른 걸음으로 리무진으로 향하자 박이 따라왔다.

그는 호텔 로비를 가로질러서 엘리베이터를 향해 뛰었고, 복도를 뛰어가다 스위트룸 앞에 멈춰 서서 옷매무새를 만지고 머리를 가다듬고 나서 문을 열었다.

"미아?"

폴은 곧장 욕실로 들어갔다. 유리컵에 미아의 칫솔이 없고 세면도구도 보이지 않았다.

폴은 침실에 들어갔다가 긴 베개 위에 놓인 쪽지를 발견했다.

폴,

여기서 지내게 해준 거 고마워요.

당신의 유쾌한 유머, 엉뚱한 행동, 파리의 지붕 위 산책을 시작으로 이 예기치 못한 여행까지, 다 고마워요.

나를 웃게 해준 당신, 나에게 결코 일어날 수 없을 것 같던 새로운 추억을 선물해줘서 고마워요.

오늘 저녁부터는 헤어져서 각자의 길을 갈 테지만 당신과 함께한 며칠은 마법에 걸린 듯 행복했어요.

당신이 직면해 있는 딜레마를 이해해요. 그리고 당신이 느끼는 감정도. 자신과 다른 삶을 경험한다는 것, 그녀를 품는 대신 그녀가 추구하는 행복을 사랑한다는 것, 그녀가 누구인지 더 이상 모른다는것. 하지만 작가 이름 사칭 사건은 당신 책임이 아니에요.

이제는 내가 무슨 조언을 해줄 수 있을지 모르겠어요.

당신이 그녀를 사랑하고 있기 때문에, 그녀의 배신이 애틋해서 단호한 결단을 내릴 수 없기 때문에 당신은 그녀를 용서할 게 틀림없어요.

어쩌면 그게 진짜 사랑일지도. 용서를 배워요, 과감하게, 무엇보다 후회 없이.

키보드에 손가락을 올리고 잿빛 페이지를 지워요, 천연색 페이지로 다시 쓰기 위해서.

모든 게 잘 마무리되도록 싸워서 이겨내요, 그럼 훨씬 나아지겠죠. 그리고 건강 조심해요.

이 말이 별 의미는 없겠지만, 그래도 우리가 함께한 순간이 그리울 거예요. 우리의 성악가가 어떻게 될지 몹시 궁금하니까 그 이야기는 서둘러서 출판해요.

당신의 인생이 아름답길, 당신은 그럴 자격이 충분하니까.

당신의 친구,

미아.

P. S. 어제와 다가올 미래를 위해.

걱정 마요, 이건 의미 없는 말이니까.

"당신은 전혀 이해하지 못했어. 이제 더 이상 중요하지 않은 사람은 경이야." 폴은 쪽지를 접으면서 중얼거렸다.

곧장 복도로 뛰쳐나가 프런트로 향했다.

"그녀가 몇 시에 나갔습니까?" 폴이 숨을 헐떡이며 물었다.

"정확한 시간은 모르겠지만 미스 그린버그께선 차를 부탁하셨습니다." 직원이 말했다.

"어디로 간다고?"

"공항으로 가신다고 했습니다."

"항공편은?"

"그건 모릅니다. 저희가 예약해드린 게 아니라서요."

폴은 호텔의 유리문 쪽으로 돌아섰다. 박이 리무진에 오르려는 중이었다. 그는 뛰어나가 박을 밀쳐내고 올라탔다.

"공항 국제선 출발 터미널로 갑시다. 전속력으로 달려주면 팁을 두둑이 드리죠."

운전기사는 질풍처럼 출발했고, 유리문에 부딪친 박은 멀어져가는 리무진을 멀거니 바라보고 있었다.

이번에는 내가 비행기 안에서 서프라이즈를 해줄게. 그리고 당신의 옆사람이 좌석을 양보해주지 않으면 입에 재갈을 물려서 수하물함에 처박아버릴 거야. 나는 이제 두렵지 않아, 이륙하는 동안에도. 우리는 기내식에 만족할 것이고, 당신이 배가 많이 고프다고 하면 내 몫을 남겨줄 거야. 우리는 같은 영화를 볼 거고, 이번에는 그게 중요하니까. 내가 쓰지 않은 모든 소설보다 이게 훨씬 중요하니까.

운전기사가 이리저리 끼어들기를 하며 달렸지만 외곽으로 나갈수록 차가 많아지더니 고속도로는 더욱 혼잡했다.

"교통 혼잡으로 가장 막히는 시간입니다. 경로를 바꿔서 갈 수도 있는데, 성공하면 두 배로 주셔야 합니다."

폴은 최선을 다해달라고 부탁했다.

리무진 뒷좌석에 앉은 폴은 미아를 만나면 할 말을 되뇌고 있었다. 자신이 내린 결정, 진짜 이름이 은정인 경에게 무슨 말을 했는지 그리고 그녀는 번역가가 아니라 편집자였다는 것을.

*

한 시간 반 후, 폴은 운전기사에게 약속한 팁을 주었다.

그는 터미널로 들어가서 출발 전광판을 훑어봤다. 파리행 항공편은 표시되어 있지 않았다.

에어프랑스 데스크 직원이 오늘의 마지막 비행기는 삼십 분 전에 이륙했다고 말했다. 내일 항공편은 아직 한 좌석이 남아 있었다.

19

비행기 바퀴가 활주로에 닿기가 무섭게 폴은 휴대전화를 켜고 미
아에게 전화를 걸었다. 세 번이나 음성 사서함으로 연결되자 폴은 포
기했다. 그녀에게 하려는 말은 직접 만나서 해야 할 얘기였다.

택시가 브르타뉴 거리에서 멈췄다. 폴은 카페 마르셰에 맡겨둔 아
파트 열쇠를 회수하고 여행 가방은 카페에 내버려두었다. 우편물 읽
을 시간도, 여러 번 메시지를 남긴 크리스토넬리에게 전화할 시간도
없었다.

후다닥 샤워를 하고, 옷을 갈아입은 뒤 몽마르트르를 향해 질주했
다. 노르뱅 거리에 주차해놓고 라 클라마다 레스토랑까지 걸어갔다.

폴이 들어가자 다이지가 주방에서 하던 일을 멈추고 나왔다.

"그 사람 어디 있어요?" 폴이 물었다.

"앉으세요, 할 얘기가 있어요." 다이지는 카운터 뒤로 들어가면서 말했다.

"지금 당신 집에 있어요?"

"커피 드릴까요? 아니면 와인 한 잔?"

"당장 미아를 만나고 싶어요."

"미아는 집에 없어요. 지금 어디 있는지는 나도 모르고요. 아마 영국에 있겠죠. 지난주에 훌쩍 떠났는데 그 뒤로 소식이 없어요."

폴은 다이지의 어깨 너머를 쳐다봤다. 다이지는 폴의 시선을 좇다가 커피 메이커 옆에 놓인 골동품 향신료 통을 봤다.

"그래요, 맞아요. 미아가 어제 아침에 왔었는데 바람처럼 사라졌어요. 저거, 당신이 나한테 보낸 선물 맞아요?"

폴은 고개를 끄덕였다.

"얼마나 예쁜지, 감동받았어요. 고마워요. 둘 사이에 무슨 일이 있었는지 물어봐도 될까요?"

"아뇨." 폴이 대답했다.

다이지는 더는 캐묻지 않고 커피를 따라주었다.

"미아의 인생은 보이는 것보다 더 복잡해요. 성격도 자신이 인정하는 것보다는 더 까다로운 편이고요. 하지만 나는 있는 그대로의 미아를 사랑해요. 제일 친한 친구니까. 미아가 마침내 이성적인 결정을 내린 거예요. 미아 스스로 이겨내야 해요. 당신도 친구니까 미아를 가만 내버려둬요."

"런던에서 살려고 돌아간 겁니까? 헤어진 남자와 살려고?"

"지금은 손님이 있고, 내 요리는 저절로 만들어지는 게 아니에요. 오늘 밤, 열 시 이후에 다시 와요, 그때가 조용하니까. 식사 대접할 테니 그거 먹고 나서 얘기하죠. 당신의 소설 읽었어요. 아주 재미있게."

"어떤 책?"

"첫 소설요. 미아가 나한테 선물로 줬거든요."

폴은 다이지에게 인사하고 레스토랑을 나섰다. 크리스토넬리가 애타게 찾고 있었다. 폴은 생제르맹데프레를 향해 출발했다.

*

가에타노 크리스토넬리가 사무실에서 나와 두 팔 벌려 환영했다.

"나의 스타!" 크리스토넬리가 폴을 와락 끌어안으면서 외쳤다. "내가 그 여행을 밀어붙인 게 옳았다는 거 인정하죠?"

"숨 막혀 죽겠어요, 가에타노!"

크리스토넬리는 한 걸음 물러서서 폴의 재킷을 매만져주었다.

"한국 출판사에서 신문 기사들을 첨부해서 메일을 보내줬어요. 어마어마하던데! 번역된 것이 아니라 내용은 정확히 모르겠지만 평이 엄청난 것 같고, 대성공을 거뒀어요."

"의논할 게 있어요." 폴이 우물우물 말했다.

"당연히 의논해야지요. 또 선인세 달라는 얘기만 아니면 좋겠는데. 어쩜 그렇게 감쪽같이 속이나!" 크리스토넬리가 싱글벙글해서 폴의 어깨를 툭툭 쳤다.

"그건 아니에요. 아무튼 그것보다 더 복잡한 거예요."

"여자와 얽히면 결코 단순하지 않죠. 내가 말하는 여자는 날마다 만나는 아내를 말하는 거예요. 하긴 내가 아는 당신은 포크 등을 치는 식으로 멋대로 행동하고도 남을 사람이긴 하죠!"

"보통은 숟가락의 등이라고 하죠!"

"그게 그거라 난 차이를 모르겠지만 뭐, 작가님이 그렇다고 하니까 오늘은 그렇다고 치죠. 그럼 이제 한잔하러 나갈까요, 축하는 해야죠, 대단한 폴!"

"이미 꽤 드신 건 같은데, 아닙니까? 상태가 이상해 보이는데요."

"나? 상태 이상한 사람이 나라고요? 농담해요? 정황상 이상한 사람은 당신이어야 하는데! 조금이라도 상태가 이상한 건…… 대단한 폴, 당신일 텐데!"

"자꾸 '대단한 폴'이라고 하면서 나 자극하지 마시죠! 은정이 정확하게 뭐라고 했습니까?"

"은…… 뭐요?"

"나의 한국 편집자지 누구겠어요?"

"폴, 내 입술이 움직일 때 입에서 나오는 소리를 제대로 듣기는 하는 거예요? 아니면 비행기에서 청각을 잃은 건가? 감압 때문에 이런 현상이 일어나는 건가……. 내가 이래서 비행기를 질색한다니까. 아무튼 나는 가능하면 비행기를 안 타려고 해요. 밀라노에 갈 때 좀 오래 걸려도 기차를 타고 가는 이유죠. 기차에 오르기 전에는 검색도 안 하고. 그럼 술 한잔하자는 제안은 받아들이는 거죠? 대단한 폴!"

둘은 카페 레 되마고의 테이블에 자리를 잡고 앉았다. 폴은 크리스토넬리가 장의자에 내려놓은 서류 봉투를 봤다.

"그게 내 다음 소설의 계약서라면 일단 내 말부터 들어야 합니다."

"우리가 이제는 계약이 파기된 상태예요? 그렇다면 분명히 말하는데 동의할 수 없어요. 내 어시스턴트가 무슨 짓을 하고 다니는지 모르겠군. 아무튼 내가 당신을 지원해주고 있는 게 벌써 몇 년인데 상황이 이렇게 됐다고 안면 몰수하면 곤란하죠! 다음 작품의 주제에 대해서는 다른 날 얘기하고 지금은 자세히 말해주는 게 순서인 것 같은데……. 비밀은 지켜줄 테니까 나를 믿어요. 입을 꿰매고 무덤까지 가져갈 거니까!" 크리스토넬리가 입술에 집게손가락을 대면서 속삭였다.

"약 먹었어요?" 황당한 폴이 물었다.

"아뇨!"

"은정에게 말한 겁니까? 그래요, 아니에요?"

"내가 왜 그런 짓을 합니까? 좀 전에 말했잖아요. 그쪽에서 보낸 메일을 읽었다고 그리고 서울에서 당신을 환대해줬다고 해서 기뻤다고. 당신이 떠나기 전에 내가 분명히 예언했죠? 대박이 나면 중국 출판사들과 접촉할 거고, 당신의 미국 출판사에도 알릴 거라고. 내 계획대로 진행할 겁니다."

"계획대로 되고 있는데 왜 이렇게 흥분하는지 내가 알아야 하는 거 아닙니까?"

크리스토넬리는 폴을 찬찬히 훑어봤다.

"나는 당신을 친구라고 생각하고 믿었는데 솔직히 실망이에요. 다른 사람들과 똑같이 이런 식으로 이 일을 알게 됐다는 것이."

"무슨 말을 하는 건지 도무지 이해가 안 되네요. 아주 작정을 하고 나를 자꾸 건드리시는데, 이번만은 시차 탓에 내가 예민한 걸로 넘어가드리죠."

크리스토넬리가 콧노래를 흥얼거리면서 서류 봉투를 테이블 위에 올려놨다. 그러곤 계속 흥얼거리면서 봉투를 살짝 열어 봤다가 닫고 열어 봤다가 닫기를 계속하자…… 참다못한 폴이 봉투를 휙 낚아챘다.

폴은 봉투 안에 여러 권 들어 있는 잡지 중 『피플』의 표지를 보고서 눈이 동그래지고 숨이 턱 막혔다.

"경찰서로 당신 데리러 갔을 때, 어디선가 본 적이 있는 것 같더라니." 크리스토넬리가 말했다. "멜리사 바로우, 바로 그녀였는데! 사진 보고 내가 얼마나 놀랐는지!"

미아와 폴이 찍힌 사진들이 잡지 표지와 첫 페이지들을 장식하고 있었다. 나란히 걸어가는 두 사람, 호텔에 들어가는 모습, 로비와 엘리베이터 앞에 서 있는 모습, 길가에 쭈그리고 있는 폴을 부축해주는 미아, 미아가 올라타도록 리무진의 문을 잡고 있는 폴. 사진들 밑에는 '멜리사 바로우의 미친 사랑'이라는 코멘트가 달려 있었다. 폴은 떨리는 손으로 두 번째 잡지를 훑어보다 서울 도서전에서 찍힌 미아의 사진 밑에 달린 글을 읽었다.

〈영화 개봉을 며칠 앞두고 남편과 포스터 촬영을 한 멜리사 바로우, 미국인 소설가 폴 바턴과 또 다른 한 편의 로맨틱 코미디를 찍다.〉

"좀 억지라는 건 인정해요. 하지만 책 판매에는 노이즈 마케팅이 최고죠! 대단한 폴! 근데 표정이 왜 그래요?" 크리스토넬리가 의외라는 얼굴로 물었다.

폴은 속이 울렁거려서 카페 밖으로 뛰쳐나갔다.

얼마 후 길바닥에 쭈그리고 있는 폴의 시야에 손수건이 들어왔다. 크리스토넬리가 뒤에서 팔을 잡아끌었다.

"추해 보여서 그럽니다. 술 취했다고 욕깨나 먹을 때의 내 꼴이 생각나서!"

폴은 손수건으로 입을 닦았고, 크리스토넬리가 그를 벤치까지 데려갔다.

"괜찮겠어요?"

"보시다시피 내 상태가 말이 아니네요."

"이 사진들 때문에 그래요? 결국은 이런 일이 일어날 걸 생각도 못했다는 거예요? 제7예술의 떠오르는 스타를 만나면서 뭘 기대하신 건가."

"세상이 발밑으로 사라지는 느낌 경험한 적 있어요?"

"있죠. 어머니가 돌아가셨을 때, 그리고 첫 번째 아내가 나를 떠났을 때, 두 번째 아내와 헤어졌을 때. 세 번째 아내는 달랐죠. 쌍방 합의 하에 갈라섰으니까."

"나락으로 떨어질 때는 아주 조심해야 하는데. 그 밑에 또 다른 나락이 있으니까, 훨씬 더 깊은. 어디까지 떨어질지 나도 궁금하네요."

*

폴은 집으로 들어가서 저녁때까지 잤다. 여덟 시쯤, 컴퓨터 앞에 앉았다. 메일함을 열고 제목이 붙은 것들만 읽고 컴퓨터를 껐다. 잠시 후, 택시를 불렀고 몽마르트르에서 내렸다.

밤 열한 시가 다 되어갈 즈음, 폴은 라 클라마다에 들어갔다. 다이지는 마지막 손님들이 방금 나간 테이블을 치우고 있었다.

"안 오는 줄 알았어요. 배고파요?"

"모르겠어요."

"나한테 맡겨봐요."

다이지는 폴에게 테이블을 골라 앉으라고 하고 주방으로 들어갔다가 얼마 후 접시 하나를 들고 나왔다. 그녀는 폴과 마주 보는 자리에 앉아 오늘의 특별 요리라면서 먹으라고 했다. 얘기는 그가 배부를 때쯤 할 거라면서. 그녀는 와인을 따라주고 폴이 먹는 걸 지켜봤다.

"당신은 알고 있었죠?" 폴이 물었다.

"미아가 웨이트리스가 아니라는 거요? 내가 말했잖아요, 미아의 삶은 보이는 것보다 더 복잡하다고."

"당신은 진짜 셰프 맞아요? 혹시 비밀정보기관에서 일하는 사람 아니에요? 나한테는 전부 다 말해도 돼요, 더는 놀랄 것도 없으니까."

"괜히 작가가 아니군요." 다이지가 진심으로 웃었다.

다이지는 미아의 삶을 얘기했고, 폴은 다이지가 털어놓는 미아와의 어릴 적 추억을 듣는 동안 행복했다.

자정, 폴은 다이지를 아파트 건물 앞까지 바래다주었다. 그리고 고개를 들고 아파트 창문을 바라봤다.

"그녀한테서 소식이 오면 나한테 연락해주겠다고 약속해요."

"아뇨, 난 약속 안 해요."

"맹세할게요, 나 나쁜 놈 아니에요."

"바로 그래서 당신에게 약속하고 싶지 않은 거예요. 두 사람은 서로 맞지 않아요."

"난 그저 내 친구가 보고 싶은 건데요."

"당신도 미아만큼이나 거짓말이 서툴군요. 처음이 힘들지 차츰 나아져요. 내 레스토랑에 당신을 위한 테이블은 항상 비워둘게요, 언제든 와요. 안녕, 폴."

다이지는 아파트 건물의 문을 밀고 들어갔다.

*

삼 주가 흘렀고, 그동안 폴은 계속 글을 썼다. 컴퓨터 앞을 떠나지 않았다. 점심 먹으러 콧수염의 카페에 갈 때 그리고 일요일마다 다이지와 브런치를 먹으러 나갈 때를 제외하고는.

어느 날 저녁, 여덟 시 정각에 크리스토넬리의 전화를 받았다.

"글 쓰고 있었어요?"

"아뇨."

"텔레비전 보고 있어요?" 크리스토넬리는 계속 물었다.

"아뇨."

"그럼 됐어요, 하던 일 계속해요."

"내 시간표 알려고 굳이 전화까지 한 겁니까?"

"천만에요, 안부 물을 겸 소설은 잘되고 있는지도 궁금해서요."

"원래 계획한 소설 중단하고 다른 거 쓰고 있어요."

"놀라운 소식이군요."

"지금까지와는 완전히 다른 소설이 될 겁니다."

"아, 그래요? 주제가 뭔지는 나도 알아야 할 텐데."

"마음에 들지 않을 거예요."

"영리한 사람 같으니, 내 호기심을 자극하려고."

"아니, 진심으로 하는 말이에요."

"스릴러예요, 이번에는?"

"몇 주 후에 얘기하죠."

"탐정 소설?"

"초안 완성되면 말할게요."

"에로틱 소설?"

"가에타노, 나한테 특별히 할 말 있는 거죠?"

"아⋯⋯. 아니에요. 잘 지내는 거죠?"

"네, 잘 지내요, 되게 잘. 내 일상을 열나게 재미있어 하는 것 같아서 친절하게 알려드리죠. 오늘 아침에는 집 청소를 좀 했고, 우리 집 건물 아래층에 있는 카페에서 점심 먹었고, 오후에는 책 읽었고, 오늘 저녁에는 식은 렌틸콩 한 접시 데워 먹을 겁니다. 그러고 나서 글 쓰다가 잘 거예요. 이제 안심이 됩니까?"

"저녁 식사로 렌틸콩은 좀 부담스럽지 않나?"

"잘 자요, 가에타노."

폴은 고개를 설레설레 저으면서 전화를 끊고 다시 글을 쓰기 시작했다. 새 문단을 시작하다가 크리스토넬리가 왜 전화를 걸었는지 의문이 들었다. 아무 의미도 없는 말이나 늘어놓으려고?

폴은 텔레비전 리모컨을 쥐었다. TF1 채널의 뉴스를 틀었다가 공영방송 F2로 채널을 돌렸고, 리모컨으로 이리저리 채널을 돌리다가 다시 F2에 채널을 고정했다. 영화 예고편이 나오고 있었다.

폴은 한 남자에게 키스하는 검은색 드레스 차림의 여자를 봤다. 남자는 여자를 안아서 침대에 내려놓고 옷을 벗겼다. 남자가 가슴에 키스를 하자 여자가 신음 소리를 냈다.

배우 얼굴 클로즈업……. 이번에는 이미지 정지, 스튜디오 플로어로 바뀐 화면에는 두 배우가 출연해 있었다.

"「앨리스의 이상한 여행」이 내일 개봉입니다. 영화가 성공하길 기원하지만 감히 말씀드리자면 대중이 이 영화에서 가장 기대하는 것은 사생활에서처럼 스크린에서도 두 분이 함께 있는 모습일 겁니다. 멜리사 바로우, 다비드 밥킨스, 오늘 저녁 초대에 응해주셔서 고맙습니다." 사회자가 말했다.

카메라가 나란히 앉은 두 사람을 잡았다.

"환영해주셔서 고맙습니다, 들라우스 씨." 두 사람이 합창으로 대답했다.

"수많은 시청자들이 궁금해하는 것을 대신 묻겠습니다. 배우자가 파트너일 때 연기하기가 쉽습니까, 어렵습니까?"

미아는 다비드에게 답변을 넘겼다. 그는 어떤 장면인가에 따라 다르다면서 설명했다.

"멜리사가 방탕한 역을 연기할 때는 나도 흔들리죠. 물론 멜리사도 마찬가지일 거고요. 부부라고 베드신 연기가 더 쉬울 거라고 생각하지는 마세요. 물론 우리는 누구보다 서로를 잘 알지만 스텝들이 지켜보는 앞에서는 곤혹스러우니까요. 스텝들이 침실까지 들어오는 것에는 통 익숙해지질 않네요." 다비드는 자기 유머에 자기가 웃으면서 덧붙였다.

"밥킨스 씨가 베드신 얘기를 꺼내셨으니, 최근에 『피플』에 실린 사진들에 대해 멜리사 바로우 씨에게 질문 드리겠습니다. 오늘 저녁 두 분이 함께 출연하신 것으로 그 모든 것은 악의적인 험담에 지나지 않는다고 결론 내려도 되는 건지요? 멜리사 바로우에게 폴 바턴이라는 소설가는 뭐라고 할 수 있을까요?"

"친구죠." 미아가 짤막하게 대답했다. "아주 소중한 친구."

"그의 책을 좋아하세요?"

"책과 우정으로 맺어진 사이죠. 나머지는 의미 없어요."

폴은 리모컨을 떨어뜨리기 전에 텔레비전을 껐다.

그 뒤로 한 줄도 쓰지 못했다. 자정 무렵, 휴대폰을 들고 전화를 걸었다.

*

차창을 짙게 선팅한 세단이 호텔 주차장으로 들어섰다. 다비드는 문의 손잡이를 잡고 미아 쪽으로 고개를 돌렸다.

"이게 당신이 원하는 거, 확실해?"

"안녕, 다비드."

"우리는 왜 화해하려는 노력을 하지 않을까. 당신은 복수를 했어. 그러니까 당신도 신중하게 처신했다고 말할 수는 없어."

"나는 숨으려고 하지 않았어. 하지만 이제 행복한 척하는 역겨운 코미디 놀이는 끝났으니 내가 할 일을 하는 거야. 나 자신도 포함해서. 내가 불결하게 느껴져. 싱글이 되는 것보다 그 느낌이 더 최악이야. 이제 크레스턴이 당신에게 보낸 서류에 사인하는 일만 남았어. 내가 언론에 폭로하는 걸 원치 않으면 당신이 어떤 사람인지 직접 밝혀."

다비드는 경멸하는 시선으로 미아를 응시하다 차에서 내리고 문을 쾅 닫았다.

운전기사가 미아에게 어디로 갈지 물었다. 그녀는 남부 고속도로를 타라고 부탁했다. 그러고 나서 휴대폰을 꺼내 크레스턴에게 전화를 걸었다.

"미안해요, 미아. 프로모션 마지막 날 저녁에는 참석했어야 하는데 좌골신경통 때문에 걷는 게 힘들어서. 이제 해방된 느낌이겠죠?"

"그와 당신에게서는 해방됐죠. 다른 건 아직 그렇다고 할 수 없고."

"당신을 지키려고 최선을 다했지만 불가능한 임무였어요."

"알아요, 크레스턴, 당신을 원망하진 않아요. 이젠 엎질러진 물인데."

"어디로 갈 거예요?"

"스웨덴. 다이지가 스웨덴, 스웨덴 할 때부터 쭉."

"옷 따뜻하게 입어요, 거긴 엄청 추우니까. 소식 줄 거죠? 기다릴게요."

"나중에요, 크레스턴. 당장은 안 할 거예요."

"푹 쉬고 힘내요. 몇 주 지나면 이 모든 일은 과거가 돼요. 멋진 미래가 당신을 기다리는데."

"버튼 하나 눌러서 우리의 잘못을 싹 지울 수 있다면 얼마나 좋을까요? 하지만 그런 일은 소설 속에서나 일어나죠. 안녕, 크레스턴, 빠른 쾌유를 빌게요."

미아는 전화를 끊었다. 그리고 차창을 내리고 휴대폰을 밖으로 던져버렸다.

20

"그 방송 보고 나서 뭐했어?"

"집 안을 빙빙 돌다가 자정에는 더 이상 견딜 수가 없어서 너한테 전화했지. 그런데 다음 날 네가 내 집 초인종을 누를 줄이야. 너를 보니까 행복해."

"최대한 빨리 온 거야. 예전에 네가 나를 위해 달려왔던 것처럼."

"그랬지. 하지만 그때는 도시를 가로지른 것뿐인데."

"얼굴빛이 형편없네."

"혼자 왔어? 로렌은 벽장에 숨어 있나?"

"커피나 한 잔 줘, 싱거운 소리 말고."

아서는 폴 곁에서 열흘을 머물렀고, 허울뿐일지라도 우정이 행복을 되살렸다.

아침마다 둘은 콧수염의 카페에 앉아 얘기했고 오후에는 파리를 돌아다녔다. 폴은 주방 용품, 자질구레한 실내 장식품, 입지도 않을 옷들, 절대 읽지 않을 책들, 아서의 아들에게 줄 선물 등을 사들였다. 아서는 지나치게 들뜬 친구의 기분을 진정시키려 했지만 헛일이었다.

둘은 이틀 내리 라 클라마다에 가서 저녁을 먹었다.

아서는 다이지가 매력이 넘치고 음식도 맛있다고 생각했다.

식사하면서 폴은 지금 미친 듯이 매달려 있는 자신의 엉뚱한 계획을 설명했다. 아서는 위험한 생각이라고 말렸다. 폴도 그 결과가 어떨지는 예상됐지만 작가로서의 자기 양심과 화해하는 유일한 방법이었다.

"도서전에서 은정을 만난 날, 우리는 한참 동안 아무 말도 못하고 있었어. 이윽고 그녀가 그럴 수밖에 없었던 이유를 설명했지. 그녀가 한 일로 나는 어떤 피해도 입은 게 없어. 앞으로도 입지 않을 거고. 그녀 덕분에 나는 유명세를 누렸고 로열티도 받았어. 그녀가 내 이름을 사용한 것은 자신의 이야기를 쓰기 위한 것이었지. 국경 너머에서는 결코 읽히지 않을 이야기이기 때문에. 아무도 그녀의 동족이 처한 운명에 관심을 가져주지 않기 때문에. 우린 서로 윈윈 한 거야. 그렇지만 그녀의 책으로 먹고살았다는 생각만 해도 견딜 수가 없었어. 고백하건대, 돈보다 더 중요한 걸 위해 그녀가 내린 용기와 결단에 깊은 감동을 받았어. 그녀는 전부 다 털어놨지. 일 년에 두 번씩 파리에 체

365

류한 것은 자신이 몸담은 지하 조직과 접촉하기 위한 것이었다고. 그리고 나에 대한 감정은 진지했다고. 그녀가 싸우는 체제에 포로로 붙잡혀 있는 다른 남자를 사랑하지만. 넌 내가 그녀에게 마땅히 해야할 행동을 했어야 한다고 생각할 거야. 하지만 훌륭한 여자였어. 그리고 무엇보다 중요한 건 내가 몇 달 만에 처음으로 자유롭다고 느낀다는 거야. 난 그녀를 사랑한 게 아니었어. 그걸 깨닫게 한 사람이 바로 미아라는 걸 알았는데, 난 그녀를 만나지도 못하고 있어. 나를 비웃어도 돼. 하지만 어떤 점에서 너와 나는 비슷한 데가 있어. 우리에게는 유령을 유혹하는 대단한 재주를 갖고 있다는 거. 아, 미안해, 말이 그렇다는 거지 로렌을 두고 한 말은 아니야. 로렌과는 아무 상관도 없고. 은정과 작별할 때 나는 경의 이야기를 다시 써서 세상에 알리겠다고 다짐했어. 어쩌면 내가 그녀의 이야기를 더 잘 쓸 수 있다는 걸 입증하고 싶은 건지도 모르지. 편집자는 아직 아무것도 몰라. 크리스토넬리가 내 원고를 읽으면서 어떤 얼굴을 할지 눈에 선해. 하지만 필요하면 싸워서라도 꼭 출판하게 할 거야."

"진실을 고백할 생각이야?"

"아니, 아무한테도 말하지 않을 거야, 편집자에게도. 믿을 사람은 너밖에 없어. 로렌에게도 비밀로 해줘."

식사가 끝났을 때 다이지가 합석했다. 그들은 인생과 우정 그리고 행복해질 날을 위해 건배했다.

아서가 샌프란시스코로 돌아갔다. 폴은 공항까지 배웅하면서 엄숙하게 맹세했다. 이제는 비행기 타는 거 무섭지 않기 때문에 소설을 끝내는 즉시 조를 만나러 가겠다고.

아서는 안심하는 얼굴로 돌아섰다. 폴은 글 쓰는 데 흥이 올라 있었다. 지금 그에게 소설보다 더 중요한 것은 없었다.

*

폴은 쉼 없이 글을 썼다. 유일하게 쉬는 시간이라고는 콧수염과 시간을 보내거나 이따금 라 클라마다에 가서 식사할 때밖에 없었다.

어느 날 저녁, 폴이 벤치에 앉아서 다이지와 얘기하고 있을 때 캐리커처 화가가 그림 한 장을 들고 다가왔다.

폴은 그림을 한참 들여다봤다. 바로 이 벤치에 앉은 커플의 뒷모습을 스케치한 그림이었다.

"지난여름이었어요. 오른쪽 남자가 당신입니다." 화가가 말했다. "축제가 다가오고 있어서 드리는 제 선물입니다."

폴은 눈여겨봤다. 손을 스치면서 지나가는 캐리커처 화가에게 장난스러운 미소를 보내는 다이지를.

두 달 후, 폴은 소설의 마지막 줄을 쓰고 있었다. 저녁 늦게 다이지의 전화를 받았다. 그녀는 가능한 한 빨리 레스토랑으로 오라고 말했다.

폴은 다이지의 목소리에서 흥분된 어조를 감지했고, 미아의 소식을 받았기 때문이라고 직감했다.

폴은 교통 혼잡을 피해 지하철을 탔고, 르픽 거리를 뛰어올라갔다. 물랭 드 라 갈레트 댄스홀 앞을 지날 때쯤엔 숨이 턱까지 찼고, 몸은 쌀쌀한 날씨에도 불같이 뜨거웠다. 마침내 라 클라마다에 들어서는데 심장이 두근거렸다. 미아가 와 있을 거라고 확신한 폴은 들떠 있었다.

카운터 앞에는 다이지만 서 있었다.

"무슨 일이에요?" 폴이 카운터 의자에 걸터앉으면서 물었다.

다이지는 계속 유리잔을 닦았다.

"내가 최근에 미아한테 했던 말을 당신에게는 안 해줄 거예요. 그건 사실이 아닐 것이기 때문에."

"무슨 말인지 모르겠어요."

"입 다물고 있으면 내가 아는 걸 얘기해줄 수도 있고요. 일단 칵테일 한 잔 만들어 줄게요. 기운 나는 걸로."

다이지는 여유를 부리며 폴이 칵테일을 다 마시길 기다렸다. 어찌나 독한지 목구멍을 타고 넘어가는 순간 취기가 확 올랐다.

"어우, 독해." 폴이 기침을 했다.

"알프스 산에서 밤중에 길 잃은 산악인들을 발견했을 때 마시게 하는 술이죠. 죽음으로부터 구해내 생명의 품에 안기게 해주는 특제약이라고 할까요."

"뭔가 아는 거죠, 다이지?"

"별거 아니지만 그래도……."

다이지는 금전등록기에서 크라프트지 봉투를 하나 꺼내 카운터에 올려놨다. 폴이 집으려고 하자 다이지가 손을 잡았다.

"기다려요, 내 말부터 듣고. 크레스턴이 누군지 알아요?"

폴은 서울에서 미아가 그 이름을 말하면서 가까운 지인이라고만 했던 기억이 났다. 뭐 하는 사람인지는 밝히지 않아 살짝 질투까지 느꼈었는데.

"미아의 에이전트예요, 아니, 에이전트였죠." 다이지가 말했다. "크레스턴과 나는 공유하는 게 있어요. 어느 날 상황이 잘 수습될 경우를 대비해 비밀로 해야 되는 일이에요."

"무슨 상황?"

"잠자코 내 말 끝까지 들어요. 미아가 사라진 뒤로 우리는 그 애의 빈자리를 같이 아파하고 있죠. 처음에 나는 그가 돈 때문에 힘들어하고 있을 거라고 생각했는데 그건 기우였어요."

"기우라는 건?"

"크레스턴이 어제저녁에 여기 왔어요. 대개는 이름을 들으면 어떻

게 생겼을 거다, 연상이 되잖아요. 나는 그가 그런 얼굴일 줄은 상상
도 안 했거든요. 중산모자에 우산을 든 늙은 영국 신사쯤으로 상상했
는데, 그 선입견이 무참히 깨졌죠. 아주 딴판이었어요. 손목은 손가
락으로 툭 치면 부러질 것처럼 가늘고, 얼굴이 예쁘장한 오십 대 남
자였거든요. 나는 손이 솔직한 남자를 좋아해요. 손이 많은 걸 말해
주죠. 당신도 그랬어요, 첫눈에 마음에 들었죠. 아무튼 어제저녁 그
는 한 테이블에서 혼자 식사를 했어요. 계산을 하고 나서도 손님들이
다 나가길 기다리고 있었죠. 누군지 알았다면 돈을 받지 않았을 텐
데, 아주 세련된 매너였죠.. 내가 가서 말을 걸지 않았다면 자기가 누
군지 말도 안 하고 나갔을 거예요, 아마. 그가 마지막 손님이었기 때
문에 음식이 입에 맞았느냐고 물어봤죠. 그는 잠시 침묵하다 이렇게
말했어요. '가리비관자 요리가 훌륭하군요. 듣던 대로 아주 맛있었습
니다. 그녀가 왜 그토록 여길 좋아하는지 이제야 이해가 됩니다.' 그
렇게 말하고는 이 봉투를 내밀었고, 나는 봉투를 열어보고 그가 누군
지 알았어요. 그도 몇 달째 미아의 소식을 모르고 있더군요. 미아가
딱 한 번 전화해서 자기 아파트와 살림살이를 다 처분해달라고 했다
는 거예요. 어디 있는지는 밝히지 않고. 크레스턴은 이삿짐센터 트럭
에 그녀의 짐이 실리는 걸 지켜봤고, 경매장으로 가져갔다고 털어놨
어요. 경매인의 망치가 내려오려고 할 때마다 그는 값을 올려 불렀고
요. 크레스턴은 미아의 든든한 보호자였어요. 낯선 사람이 미아의 책
상 앞에 앉아 있거나 그녀의 침대에서 잔다는 생각만 해도 참을 수가

없었다고 했어요. 나머지 가구와 미아의 자질구레한 물건들은 지금 런던 외곽의 창고에 잘 보관해놨대요."

"그래서 이 봉투 안에 뭐가 있는데요?" 폴이 들뜬 목소리로 물었다.

"기다려요. 크레스턴이 파리에 온 건 미아가 사랑하는 도시에서 지내보기 위해서였어요. 공감해요, 나는. 나도 미아와 함께 저녁 먹던 테이블, 테르트르 광장의 벤치를 하루에도 몇 번씩 바라보니까요. 레스토랑이 초만원일 때도 우리 둘의 테이블은 손님들에게 내주지 않아요. 그 테이블을 비워두려고 손님을 거절하는 때도 있죠. 밤마다 미아가 저 문을 열고 들어와서 가리비관자 요리 되냐고 묻는 꿈을 꾸고요."

폴은 다이지의 허락을 더 기다리지 않고 봉투를 열었다. 사진 세 장이 들어 있었다.

멀리서 찍힌 사진들이었다. 아마도 카루젤 뒤 루브르 앞의 레스토랑 테라스에서 찍은 것 같았다. 루브르 박물관 유리 피라미드 앞에 길게 줄서 있는 사람들, 다이지가 그중 한 얼굴을 손가락으로 가리켰다.

"미아는 헤어스타일로 아무도 몰라보게 변신할 줄 알아요. 나는 알아보지 못했지만 크레스턴은 확신했어요. 이 여자는 미아가 틀림없다고."

폴은 떨리는 가슴으로 사진을 들여다봤다. 다이지의 말대로 아무도 알아보지 못할 것 같은데, 크레스턴과 다이지는 누구보다도 미아를 잘 아는 사람들이었다.

폴은 안도감을 느꼈다. 그녀의 볼에 살포시 팬 보조개 때문에. 서울에 있을 때 봤었다. 그녀가 기뻐할 때마다 보조개가 쏙 파이는 걸. 그는 크레스턴이 어떻게 이 사진들을 입수했는지 다이지에게 물었다.

"크레스턴은 파파라치들과 잘 통하죠. 파파라치들이 신문사에 넘기고 받는 액수보다 훨씬 비싼 돈을 치르고 원본 필름을 샀다고 했어요. 서울은 너무 늦어서 손을 쓸 수가 없었고. 요컨대 크레스턴은 자기가 아는 모든 파파라치에게 알렸고, 그중 연락해온 몇 명에게 비싼값을 치르고 언제 어디서 찍었다는 정보와 함께 미아의 사진을 입수한 거예요. 하지만 이 사진들은 그에게 공짜로 보내진 것들이고요."

폴이 한 장 가져도 되겠냐고 부탁하려는 순간, 다이지가 세 장을 다 주었다.

"새로운 인생을 시작한 게 틀림없어요." 폴이 말했다.

"이 사진 잘 봐요, 미아가 누구랑 같이 있는 걸로 보여요? 아뇨, 굳이 그렇게까지 말하면 좀 나아지나요?"

"가장 고통스럽게 만드는 게 희망이니까."

"바보, 정작 불행하게 만드는 사람은 끄덕도 안 하고 있는데. 미아는 파리에 있으면서도 나를 만나러 오지 않았어요. 미아는 혼자 있고, 마음을 추스르는 중이에요, 거듭나기 위해서. 나는 알아요, 미아는 나의 절친한 친구니까. 크레스턴은 일주일 전에 이 사진들을 받았어요. 그래서 미아의 흔적을 찾아 나서기로 결심한 거고. 우리 레스토랑에 불쑥 들어오기 전에 이미 이틀 동안 파리를 돌아다녔대요. 우

372

연이 유리하게 작용해서 이백만 시민 속에서 미아와 마주칠지도 모른다는 뚱딴지 같은 생각으로. 아무튼 영국인들이란! 정작 파리에 사는 우리는 이러고 있는데……. 또 모르죠, 운이 따를지도……."

"미아가 아직 파리에 있다고 믿을 만한 근거는?"

"당신의 본능에 맡겨요. 당신이 진심으로 미아를 사랑하면 어디서 숨 쉬고 있는지 알게 되겠죠."

*

다이지의 말이 맞았다. 상상일 뿐이라고, 또는 무시하고 싶은 막연한 희망일 뿐이라고 생각하려 해도, 폴은 몇 주일 동안 어느 거리 모퉁이에서 미아의 향기를 맡았다. 마치 미아가 앞서 지나갔기 때문에 간발의 차로 그녀를 놓친 것처럼. 다음 사거리에서는 그녀와 마주칠 거라고 확신하면서 걸음을 재촉하기도 했다. 지나가는 여자를 미아라고 부르며 붙잡기도 하고, 밤거리를 무작정 걷기도 하고, 불 켜진 창문들을 바라보면서 그녀가 살고 있을지 모른다는 상상에 젖기도 했다.

*

소설이 출간되었다. 마침내, 폴이 전적으로 다시 쓴 경의 이야기. 픽션 영역을 벗어나 도전해보기는 처음이었다. 그는 저녁마다 원고 앞에서 계속 스스로에게 물었다. 이런다고 폴 바턴이 집필한 소설이 되는 건가? 스토리를 너무 윤색하거나 드라마틱하게 과장한 것은 아닐까? 은정이 그려낸 소설 속 인물들에 의식적으로 살과 영혼을 입혔다. 은정은 북한에 사는 가족의 비참한 운명을 진술하는 것으로 만족한 반면에 폴은 그들의 삶을 이야기하면서 고통과 공포를 그렸다. 그는 논픽션을 다룰 때 작가가 간과하지 말아야 하는 모든 것에 주의를 기울였다.

기자들도 앞다퉈 폴의 소설을 다루었다. 책이 출간되자마자 폴은 영문 모를 소용돌이에 휩싸였다. 어쩌면 단순히 시대적 분위기에 부합한 것인지도 몰랐다.

개인의 자유가 가진 힘을 믿는다면서도, 동쪽의 어느 나라 국경 너머에서 억압받는 이들과 약탈한 경제력을 방패 삼아 영향력을 키워가는 독재 체제에 대해서는 눈을 감고 있는 이 시대에 이론의 여지 없이 명백한 독재 권력을 고발하는 이야기가 적절한 타이밍에 등장해 양심의 눈을 뜨게 만든 것이었다. 폴은 이런 붐을 자신의 공으로 인정하지 않았다. 이 공은 전적으로 용기를 내준 은정이 받아야 마땅한 것이었다.

비평가들이 찬사에 가까운 평을 쏟아냈고, 크리스토넬리의 사무실로 인터뷰 요청이 쇄도했다. 폴은 전부 거절했다.

이번에는 서점에서 열광적인 반응이 나타났다. 폴은 처음으로 베스트셀러 판매대에 놓인 자신의 책을 보았고, 심지어 유행하는 풍조를 외면하는 종교 사원에도 그의 책이 있었다. 이윽고 출판사 복도에서 문학상 수상을 기대하는 소리까지 흘러나오기 시작했다.

크리스토넬리는 점점 더 자주 폴을 점심 식사에 초대했다. 그는 파리 사교계를 운운하면서 몰스킨 수첩을 펼치고는 진지한 표정으로 폴이 참석할 칵테일파티와 사교 파티 목록을 작성했다. 하지만 폴은 모든 파티에 빠졌고, 전화 응답기조차 듣지 않았다.

폴에 대한 온갖 소문이 텅 빈 아파트에서 소리가 울리듯 퍼져가고 있었다.

여섯 주가 지났을 때 그는 크리스토넬리를 만났다. 이번에는 카페 드 플로르에서였다.

폴은 감탄 아니면 증오에 찬 미소 세트를 보여줄 작정을 하고 크리스토넬리를 쳐다보고 있었다. 그런데 이날 저녁 그는 샴페인을 주문한 뒤 서른 개 나라 출판사에 소설 판권이 팔렸다고 말했다.

자신의 번역가 경의 이야기가 서른 개 나라에서 번역될 거라니, 얼마나 아이러니한가. 크리스토넬리가 이 성공을 위해 건배할 때 폴은 은정이 어떻게 생각할지 궁금했다. 서울 도서전에서 헤어진 뒤로 그녀와는 전혀 연락하지 않고 있었다.

저녁에 파티가 열릴 예정이었다. 폴은 딴 데 정신이 팔려 있었다. 그렇지만 준비를 하긴 해야 할 터였다. 파티는 이제 막 시작되었기 때문에.

21

가을에 들어선 어느 날 정오경, 전화벨이 계속 울렸다. 폴은 마지못해 전화를 받았다. 크리스토넬리가 말을 더듬어서 뭐라고 하는지 거의 알아들을 수가 없었다.

"라 메디……."

"뭐라고요?"

"라 메디테……."

"라 메디타시옹?" 폴이 물었다.

"아뇨, 근데 지금 명상이란 말이 왜 나오는지 모르겠네. 서둘러요, 라 메디테라네에서 사람들이 당신을 기다리고 있어요!"

"가에타노, 고맙긴 한데 내가 라 메디테라네에 뭐 하러 갑니까?"

"폴, 입 다물고 내 말 잘 들어요. 당신이 메디치 외국 문학상 수상자가 되었고, 기자단이 오데옹 광장의 레스토랑 라 메디테라네에서 기다리고 있어요. 택시가 당신 집 밑에서 대기하고 있다고요, 알아들었어요?" 크리스토넬리가 소리쳤다.

그 순간 머릿속이 멍해지면서 여러 가지 생각이 뒤죽박죽되었다.

"빌어먹을!" 폴이 내뱉었다.

"빌어먹을? 지금 그딴 말이 나올 타이밍인가?"

"빌어먹을, 빌어먹을, 빌어먹을."

"무례하게 구는 거 참아주는 것도 한두 번이지! 어떻게 나한테 그따위 말을 대놓고?"

"당신이 아니라 나한테 하는 겁니다."

"그래도 그렇지."

"그럴 수 없어요. 그들을 말려요."

"뭘 말려요?"

"그 상을 나한테 주는 거, 난 받아들일 수 없어요."

"폴, 내 뚜껑 열리게 하려고 아주 작정을 한 모양인데……. 난 메디치상 거절 안 하니까 그 택시 타고 빨리 와요, 아니면 내 입에서 빌어먹을 소리가 튀어나갈 거니까. 이런 빌어먹을, 빌어먹을, 빌어먹을! 십오 분 후 수상자 이름이 발표되는데. 나는 이미 와 있어요. 내 친구의 승리를 축하하기 위해서!"

전화를 끊는데 폴은 심장 발작이 일어나는 것 같았다. 그는 바닥에 드러누워 팔을 좌우로 벌리고 일련의 호흡법을 시작했다.

전화벨이 또 울리고 울렸다. 택시가 오데옹 광장에 도착할 때까지도 계속 울렸다.

크리스토넬리는 레스토랑 앞에서 기다리고 있었고, 사방에서 플래시가 터졌다. 폴은 피가 얼어붙는 것 같은 데자뷔를 느꼈다.

폴은 중얼거리듯 고맙다고 말했고, 크리스토넬리가 팔꿈치로 툭칠 때마다 사진기자들을 향해 고개를 들고 미소만 지을 뿐 어떤 질문에도 대답하지 않았다.

오후 세 시쯤, 크리스토넬리는 재판 발행과 표지에 두를 띠 제작 지시를 내리기 위해 황급히 사무실로 갔고, 폴은 집으로 돌아가서 틀어박혔다.

다이지가 늦은 오후에 축하 전화를 했다. 래디시를 썰다가 라디오 뉴스를 듣고 알았다면서 고맙다고 말했다. 덕분에 손가락을 뻤다고. 그리고 덧붙였다. 축하 파티를 열어줄 테니 가능한 한 빠른 시일 내에 라클라마다에 오는 게 좋을 거라고, 블랙리스트에 오르고 싶지 않으면.

저녁 여덟 시, 폴은 아서의 전화를 기다리며 집 안을 서성거렸다.

전화를 걸어온 사람은 로렌이었다. 아서는 고객과 함께 뉴멕시코로 출장 중이었다. 둘은 긴 대화를 나누었고, 로렌은 호흡 곤란으로 전화를 끊어야 하는 상황이 오기 전에 폴을 진정시켰다.

폴은 컴퓨터 앞에 앉아서 그동안 중단했던 원고 파일을 열었다. 로

378

렌이 폴에게 성악가를 되살리라고 부추긴 것은 잘한 일이었다. 성악가와 재회하자 이내 위안이 되었다.

몇 장을 쓰는 동안 폴은 가슴을 죄는 나사가 풀리는 것 같았고, 차분한 마음으로 밤새 글을 썼다.

이른 새벽, 폴은 어떤 대가를 치르더라도 약속을 지키기로 결정했다. 아서가 기뻐할 터였다. 미국으로 돌아갈 때가 온 것이다.

*

다음 날, 폴은 출판사에 갔다. 크리스토넬리가 하는 말은 건성으로 들었고, 인터뷰 제안을 모두 거절했다.

크리스토넬리는 흥분하지 않으려고 무진 애를 쓰고 있었다. 스무 번씩이나 폴에게서 거절한다는 대답을 들어야 했다. 그 결과, 폴이 마침내 '예스'라고 대답했는데도 알아듣지 못하고 기자들의 이름을 열거하면서 자기가 하고 싶은 말만 계속하고 있었다.

"방금 나 예스라고 했는데요." 폴이 말했다.

"아, 그래요? 뭐였죠?"

"'라 그랑드 비블리오테크', 그게 내가 출연할 유일한 방송입니다."

"오케이." 우울증에 걸리기 직전이었던 크리스토넬리가 대답했다. "빨리 알려야겠네. 내일 저녁 생방송이에요."

*

폴은 마지막 하루를 짐 정리하는 데 보냈다. 정오에 다이지의 레스토랑에 가서 점심을 먹었다. 작별하는 순간 둘은 서로의 품에 안겼고, 다이지는 차오르는 눈물을 애써 삼켰다.

늦은 오후, 폴은 콧수염에게 작별 인사를 하면서 열쇠를 맡겼다. 콧수염은 자기 것으로 생각하고 이삿짐을 지켜보겠다고 약속했다.

저녁 여덟 시, 크리스토넬리가 택시를 전세 내서 폴을 태우러 왔다. 폴은 가방을 택시 트렁크에 실었고, 택시는 프랑스 텔레비전 스튜디오로 출발했다.

폴은 화장하는 동안 침묵하다가 눈가의 잔주름을 감추지 말라고 부탁했다. 조연출이 데리러 왔을 때 폴은 크리스토넬리에게 출연자 대기실에서 기다려달라고 했다. 크리스토넬리는 대기실에 비치된 텔레비전으로 방송을 볼 것이다.

진행자 프랑수아 뒤테르트르가 무대 뒤에서 폴을 맞았고, 의자를 가리키면서 다른 소설가 네 명 사이에 앉게 했다.

폴은 동료 작가들에게 인사하고 나서 심호흡을 했다. 얼마 후, 생방송이 시작되었다.

"안녕하세요, '라 그랑드 비블리오테크' 스튜디오에 오신 걸 환영합니다. 오늘 저녁엔 문학상을 비롯해 외국 문학상에 관한 주제로 이야기를 나눠볼 텐데요. 대중에게는 많이 알려지지 않았지만 프랑스에 거주하면서 메디치 외국 문학상을 수상하신 폴 바턴 씨, 이 자리에 함께해주셔서 고맙습니다."

텔레비전 화면에 폴의 얼굴이 나타났다. 내레이터의 목소리가 폴의 이력, 건축가로서의 과거 경력을 상기하면서 프랑스에 와서 살기로 선택한 이유에 대해 말하고 있었다. 그의 소설 여섯 권을 소개하는 것으로 간략한 르포르타주를 보도한 뒤 프랑수아 뒤테르트르가 폴에게 말했다.

"바턴 씨, 이번 메디치 수상작은 앞선 작품들과는 사뭇 다른 소설입니다. 날카로우면서 놀랍고, 충격적이고 시사하는 바가 대단히 많은 소설입니다. 꼭 읽어봐야 할 소설이라고 생각되는데요."

뒤테르트르는 찬사를 이어가다 이런 이야기를 쓰게 된 동기에 대해 물었다.

폴은 카메라에 시선을 고정했다.

"내가 쓴 게 아닙니다. 나는 번역하는 것으로 만족했습니다."

프랑수아 뒤테르트르가 눈이 동그래져서 숨을 죽였다.

"내가 제대로 들은 게 맞나요? 이 소설을 쓰지 않았다고 했습니까?"

"네, 이 이야기는 첫 줄부터 마지막 줄까지 내 글이 아닌 것이 맞습니다. 이 소설의 저자는 한 여성입니다. 자기 이름으로는 출판할 수가 없는 여성이었습니다. 북한에 살고 있는 부모와 가족, 사랑하는 남자, 그들의 목숨을 대가로 치러야 하니까요. 그런 이유로 그 여성의 신원은 절대 밝히지 못하지만 그녀의 작품을 내 것이라고 할 수는 없습니다."

"이해가 안 되는데요." 뒤테르트르가 언성을 높였다. "그렇지만 폴 바턴이란 이름으로 출판하셨잖습니까?"

"서로 합의하에 내 명의를 대여한 겁니다. 작품 속의 경에게는 단 하나의 꿈이 있습니다. 자기 가족의 이야기가 많은 이들에게 알려지고, 사람들이 그 가족에게 주어진 운명에 관심을 가져주길 바라는 꿈이지요. 북한에서는 석유가 나지 않습니다. 끔찍한 독제 체제는 서양 세계에서도 극소수의 석유 강국에서나 존재할 뿐입니다. 나는 그녀의 책 내용에 감정을 이입하고 작중 인물들에게 생명을 불어넣는 데여러 달을 보냈습니다. 거듭 말씀드리지만 이 책은 그녀의 이야기입니다. 그녀의 책이기에 어제 내가 수상한 상은 그녀에게 돌아가야 마땅합니다. 나는 오늘 저녁 진실을 말하기 위해 이 방송에 출연한 겁니다. 아울러 언젠가 주민을 억압하는 체제가 무너지는 날이 오면, 그녀가 허락하는 즉시 저자의 이름을 밝히겠다는 말을 하기 위해서이 자리에 나온 겁니다. 그녀가 나에게 준 저작권에 대해서는 국제사면위원회와 천인공노할 체제를 반대하는 다양한 단체에 양도했습니다. 이 자리를 빌어서 오늘 저녁까지도 이 사실을 전혀 모른 채 이 책을 펴낸 출판사, 메디치 심사위원들께도 심심한 사과를 표합니다. 하지만 심사위원들은 표지에 있는 소설가의 이름이 아니라 이 소설에상을 준 것이라고 생각합니다. 그리고 무엇보다 중요한 것은 이 소설이 우리에게 털어놓은 증언입니다. 이 방송을 보시는 모든 분들께 자유와 희망의 이름으로 이 소설을 읽어봐주실 것을 부탁드립니다. 고맙습니다. 그리고 죄송합니다."

폴은 일어나서 사회자 뒤테르트르 그리고 초대된 다른 작가들과 악수한 다음 플로어를 나갔다.

*

크리스토넬리가 무대 뒤에서 기다리고 있었다. 그들은 홀에 이를 때까지 말없이 나란히 걸었다.

둘만 있게 되자 크리스토넬리가 폴을 쳐다보면서 손을 내밀었다.

"내가 당신의 편집자인 것이 아주 자랑스러워요. 물론 당신의 목을 비틀어버리고 싶은 마음은 굴뚝같지만. 아주 훌륭한 책이에요. 하지만 훌륭한 번역가의 작품이 아니고서야 외국에서 크게 성공하는 책은 거의 없지요. 몇 시간 후 샌프란시스코로 떠나기로 한 당신의 결정을 이해해요. 성악가의 러브 스토리를 손꼽아 기다릴게요. 당신이 읽도록 허락해준 첫 부분 원고가 아주 마음에 들었고, 출판을 서두르고 싶어요."

"고맙습니다, 가에타노. 하지만 억지로 그럴 필요는 전혀 없어요. 오늘 저녁 내 독자들을 몽땅 잃었을까 봐 걱정입니다."

"나는 정반대라고 생각해요. 두고 봐야 알겠지만."

22

폴과 크리스토넬리는 함께 계단을 내려갔다. 그들이 텅 빈 보도에 이르렀을 때 어둠 속에서 나타난 젊은 남자가 종이를 들고 다가왔다.

"이럴 줄 알았지, 아직 팬이 있다니까." 크리스토넬리가 말했다.

"나를 죽이러 온 김정은의 첩자일지도 모르죠." 폴이 냉소적으로 받아쳤다.

그 농담에 크리스토넬리의 얼굴에서 웃음기가 사라졌다.

"이거 받으세요." 다가온 남자가 폴에게 작은 봉투를 내밀면서 말했다.

폴은 봉투를 열고 손으로 쓴 이상한 쪽지를 발견했다.

당근 삼 파운드, 밀가루 일 파운드, 설탕 한 봉지, 달걀 열두 개, 우유 일 파인트.

"누가 준 겁니까?" 폴이 젊은 남자에게 물었다.

그는 건너편 보도에 서 있는 실루엣을 가리키고 나서 사라졌다.

한 여자가 길을 건너왔다.

"나 약속 안 지켰어요." 미아가 말했다. "방송 봤거든요."

"우린 아무 약속도 하지 않았는데." 폴이 대답했다.

"내가 왜 그렇게 빨리 당신에게 빠졌는지 알아요?"

"아뇨, 전혀 짐작도 안 가는데."

"당신은 척할 수가 없는 사람이라서요."

"그거 장점이에요?"

"되게 좋은 장점이죠."

"내가 얼마나 그리워했는지 상상도 못 할 거야, 미아. 보고 싶어서 죽는 줄 알았어요."

"진짜예요?"

"척할 수가 없는 사람이라면서요, 나는?"

"덧붙이고 싶은 말 더 없으면 키스해줄래요?"

"알았어요."

둘은 거리에서 포옹했다.

크리스토넬리는 잠시 기다리다 손목시계를 힐끔 쳐다보고는 헛기침을 하면서 다가갔다.

"두 사람은 바쁘지 않은 것 같으니까 전세 낸 택시는 내가 타고 가도 괜찮겠죠? 내가 다른 택시를 불렀으니까 두 사람은 그거 타면 될 것 같은데."

크리스토넬리는 택시 트렁크에서 가방을 꺼내 폴에게 내밀었다.

그는 미아에게 정중하게 인사하고 나서 택시 문을 닫았고 차창을 내리고 외쳤다. "대단한 폴!" 그사이 택시가 출발했다.

"어디 가요?" 미아가 물었다.

"루아시에 가서 자려고. 새벽에 샌프란시스코로 떠나요."

"오랫동안?"

"네."

"전화해도 돼요?"

"아뇨, 하지만 당신이 원한다면 내 옆 좌석 사람을 딴 데로 보내버릴 수는 있는데. 그리고 이 가방 안에 아주 맛있는 것도 있고."

폴은 가방을 내려놓고 미아에게 키스했다.

둘의 키스는 택시가 경적 소리로 깜짝 놀라게 할 때까지 계속되었다.

폴은 미아를 먼저 오르게 하고 그 옆에 앉았다.

택시기사에게 행선지를 말하기 전에 폴은 미아를 쳐다보면서 물었다.

"그럼 이제 이건 의미 있는 거, 없는 거?"

"이건 의미가 있죠."

2015년에 출간된 마르크 레비의 『P. S. From Paris』는 나온 지 두 달 만에 이미 50만 부가 넘게 팔릴 정도로 대성공을 거둔 작품이다. '할리우드를 유혹하는 희대의 프랑스 작가'라는 찬사가 무색하지 않게 『P. S. From Paris』도 현재 미국에서 시나리오 작업을 논의 중이다.

마르크 레비는 현재까지 17권의 소설을 발표했고, 49개국 언어로 번역되었으며, 3500만 부를 훌쩍 뛰어넘는 판매를 기록하고 있다. 작가는 매번 장르의 변화를 주는데 이번에 소개하는 작품은 로맨틱 코미디다.

런던에서 활동하는 영국인 영화배우 미아, 건축가로 활동하다 파리에서 소설가로 변신한 미국인 폴, 이 두 사람의 만남은 이렇게 시작된다. 친구들의 장난으로 레스토랑으로 나가게 된 폴은 데이트를 하러 나온 미아와 마주한다. 미아는 데이트 사이트를 통해 폴이 제안한 초대에 응한 것이지만, 폴은 데이트 사이트에 가입한 적이 없다. 미아는 레스토랑을 경영하는 셰프라고 거짓으로 자신을 소개하지만 바람피운 남편과의 불화로 파리에 은둔해 있는 영화배우다. 미혼인 폴은 미아가 영국에서 이름난 배우라는 걸 모른 채 경쾌한 만남을 이어간다.

오해에서 시작된 이 둘의 만남은 과연 이루어질 수 있을까? 둘은 외로움을 느끼지만 사랑에 빠지지 않는 선에서 적절한 거리를 유지한다. 순간순간 서로에게 끌리지만 애써 외면하며 단순한 친구 사이이길 바란다. 미아는 남편과 헤어지는 문제를 진지하게 고민하고, 폴은 소설에 전념한다. 그러던 중 폴의 소설이 한국에서 50만 부가 판매되는 엄청난 성공을 거두자 한국 출판사의 초청을 받게 된다. 사실, 폴에게는 일 년에 두 번, 비밀리에 파리에 머물다가는 '경'이라는 이름의 연인이 있다. 경은 한국에서 폴의 소설을 전담하는 번역가다. 소설은 폴이 한국으로 가면서 급반전이 일어나는데…… (실제로, 마르크 레비는 2010년 서울국제도서전에 참가했었다).

친구라고 주장하던 두 사람, 이들이 사랑의 감정을 확인하기까지는 시간이 걸린다. 수동적이었지만 자기 주도적인 여성으로 각성한 미아는 공항에서 남편을 버리고 폴에게 달려갈 때 사랑의 감정을 알아차린다. 폴은 텔레비전 방송국 스튜디오를 나와 미아가 사라지고 없을 때 그녀에 대한 사랑의 감정을 깨닫는다. 우정과 사랑은 어떤 차이가 있을까? 그 차이는 '부끄러움'이라면서 작자는 덧붙인다. "사랑에서는 자신의 모습이 어떻게 비치는지에 대한 두려움이 있지만, 우정에서는 훨씬 자유로우니까요."

왜 코미디를 선택했냐는 물음에 작가는 이렇게 말한다. "산소가 필요해서 코미디를 쓰고 싶었어요. 코미디를 써서 행복을 준다는 것은 아름다운 직업이죠. 내 소설은 대화가 주를 이룹니다. 소설을 더 생동적이고 경쾌하게 만들기 위해서인데 대화에 코미디 예술이 녹아들기 때문이죠."

식상할 것 같은 사랑 이야기가 전혀 뻔하지 않게, 번번이 상상을 뛰어넘는 예측 불능으로 전개되는 줄거리 때문일까, 『P. S. From Paris』는 경쾌하면서 유쾌한 행복을 느끼게 해주는 매혹적인 소설이다. '영혼을 울리는 로맨스의 연금술사'라 불리는 마르크 레비답게 재치와 지성, 감성이 넘치는 톡톡 튀는 대화와 반전의 위트가 압권이다.

한 편의 영화를 찍듯 파리 곳곳을 스케치하며 자취를 남기는 이 커플의 동선을 따라 훌쩍 떠나보고 싶지 않은가.

마르크 레비는 「르 파리지엔」과 인터뷰하면서 직접 밝혔다. 작가의 면모와 이 작품에 대한 생각을 엿볼 수 있어 여기에 소개한다.

첫 소설 『저스트 라이크 헤븐』의 작중 인물들을 다시 등장시켰는데 이유는?

픽션의 인물들은 작가의 인생에서는 거의 실재하는 인물이 되기 때문에 오래전부터 그러고 싶었어요. 아서와 로렌, 폴, 이 세 친구의 '케미'가 그리웠거든요. 나는 즐기고 싶었고, 소설가를 주인공으로 삼아 나 자신을 조롱하고 싶었죠. 이 역할을 누구에게 맡길까 고민하다 아서의 친구인 폴을 생각했어요.

소설가가 된 건축가, 폴은 당신과 닮았는데 자전적 소설입니까?
나를 비딱하고 어설픈 사람으로 보셨다면 대답은 예스이고, 우리는 많이 닮았죠(웃음). 미식가라는 것도 같고요. 하지만 폴보다는 미아와 특히 다이지에게서 더 많은 나를 발견할 수 있지요. 내 의도는 나에 대한 이야기가 아니라 로맨틱 코미디를 쓰는 거였어요. 나처럼 부끄러움이 많은 사람이 자신에 대해 말할 수 있는 유일한 방법은 자신을 비웃는 거죠. 그게 최고의 유머니까요.

주인공 폴의 경우처럼, 현실에서는 당신이 감히 못 하는 것들을 작중 인물에게 시키는 겁니까?
물론입니다. 글 쓰는 것은 나를 위한 것이고, 부끄러움을 치유하는 방법이죠. 많은 작가들도 그럴 거라고 생각해요. 큰 소리로 말하지 못하는 것을 쓰는 거죠. 현실에서 하지 못하는 걸 쓰는 겁니다. 나는 여자를 홀리지 못해요. 그러기에는 너무 조심스럽고 소심하기 때문이죠.

이 소설은 문학계와 결판을 내겠다는 뜻이 담겨 있습니까?

그건 절대 아닙니다. 문학계를 비꼬는 소설을 쓰고 싶은 날이 오면 이렇게 어중간하게 하지 않을 겁니다. 영화계나 문학계의 단점들에 관한 유머가 있었느냐? 네, 있습니다. 한 작중 인물이 '그런 병적인 문화 패권주의가 지긋지긋하다'고 말하지 않았느냐? 네, 맞습니다. 나는 정말 그렇게 생각합니다. 프랑스에 코미디의 카이사르가 없었다는 것이 이해가 안 됩니다. 1200만 관객에게 웃음을 준 영화 〈컬러 풀 웨딩즈〉도 시상식에서 작품상 후보로만 지명됐잖아요! 내 의도는 웃음을 주는 겁니다, 문학계와 결판을 내겠다는 것이 아니라.

문학상을 받아본 적이 없는데?

장인의 생애에 일어날 수 있는 가장 멋진 상은 일반 대중이 사랑해 주는 겁니다. 글을 쓴 지 17년이 되었지만 단 한 권도 문학상 기간에 발표한 적이 없어요. 등록도 하지 않았으면서 경주에서 이기길 꿈꿀 수는 없죠. 나는 콩쿠르 상보다 독자들이 주는 상을 받는 것이 훨씬 좋습니다.

북한의 독재정권을 책의 일부 배경으로 삼은 이유는?

오해로 인한 에피소드를 만들려면 아주 먼 나라가 필요했어요. 일본에서 외롭게 지내던 어느 날 비슷한 경험을 한 적이 있었죠. 한 기자가 20분을 얘기하는 동안 나한테 무슨 말을 하는지 전혀 이해하지 못

했어요. 그러다 내가 발표한 신간이 아닌 다른 소설에 대해 말하고 있다는 걸 알아차렸고, 기자가 나를 다른 작가로 착각했다는 걸 알았죠.

이 소설이 영화로 각색된다면 이상적인 캐스팅은?

영화로 만들어진다고 해도 나는 캐스팅에 관여하지 않을 거예요. 소설의 기적은 독자들에게 작중 인물들의 얼굴을 강요하지 않는 거니까요. 17년 동안 나는 한 번도 등장인물의 신체를 구체적으로 묘사한 적이 없는데도 내 글이 아주 시각적이라고들 합니다. 묘사한 적이 전혀 없는데 당신의 주인공은 금발이라고 한다면, 그건 성공한 거죠.

영화로 각색하는 소설이 있습니까?

네, 『그때로 다시 돌아간다면』은 프랑크 필리퐁과 공동으로 시나리오 작업을 끝냈고, 『P. S. From Paris』도 현재 미국에서 논의 중입니다. 『차마 못 다한 이야기들』은 연극으로 각색될 겁니다.

여주인공 미아처럼 당신은 데이트 사이트에 가입할 수 있겠습니까?

글쎄요, 처절하게 고독하면 가명으로 사이트에 가입할 수도 있겠죠. 하지만 이 소설에서 정말 재미있는 것은 오해로 인한 만남도 이루어질 수 있다는 것이었죠.

이원희